Handbook of Narrative Analysis

当代世界学术名著

叙事分析手册

[比] 吕克·赫尔曼（Luc Herman）
巴特·维瓦克（Bart Vervaeck） /著
徐　强/主译　徐　月　王妙迪/参译

中国人民大学出版社
·北京·

“当代世界学术名著”
出版说明

中华民族历来有海纳百川的宽阔胸怀，她在创造灿烂文明的同时，不断吸纳整个人类文明的精华，滋养、壮大和发展自己。当前，全球化使得人类文明之间的相互交流和影响进一步加强，互动效应更为明显。以世界眼光和开放的视野，引介世界各国的优秀哲学社会科学的前沿成果，服务于我国的社会主义现代化建设，服务于我国的科教兴国战略，是新中国出版工作的优良传统，也是中国当代出版工作者的重要使命。

中国人民大学出版社历来注重对国外哲学社会科学成果的译介工作，所出版的“经济科学译丛”“工商管理经典译丛”等系列译丛受到社会广泛欢迎。这些译丛侧重于西方经典性教材；同时，我们又推出了这套“当代世界学术名著”系列，旨在移译国外当代学术名著。所谓“当代”，一般指近几十年发表的著作；所谓“名著”，是指这些著作在该领域产生巨大影响并被各类文献反复引用，成为研究者的必读著作。我们希望经过不断的筛选和积累，使这套丛书成为当代的“汉译世界学术名著丛书”，成为读书人的精神殿堂。

由于本套丛书所选著作距今时日较短，未经历史的充分淘洗，加之判断标准见仁见智，以及选择视野的局限，这项工作肯定难以尽如人意。我们期待着海内外学界积极参与推荐，并对我们的工作提出宝贵的意见和建议。我们深信，经过学界同人和出版者的共同努力，这套丛书必将日臻完善。

中国人民大学出版社

中译本凡例

（1）原书行文中遇有关键词或需要突出的词语，概用斜体排印。中译本则用黑体突出关键词并括注原文，其中英语之外的其他语种的术语用斜体标出。并非术语、仅系一般性突出的词语，不括注原文。

（2）原书中若干未用斜体标出的重要术语或关键词，中译本为便利读者计，也括注原文。

（3）原书注释统一附于全书之后，各章单独编号。中译本则统一改为脚注，以便读者阅读。

（4）原书各条注释之间偶有互见，用其章内注释编号，称“见某条”。中译本编号既变，则互见条目也改为新脚注编号描述，称“见某页脚注某”。

（5）译者注释与原书注释混排，加“——译者注”字样。

（6）中译本据原书各页内容起讫，在页旁加标边码。为方便读者使用索引，边码 n 所标示的位置，对应的是原书第 n 页的开头。

（7）原书附录索引中的页码不变，读者可据以对应中译本之边码。

（8）附录两文，是全书剖析用例。各章节在从不同角度分析评述时，多有对原文片段的引述，有些甚至涉及个别微观遣词。凡此，常有意译法不能显示评论要旨的情况，故该二文尽量用直译法译出。

（9）原书所附参考文献，译成中文。

中译本前言

中国人民大学出版社将出版由徐强主译的《叙事分析手册》，我们非常高兴。

正如我们在书中开篇说过的，人离不开叙事。难怪自所谓“叙事转向”以来，叙事已经成为医学、历史编纂学、经济学等广泛学科领域内的话题。我们所聚焦的“叙事学”（narratology），被让·克里斯托弗·麦斯特定义为“一门致力于研究叙事呈现之逻辑、原则及实践的人文学科”。叙事学在20世纪60年代的结构主义时期得名，主要关乎文学散文。虽然我们也力求具体勾画构成这一叙事理论亚学科的各种各样的方法，但《叙事分析手册》主要还是一种对叙事学的灵活理解与实际践行。我们通过呈现各种方法被运用于两篇短篇小说能够投射出何等光亮，来演示每种方法之运用，以说明此种理解与践行。仅举一例来说，女性主义叙事学会坚持认为短篇小说《翼马》的主人公是女性，而历时叙事学则会放大故事中作为这样一个过程之结果的自由间接言语之运用——在这个过程中，叙事情境的模糊性扮演了核心角色。

作为从事欧美理论工作的西方学者，我们很期待看到中国读者对我们的书有何反应，并希望从他们那里获得教益，以利于我们今后的研究。我们从尚必武教授的《经典叙事学在中国学界的接受与变异》（Reception and Variations of Classical Narratology in Chinese Scholarship）一文，了解了中国学术界对叙事学的卓越贡献，也殷切希望《叙事分析手册》能够为这一传统带来新的裨益。

吕克·赫尔曼　巴特·维瓦克

2020年5月25日

致　谢

本书的写作承蒙很多人的帮助。感谢尤尔根·皮特斯（Jürgen Pieters）、汉斯·范德沃德（Hans Vandevoorde）、扬·威尔尼门（Jan Vernimmen），他们读了本书的早期版本并提出了意见。感谢伯特·布尔汀克（Bert Bultinck）、戈特·莫瑞尔（Gert Morreel）、马利亚·拉克（Marija Rac），他们在本书由荷兰文翻译为英文过程中有所贡献。特别感谢戴维·赫尔曼（David Herman），他介绍我们与内布拉斯加大学出版社（UNP）接洽。感谢夏洛特·穆瑟斯（Charlotte Mutsaers）和格利特·克劳尔（Gerrit Krol），他们慨允我们“解剖”他们的作品。

目　录

导　言

没有哪一个时代或社会能够离开叙事。而且，很多当代思想家会紧接着补充道：你的关于一个特定时代或地点所说或所想的一切，自身都会变成一个叙事。从最古老的神话与传说，到后现代的虚构症，叙事一直居于核心。后现代哲学家们虽然可以忍受不再有宏大的、无所不包的叙事，但他们仍然声称，任何事物最后都会发展为叙事，包括世界与自我。如果此说成立，那么叙事研究就不仅是文学理论家们在象牙塔里的消遣了。相反，它揭示了关于现实与人类的根本的文化特性的观点——这些在故事与长篇小说中被叙事化了。 *1*

理论与实践

关于叙事的理论，如果固守抽象化，与实际的故事脱离联系，那就会被误解。本书旨在防止这一点。它被调整为关注重大叙事理论的实用性之具体表现及其潜在缺点。这就是为什么我们不断地提及在这篇导言中被简短地概括，并被收在本书附录中的两篇短篇小说：夏洛特·穆瑟斯（Charlotte Mutsaers）的《翼马》和格利特·克劳尔

（Gerrit Krol）的《地图》。[①] 尽管这两篇小说几乎是被随意地选出来的，但它们仍然有助于展示叙述的几个基本问题。在导言中，我们只是指出这些问题可能是哪些，同时我们也构想出了大量相关问题。本书的其他部分，则是对这些问题的各种各样的回答。

显然我们不会把自己限制在仅仅分析两篇小说上。在讨论各种各样的理论时，我们将征引大量其他叙事文本，但仅限于散文体的文学叙事文本。文学散文实际上已经成为叙事研究的起点，叙事研究在20世纪六七十年代的高潮期就以“叙事学”而闻名，它为我们的研究提供了架构。虽然还存在很多其他的叙述形式，例如连环画与诗歌，但
2 我们不打算处理那些。而且，对叙述之更为一般的文化维度，我们只是偶然触及——主要是在最后一章中，在那里，我们将故事与其语境联系起来。做出这样的自我限制，是我们力图尽可能地贴近文本的直接结果。

一、传统问题

叙述者问题

与诗歌和戏剧相反，散文式故事不能没有一个叙述者，大约所有的人都作如是观。《地图》的第一行就描写了这样一个很好的年长叙述者，他了解一切并凌驾于故事世界。他讲述了一家基督教商店，它的窗帘每到星期天就会放下来。但在第二段，有一点就清晰起来：这个看上去客观的声音，实际上是主观性的，因为它属于一个“我-叙述者”（I-narrator）。似乎很容易想象，这一“我-叙述者”在第一段中就已经在场了，但他只是隐隐约约地在背景中。然而，事实并不那么

① 英译本由我们译出。原文出自夏洛特·穆瑟斯的《马背》（*Paardejam*）（阿姆斯特丹：磨坊堡，1996），187页；格利特·克劳尔的《长子》（*De outdste jongen*）（阿姆斯特丹：探求出版社，1998），120－121页。

简单。让我们假设，第一段被扩展为一个完整的大段，而第二段被扩展为另一个丰满的大段。在这种情况下，我们是否还会谈及不同的叙述者？或者，我们是否将认为这两个声音属于同一个叙述者，并且该叙述者在相对非人格化的尽人皆知的第三人称叙述者的声音和极为人格化的第一人称叙述者的声音之间来回转换？

上述问题的答案，可能完全取决于这一段落当前的篇幅。段落越简洁，我们就越倾向于选择单一叙述者。第一段关于商店把窗帘放下来的句子，可以紧跟一句："但在其中的某一个星期天，在去往儿童教堂的路上，我看到了地图的一角。"在这种情况下，第一句也就归诸第一人称叙述者了。在一大段当中，这一点就会变得不那么显著，在一章当中，就更不显著了。虽然所有这些看起来互不相干，但事实上它们意味着一个根本问题。说一个文本是由一个特殊类型的叙述者叙述出来的，这是否可能？或者，是否存在一种持续不断的变化？例如，说一部传统的19世纪的长篇小说，是由一个第三人称叙述者叙述出来的，这是否正确？

叙述者的范围

用更抽象的术语来说，我们在此要处理的是考察单元之界定。是否必须为每一个单元定义一个叙述者？或者说，是否每一个单元都必须被置于长篇小说或短篇小说的一个更大分支当中？有一个恰当的例
子（我们还会重新讨论它），那就是《尤利西斯》最后一章中摩莉·布 3
卢姆的著名独白。如果你单独审视这一章，那么你会说，是摩莉在叙述她脑海中闪过的内容。然而，如果你联系小说的其他部分来审视这一章，你可能就会说，有一个全知叙述者引用或复述了摩莉的思想。在不同叙事单元之间划定界线，当然具有无比的重要性。如果这一章是一个单独的单元，那么人物是叙述者。如果这一章是某个更大整体的一部分，那么叙述者就完全不是人物了。

叙述与感知

让我们重新来看《地图》中的第一人称叙述者。看视行为对他来

说似乎非常重要。在他童年的一个星期天，他注意到商店的一扇窗户的窗帘没有完全遮严，他从留下的一道缝里看到了一张骑行地图：“我从没见过这样的地图，连最微小的细节都能标示出来。”这一“我-目击者”（I-witness）是否与叙述这一发现的人是同一人？或者，我们是否得说，这一“我-目击者”是个小男孩，而“我-叙述者”更为年长，也许是个正在回忆过往的成年人？在回顾中，他不能以小男孩那样的方式去看。这两个人不仅在时间上相分离，而且也不能分享同一视野。小说并未明确地将这一区别主题化。如果像下面这样，那它就被主题化了：“此后我会看到很多别的地图，但没有一张像这一张那样使我着迷。”在《地图》中，争议性分歧仅仅是针对小说结尾而言的。对于那个小男孩来说令人兴奋的发现，对于那个成年人来说则变得乏味了。在最后一段中，像“我行遍各地的梦想就渐渐消歇了”这样的句子，证明“我-叙述者”是区别于作为发现者的小男孩的。的确，小男孩怎么会知道他的梦想后来会消歇呢？叙述者所知道的比小男孩要多，特别是故事的使人祛魅式结局，即他丢弃了地图——“我也不再有保存它的必要了”。

叙事与解释

那些将故事中所有的“我-形象”（I-figures）混为一谈的读者，将错过小说的主题精华——童真的魅力的失落。这一失落，只有当读者意识到小男孩与叙述者的不同时，才会浮现出来。这只是显示叙事学分析如何助成聚焦于内容的阐释之一例。在这一实例中，看视行为的确成为最重要的主题。叙述者在关于打烊的商店的第一个句子中就宣称了这一点，然后在“不该留出的两英寸的缝隙”（它使小男孩得以
4 看见地图）中发展了它，而正是这一缝隙，接下来又使他得以第一次看到那些被标出的地区，如果没有这张地图的话，那些地区就会被他无意地穿越过或骑行过。真正的魅力存在于对现实的图解化表现。内容层面上从现实到其表现的过渡，反映了从某个观看者、行动者到某个讲述故事的人的叙事发展。我们要再次强调，叙事学分析如果不与故事的内容结合起来，就没有任何价值。

《地图》中的叙述者与人物

关于《地图》中的所谓“我-叙述者”，还有另外一些问题。第一段中的下列句子十分重要：“店里有一个柜台，帕尔曼先生和帕尔曼太太（‘他很和善，她穿着一条裤子’）在柜台的后面打理着，他们像经营一家杂货店一样经营着这家书店。”括号内的简短评论，描绘了帕尔曼先生和帕尔曼太太，但作为读者，你永远不会获知是谁在谈论。也许这一评论与村民的观点一致。无论如何，说话人不是故事中的一个人物。他或她只是一个声音，而不是一个实体化的形象。这一抽象的、总体的代理人，可能与“某个人”有关，这“某个人”在文本稍后处会被提到，并且成为一个说话人：“每个人都排队等着，等到终于轮到自己时，向店主说出自己的要求，大多会说‘我要一本轻小说，送给十七岁的姑娘’或者‘我要一本历史小说，最好有插图’。”叙述者引述了非人格化的观察者的话，这个观察者的确现身在故事中，并且因此与“他很和善，她穿着一条裤子”中人格化的村民的观点相区别。

显然，形象并不仅仅披着引号的外衣出现。叙述者可以概括或者说出他们的所思所想，在这种情况下，谈论着的和思考着的形象实际上隐退了，以有利于正在做出概括的叙述者。拿“村民们说帕尔曼太太是老板娘，而她的丈夫是个温顺的影子”这样一个句子来说，如果叙述者以这种方式概括了村民的观点，这些不同的词语也会创造出一种不同的观点。在这一假想的概括中，妻子变得更富威胁性，而丈夫似乎完全消失了。对于读者来说，他们通常很难在原初性的话和叙述者说出来的话之间做出区分。

《翼马》中的叙述者与人物

这当然同样适用于夏洛特·穆瑟斯的小说《翼马》。由于小说中一个引号都没用，因此通常很难区分人物的言辞和叙述者的言辞。“马术教练[①]

① “马术教练”［riding master，近乎荷兰语中的 pikeur（意指“玩弄女性的人”——译者注）］，不是一个性别中立的词。我们将在本书第三章关于女性主义叙事学的讨论中解决这一问题。

5 回答说，穿着它[1]，你能捕捉到一股不同寻常的风。”[2] 这是叙述者用间接言语做出的一个概括。这里没有直接复制马术教练的原话，而是用 that 从句改述并呈现出来。确定这一概括是否接近原话是不可能的。有人可能会推测，马术教练说的是“穿着它，你能捕捉到一股不同寻常的风”，在这种情况下，概括是完全等同于原话的，但这一点无法确认。间接言语总是暴露出叙述者的介入。在用直接言语的情况下，叙述者的暴露要少些，因为它引用原始表述。《翼马》的第四段可能就是这样的一个直接言语，尽管没有引号。“它能使你骑得更快吗?”可能等同于女性人物向她的马术教练提出的真实问题。

不过，问题才刚刚开始。是谁说的“真正的花式骑马，正如现实生活一样，与竞速没有丝毫关系”? 是马术教练吗? 是他逐字引用的吗? 抑或，是正在此讲话的叙述者? 倘若果真如此，那么构想是否出自叙述者? 或者说，是不是他选择了一种非同寻常的方式来呈现马术教练的陈述? 这种奇怪的言语呈现方式一再出现，例如在接下来的句子中：“……的小女孩，最好不要夸夸其谈。”[3] 这不是直接引用，否则，这个句子应该写作：“……的小女孩，最好不要夸夸其谈。”[4] 它也不是一个概括，因为在概述的情况下，句子应写作：“马术教练想，……的小女孩最好不要夸夸其谈。”实际的句子处于两者之间的某处，这导致很难判断哪些言语属于马术教练，哪些属于叙述者。这一位置不属于言语呈现的两种传统方法中的任何一种，它被自由间接言语占据了。正如我们将会看到的，这种中间形式引发了传统的结构主义叙事学中的很多争论。

最后，“马术教练已经不想再做任何解释了。有时，你的耐心就是

---

[1] 指胯部宽松的马裤。——译者注

[2] 此处英文引文与附录小说中相应英文原文有文字差异。——译者注

[3] 原文作“Little girls. . . did well not to shoot off their mouths”，其中动词用过去式 did。——译者注

[4] 原文作“Little girls. . . do well not to shoot off their mouths”，其中动词用一般现在时 do。——译者注

被这样消磨殆尽的”。其中的后一个句子，是谁发出来的声音？是叙述者？或者，是用自由间接言语方式呈现的，发出“有时，我的耐心就是被这样消磨殆尽的”这样的慨叹的马术教练？这一点很重要，因为在自由间接言语中，“你的耐心”似乎是指某一个特别人物的耐心，也就是马术教练的耐心。然而，如果是叙述者说了“有时，你的耐心就是被这样消磨殆尽的”，那么“你”就更具普遍性，指的是外在于故事的某个一般主体：“有时，人的耐心就是被这样消磨殆尽的”。下一句， 6
“而且，这种质问糟蹋了这节课。在这一点上，其他几位女士看得尤其清楚”，也许是用自由间接言语方式呈现的马术教练之陈述，这使得关于耐心的那个简洁的句子更有可能成为马术教练的陈述。但对此，我们永远不能确定。

在最后一段，另一个“你”出现了：“随便怎样吧。只要你能起飞。”这句话要么是女主人公的想法——在这种情况下，“你”可能是一般的“某个人”或者是“我”在自由间接言语中的置换；要么是叙述者的陈述——在这种情况下，只有一种可能，即这是一个一般性的解释。一般的“某个人”不会作为实体化的形象出现在故事中，而“我”的置换物则是可能出现的。

故事内部或故事外部

在穆瑟斯的《翼马》中，这种指涉故事内部或故事外部的模糊性从一开始就存在。在第一个句子里，女主人公可能在考虑“当骑马时，你最好穿一条真正的马裤”。这个“你”是谁？是女主人公（马术教练对她说骑马时最好穿一条真正的马裤）？或者，是另一个一般的“你-形象”（you-figure)，即凌驾于故事，并非真正的说话的“某个人”？这一点重要吗？正如我们将会看到的，它的确很重要，因为叙事内部的诸要素与叙事外部的诸要素之间的区别，正是传统叙事学做出的最基本的区分之一。有一点已经很清楚：故事对此种抽象区别有所疏忽。在我们的探索过程中将会再三发现这一点。

在《地图》中，这一区分很容易做出。在“他很和善，她穿着一条裤子”中，有一个并不作为人物出现的总体代理人，即村民的观点。如果这一代理人换成商店里的顾客，那么他或她就会成为故事中的一个人物，例如想买一本“送给十七岁的姑娘”的轻小说的人。即使《地图》中的“你-形象”并不说话，也比较容易判断它究竟是否属于叙事世界。“例如，在小布劳沃街和艾宾格街的交界处，你会看到一家名叫帕尔曼的书店。”这里的“你”，可以理解为“某个人”，即一个并不以具体形式呈现的一般或抽象主体。虽然他或她并不作为游客现身于小镇，但那说话的“某个人”则作为书店的顾客现身于小镇。也可以说，就连作为年轻男子的“我-形象”也被包括在这一抽象的“某个
7 人”里面，因为他同样知悉街口的书店。作为结果，克劳尔笔下的一般的“某个人”，也同样占据了叙事内部的“我-形象”与外部的抽象主体之间的某个位置。

《翼马》经常不允许我们判断“你-形象”的位置，这一点极为重要。读者可以把叙述的形式与其内容联系起来。也许故事中的“你”与抽象的“某个人”分离开来了，因为这个故事具有讽喻维度。适用于马背上的女孩“你”的，实际上也适用于每个人。我们甚至可以谈及一种寓意，它常常出现，故事为此准备了最后几句话：“随便怎样吧。只要你能起飞。”换言之，在该短篇故事中“你-形象”所学到的东西，类似于读者（以及一般意义上的人）也必须学到的东西。克服重力的方法并不重要，只要你能起飞。

内部与外部：解释

我们不相信把故事内部形象和外部形象的混淆与故事内容联系起来是牵强附会。恰恰就是这种联系，使叙事学变得重要。如果叙事学变成纯粹的形式主义游戏，对各种各样的叙述者之间的区分不能与对于“他们实际上告诉了我们什么”的讨论同步进行，那么我们就仍然不能正确地触摸到叙事的内容。相反，忘记一个故事的叙事方面而单单聚焦于其内容方面，也是错误的。那些只强调后者的人，不仅会在各种各样的主题层面和解释层面有所遗漏，而且会把一个文本简化为

仅仅是内容或信息。事实上，恰恰是故事被叙述出来的方式，使得故事成为故事。那些通过把故事简化为内容从而坚持否认叙述方法之重要性的人，倒不如去看电影或电视，因为这两种形式都能够提供类似的内容。

叙事学，只有当它同时处理被叙述的世界（内容）和呈现这一世界的方式（形式）时，它才对文本阐释有实用性。我们严格地把解释看作将特定对象（在本例中是一个文学文本）的内容与其形式结合起来的结果。这种结合是双向运作的。形式总是隐含内容，内容反过来又使形式的意义明确化。这样的联系绝不会轻而易举地彰显。读者必须去发现它，而这种发现又总是揭示出某种特定的意识形态。这样一来，关于阅读与意识形态的问题就马上被提了出来。 8

二、新问题

迄今我们探讨的问题，都必须处理其边界，诸如故事不同段落之间的边界、叙述与看视之间的边界、过去和现在之间的边界、言谈与动作之间的边界、故事内部与故事外部之间的边界，以及人物的言语与叙述者的言语之间的边界等。总之，传统叙事学力求尽可能清晰地勾画出这些边界。不过晚近的叙事理论则强调转变（transitions）与潜在的混淆（confusions）。对转变的兴趣也可以解释为什么晚近的方法不再把一个文学叙事看作一个封闭系统。它们坚持认为，文本总是在一个语境中发挥作用的，而传统理论大部分仍然无视这一点。

意识形态与语境

语境总是与意识形态共处。我们在最宽泛的意义上，把意识形态想象成对世界、对世界之于人的意义的有意识的与无意识的看法之集合。这意味着，对于我们来说，这个术语不需要有任何否定内涵。对意识形态的这一看法，允许我们研究各种各样的因素。在《地图》中，我们可以追寻这一叙事的宗教因素。的确，故事涉及基督教商店，它们放下窗帘，是为了“避免人们在星期天受到诱惑，好让他们等到星期一再来购物”。这一反讽的构想，暗示出宗教试图掩藏外物，但在这一过程中反使外物更具诱惑力。这解释了“两英寸的缝隙”的诱惑力何以使得小男孩看到那张地图。看与不看，不仅构成故事的主题或技巧，而且具有某种重要的意识形态意义。宗教无疑在孩子的渴望中扮演了一个角色，对于这一渴望，小说并非巧合地用了一个与看视有关的词语——“期望”（prospect）来描述：“我也期望我能够身体力行，走遍全球。无处不在……”后面这句，只能是献给上帝的。

在《翼马》中，可以想到意识形态与当前流行的叙事的男性方面和女性方面之间的差异有关。马术教练很容易被简化为作为男性态度的代表出场。他要求驯顺，强加规则，认为故事中那种危险中的神圣的感受只能通过认真和学习才能获得。在有精神分析定向的读者看来，马术教练可能甚至扮演着父亲的代理人的角色。相反，女主人公，则
9 给人以十分孩子气的印象。在她看来，学习和规则没有那么重要，她抬高了逍遥自在、不受约束的价值。该故事中异端的叙述可能让人认为是为了削弱（男性的）规则感的重要性，提升不受约束的、变化无常的（女性的）轻松感。

文学语境

当把叙事学扩展到叙事的语境研究时，注意力显然就必须同样投注到文学语境上。从某种意义上说，《翼马》可以与弗兰兹·卡夫卡（Frank Kafka）的《马戏场顶层楼座》的故事相比较[①]。后一个小说同样写的是一个马术学校的学生和她的无情的马术教练，这个马术教练喜欢抽打鞭子。在《马戏场顶层楼座》中，同样是男性与女性的观点相冲突。这个小说只有两段。第一段描述了女骑手如何被男主人公欺

① 弗兰兹·卡夫卡，《马戏场顶层楼座》，收入《小说全集》，纳哈姆·N. 格莰（Nahum N. Glatzer）编辑，维拉（Willa）和艾德文·缪尔（Edwin Muir）英译［纽约：邵肯（Shocken）公司，1946］，401－402页。

凌。在第二段，我们看到的却完全相反：男主人公对女骑手崇拜备至。了解这个故事的读者，无疑会在穆瑟斯的小说中听到卡夫卡的回声。此点影响到这一叙事。这意味着，对一个故事的分析，不能不依赖于把故事带进生活的读者。传统方法几乎没给读者留下任何空间，而晚近以来的理论则给予了读者一个中心地位。

读者与语境

虽然读者与语境——文学的语境以及意识形态的语境——也许构成了当前叙事理论最重要的新要素，但叙事学同样在其他方向上有所拓展。在最近二三十年中，出现了大量的新方法，其中一些含有对传统结构主义理论的修正。在本书最后一章里，我们要讨论这些新方法中的一些代表性观点，凸显其解释潜能，展示其是如何推动叙事理论发展的。但很重要的一点是，不要把叙事学“婴儿”与结构主义的“洗澡水”一起泼出去，因此本书第二章将提供一个适合教学训练的对传统叙事学的大幅度的概述。从故事、叙事及叙述（我们迄今在非技术意义上使用的一些术语）之间的传统划分开始，我们汇聚了一切在结构主义那里因其潜在的解释意义而被提出的叙事要素。显然，结构主义叙事学绝对不是在真空中生长起来的，这解释了为什么在第一章中我们既要讨论叙事理论的早期阶段，又要讨论一些与结构主义同时发展起来的重要理论，尽管这些理论由此背离了其方法本身之旨趣。10
我们编写本书的总体目标是：让那些有兴趣对文学散文进行与意识形态相关的深度阅读的读者，能够运用叙事理论。虽然我们深知我们自命的促进者身份中内含的意识形态危险，但我们还是试图提出可验证、可争辩的可能性，而不是采取“要么取之，要么弃之”式的解决方法。

第一章　结构主义之前及其周边

11　毫无疑问，结构主义提供了最流行的叙事理论。它建立在一个古老的传统之上，也摒弃了传统之中的许多内容。结构主义当然也保留了许多经典概念，在本章中我们将解释其中的一部分。在解释的过程中，我们也将呈现更晚近的一些理论。虽然这些理论并不真正符合结构主义者的标准，但是它们也做出了重要的贡献并且经常引起与结构主义相关的有趣讨论。就此而言，我们不想面面俱到地提供一部叙事学的发展史，而只想提及一些在叙事讨论中仍占据重要地位的理论家和概念。

一、故事与情节

如果说叙事学是关于叙事文本的理论，那么首先应该给出一个关于叙事的定义。传统上，叙事被视为一个事件序列。这一构想存在很多问题，它所引起的一些问题似乎也找不到解决方法。

首先，这一定义仅仅将“叙事”的概念转移到了“事件”这一同样问题丛生的概念上。《翼马》中的事件由什么构成？或者说，该文本与其说是一个叙事，难道不更有可能是一幅速写或者一个场景吗？

其次，有人可能会问一个叙事中会出现什么类型的事件序列。只要谈到一个事件在时间上紧随另一个事件，我们就是在谈论叙事吗？还是说，事件之间必须有更紧密的联系，如因果联系，才是叙事？为了回答这一问题，小说家、理论家爱·摩·福斯特（E. M. Forster）引入了著名的对**故事**（story）与**情节**（plot）的区分。我们将暂时使用这两个术语，但是在本书稍后我们将采用**叙事**（narrative）和**叙述**（narration）这对取自结构主义的技术化术语取代情节一词。福斯特表示，故事是按时间顺序排列的（chronological）事件。情节指这些事 *12*
件之间的因果联系。福斯特说下面的例子是故事：“国王死了，接着王后也死了。”这一序列在接下来的句子中变成了情节：“国王死了，接着王后因过度悲伤而死。”[1]

不幸的是，时间联系与因果联系常常不容易区分。显然人们倾向于将时间上相互顺承的事件解释为存在因果联系。施洛密斯·里蒙-凯南（Shlomith Rimmon-Kenan）引用了关于弥尔顿的一个笑话：“弥尔顿在写完《失乐园》后，他的妻子过世了，然后他又创作了《复乐园》。”[2] 这个笑话的笑点在于妻子之死与找到天堂之间的（未明言的）因果关系。这一序列似乎是按时间顺序排列的，但也存在因果维度的关系。

这意味着情节与故事之间的区别不是绝对的。上述例子已经展现出了读者的重要性，正是读者对关于弥尔顿的句子进行了解读，并由此将故事转换成了情节。我们并不拒绝这两个层次间的基本区别，但是我们想从一开始就解释清楚，这种区别实际上是一种理论结构，它

---

① 爱·摩·福斯特，《小说面面观》（哈蒙兹沃思：企鹅图书有限公司，1990），87页。

② 施洛密斯·里蒙-凯南，《叙事虚构作品：当代诗学》（伦敦和纽约：劳特利奇公司，1983），17页。

不需要与现实读者的具体解读一致。判断事件发生的顺序向来是读者的事，他们在故事中的多个事件之间建立联系。这既为情节提供了动力，也引起了“某事实际上正在发生”的想法。就像事件顺序一样，事件本身也要依赖于读者的投入。一劳永逸地对事件**在理论上**加以定义是不可能的。《翼马》中发生了什么？正如我们在导言部分所做的一样，接触到这一文本的读者可能都会说文本中发生了很多事。马术教练和女骑手讨论了骑马的正确方式，接下来在空行之后是一个结论：关于谁对谁错的问题显得一点也不重要了，重要的是两个人物都通过骑马克服了重力。《地图》中的事件看似更加清晰易辨——得到了一份地图，与之相关的自行车骑行，以及更一般的，对日常活动轨迹的绘制——但是无论事件如何清晰易辨，都仍然得依赖于读者。

有人可能会质疑，读者在事件之间所做的有意义的联系能否简化至因果联系上。在《翼马》中，尽管我们在情节发展过程中没有看到那么多的原因和结果，但是从讨论到结论之间仍有一个有意义的过渡。
13 这个过渡是从教条主义到相对主义的过渡，是从马术训练或服从到自由和起飞的过渡。虽然这些联系不是因果性的，但是它们十分重要，且不纯粹是按时间顺序排列的。因此，情节依靠的不是因果联系，而是很多超越时间顺序的、经常由读者引入的相关联系。

如果我们将情节视为对读者有意义的事件序列，那么我们仍然需要将叙事文本与其他文类加以区分。一篇新闻报道能构成情节驱动的叙事吗？非语言符号系统能够产生这种叙事吗？电影、戏剧、连环画和计算机游戏都能被归结为这类叙事吗？对我们而言，是这样的。我们将情节驱动的叙事定义为对被富有意义地关联起来的事件加以呈现。这种呈现可以使用任何符号系统。

叙事的定义

这意味着我们使用了叙事的广义定义，它比苏珊娜·奥涅加（Susana Onega）和何塞·安格尔·加西亚·兰达（José Angel García Landa）在《叙事学导论》中提出的定义更加宽泛。他们认为：“叙事是一系列在时间与因果上富有意义地相互联系的事件的符号呈现。”[①] 在我们看来，这句话的“在时间与因果上”（in a temporal and causal way）这几个字可以去掉。对我们而言，事件的富有意义的联系不能简化为时间性与因果性，而是由读者与文本之间的相互作用造成的。

由于我们一般会把时间和因果联系扩展到“有意义的联系”，因此我们脱离了所谓的最小故事的传统看法——与福斯特相反，我们在此使用的“故事”（story）一词，广义上相当于叙事（narrative）的近义词。最小故事的概念符合结构主义对一个文本中的最小单位的定义。它已经发展到了决定一个对象是不是叙事的程度。如果人物说“是的，我明天可以过来”，那么这是否意味着我们有一个故事？杰拉德·普林斯（Gerald Prince）说并不是，因为一个故事至少包括三个要素：一个初始情境、一个行动或事件、一个结局。[②] 联系必须同时是时间以及因果联系。例如：“约翰很开心，后来他失去了女朋友，结果他变得不再开心。”里蒙-凯南批评了普林斯的定义，认为一个最小故事有时间联系就足以成立。[③] 对我们而言，一个最小故事存在有意义的联系就足以成立了，这些联系甚至可以是隐喻性的、转喻性的抑或是主题性的，**只要读者认为这些联系足够重要即可**。“是的，我明天可以过来”不等于一个叙事，因为它没有通过任何有意义的形式将事件联系起来。“他不能过来，因为他生病了”就构成了叙事，因为这句话的事 14
件之间存在有意义的联系。虽然这个例子中的联系仅仅是因果联系，但是不同类型的联系都能创造一个最小故事。“雨很大，下在街上，也下在他的心里”也是一个最小故事，因为它有一个十分重要的隐喻性（或象征性）关联，虽然其中并没有隐含因果关系或时间序列。

---

① 何塞·安格尔·加西亚·兰达和苏珊娜·奥涅加，《叙事学导论》（伦敦：朗文公司，1996），3页。

② 杰拉德·普林斯，《叙事学词典》（林肯：内布拉斯加大学出版社，1987），53页。

③ “我想说，时间链条足够满足一组事件组成故事的最小要求。”（里蒙-凯南，《叙事虚构作品》，18页）。

二、讲述与显示

为了避免使以下讨论复杂化，我们将暂时假设，我们可以或多或少地在以下两个方面加以区别，一方面是事件与现实之间，另一方面是事件与现实两者的叙事呈现之间。叙事永远不是构成它主题的那一现实的完美复制物。一个人在叙述发生在自己身上的事情时，总会对他经历当中的某些方面加以概括、夸大、润色，汰除。由于叙事文本只局限于语言，因此它并不直接显示现实。在舞台上，某些事件能够被展示出来，但是在小说当中很难做到这一点。这些都同柏拉图所谓的**模仿**（mimesis）与**叙述**（diegesis）之间的古老区分相关联。[①]

模仿

模仿通过表演而唤起现实。这一点在剧院中表现得十分明显，但是叙事有些时候也倾向于模仿式呈现，例如逐字逐句地引用对话。在这种情况下，即使叙事几乎是将由文本唤起的那一现实中的人物所言逐字逐句地显示出来，叙事重现也不可能与“真实”对话完全重叠。像“他说”这样的短语就已经标志着叙述者的干预。此外，读者读完文本中的对话所需要的时间与原初对话的时距经常是不完全一致的。后面这种情况甚至适用于阅读为舞台表演而创作的文本，毕竟它相当于模仿。表演时距与阅读剧本所需的时间之间可能存在很大的不同。

叙述

叙述概括事件和对话。在这一概括中，总是贯穿着叙述者的声音。叙述者会对所述事件进行渲染，因此所述事件不再能被直接感触到。《地图》讲述了男孩如何进入商店，如何询问那张迷人的地图：“星期一下午，我来到书店，指了指地图。可是我带的钱不够，只能等到星

① 里蒙-凯南，《叙事虚构作品》，106－108页。

期六再来买。”在这一概括中或许隐藏了未报告的对话，在那一对话中 *15*
店主谈到了地图的价格，而男孩表示他需要用下一星期的零用钱才能买到那张地图。叙述者对这一情景进行了概括而不是显示。

在结构主义之前的英美传统中，叙述与模仿之间的区别，等同于讲述（telling）与显示（showing）、概述（summary）与场景（scene）之间的差异。亨利·詹姆斯（Henry James）在《小说的艺术》（*The Art of Fiction*，1884）等论著中，表达了他对叙述者的偏爱，虽然读者很少能看到、听见叙述者，但叙述者总是尽力展现出更多的东西①。受到詹姆斯小说理论的影响，珀西·卢伯克（Percy Lubbock）在《小说技巧》（*The Craft of Fiction*，1921）中，偏爱显示胜过讲述②。模仿式小说通常包含大量的行动和对话。相反，在强烈叙述化的文本中，叙述者确实直接来到前台，由此叙述者十分招摇地将自己置于相关场景与读者之间。在后现代叙事中，叙述者甚至使用了极端的叙述化方式，以致读者开始不再信任他们了——原始场景鲜有保留，以致令人怀疑所报告的事件是否真正发生过。

从模仿到叙述的过渡

尽管模仿和叙述可能看似是二元对立的，但事实上它们是一个连续统的两极，在这个连续统上，每个叙事都占有一个特定位置。《翼马》比《地图》有更大的模仿性，这不仅是因为穆瑟斯比克劳尔更加直接地展示了对话，而且相较于克劳尔，在穆瑟斯的叙事中，叙述时间更加严格地遵循了场景时距。在《地图》中，类似于主人公四处骑行这样的一些长时段，被用区区几句话概括了出来。而在《翼马》中，教练与女骑手之间的原初对话几乎保持不变。然而两种叙事间的差别

① 见詹姆斯·米勒所编的诗学文集《小说理论：亨利·詹姆斯》（林肯：内布拉斯加大学出版社，1972）。詹姆斯的陈述“戏剧性的方法是我绝对的、必要的、唯一的拯救”（180页），丝毫没有暗示必须抹去作者之个性的意思。它仍以显示现实的方式呈现，因此显示不是一种客观的方法。詹姆斯在《小说的艺术》中写道：“艺术作品最深层的品质将总是创作者的思想品质。”（43页）叙述者的不可见性绝对不能与对社会现实的中性陈述相混淆。

② 珀西·卢伯克，《小说技巧》（伦敦：乔纳森海角公司，1968），110－123页。

远不是绝对的。在叙事散文中，既不存在纯粹的模仿，也不存在纯粹的描述。概述总是具有模仿的方面，模仿式的呈现也常常具有概括的方面。

模仿与叙述结合，从小说起源时期起就是其独有的特征。一方面，小说是叙述性文类，在这层意义上它与戏剧是对立的。戏剧是一种公然模仿式的文类，它迟至18世纪末才主导了文学体系。戏剧没有将自己直接让渡给叙事分析，因此叙事理论是与小说共同发展的，这一点并不偶然。另一方面，小说家们常常通过指明自己文本中的模仿属性
16 内容来定义自己的新艺术。像丹尼尔·笛福（Daniel Defoe）、塞缪尔·理查逊（Samuel Richardson）以及乔纳森·斯威夫特（Jonathan Swift）这样的作家，在自己的小说导言中将“新的”讲述方法呈现为“旧的”显示方法的一种形式。他们通过唤起模仿性的对立面，自相矛盾地捍卫新的叙述性叙述（diegetic narration）的可信性与声誉。不论他们以何种方式写作，书中的内容都不应该是出于叙述者想象的概括，而应该是确实发生过的场景的真实再现。概述与场景之间的张力是叙事的每一种形式所固有的，也仍是任何关于当代散文的讨论之中心——围绕自传中事实与虚构之结合的争论反复出现就是一例。

三、作者与叙述者

一本书的作者与叙述者绝不能混为一谈，这已经成为老生常谈。可是这两个代理人的完全分离仍不够充分。例如，自传性小说的兴盛，就恰恰是因为作者、叙述者和主要人物之间联系密切。[1] 对于小说中

① 菲利普·勒热纳，《自传契约》（巴黎：瑟伊出版社，1975），15页：“为使一个文本成为自传（或者更一般地，成为亲密文学的示例），作者、叙述者以及人物必须一致。”【拙译。中译本参见：菲利普·勒热纳，《自传契约》，杨国政译，北京：北京大学出版社，2013：18页——译者注】

可能不确切的陈述，时不时会有些争论，这些争论也证明作者与叙述者之间的理论性分离实际上仍不清楚。有时作者甚至因为他笔下的人物或者叙述者的一些言论而遭到起诉。这就说明作者与叙述者之间的关联通常发生在意识形态层面。

在作为叙事学最重要的经典著作之一的《小说修辞学》(*The Rhetoric of Fiction*，1961）中，韦恩·布斯（Wayne Booth）提供了对作者与叙述者关系的理论分析。布斯表示，叙事文本是一种交流形式，因此总会有发送者（sender)、信息（message）和接收者（receiver)。这三个概念不能简单地被翻译为作者、叙事和读者，因为还有更多的交流代理人被卷入了其中。虽然布斯在他的研究中并没有详尽地对经验作者进行分析，但他在作者与叙事之间安插了另外三个代理人，接下来我们将逐一讨论。

隐含作者

隐含作者（implied author）不会真正出现在文本中。虽然他不会发出可被听闻的声音，但他是叙述的一部分。他是组成文本的那些意识形态的准则（norms）与观点之集合的源头。换言之，他要对源自 17
叙事的世界观负责。这一世界观可以通过多种多样的方式建立起来，例如建立在选词、幽默以及人物引介方式的基础上。隐含作者可以持有与人物或叙述者不同的意识形态。经验作者可能建立一个站在特定世界观对立面的隐含作者，但是这并不妨碍这一意识形态的支持者在小说当中出现。在布斯看来，隐含作者与叙述者之间的距离为检测叙述者的可靠性提供了绝佳的标准。叙述者的言论与隐含作者的意识形态越接近，叙述者就越可信。

与隐含作者相关的问题

有关叙述者与隐含作者的接近性的观点是站不住脚的。隐含作者与叙述者的可靠性并不体现在文本本身，而由读者领会。不存在将隐含作者从叙述中抽绎出来的客观程序。另外一些批评家为隐含作者所做的其他命名也显示了读者在隐含作者建构中的重要性。西摩·查特曼（Seymour Chatman）偏好用**推断出的作者**（inferred author）①，热拉尔·热奈特（Gérard Genette）则喜欢用**暗含作者**（auteur induit）。② 叙述者的可靠度也是一个主观问题，它在很大程度上取决于读者有关可靠度与可信度的一些预设想法③。

因此，作为一种建构，隐含作者既依赖于读者，也依赖于由读者所阐释的文本因素。这就使得隐含作者变成了一个矛盾的概念。一方面，隐含作者应该植根于文本中的准则与价值，由此他才能为读者指引方向。查特曼将隐含作者定义为“叙事虚构作品本身内部的代理人，它引导着对于它的任何阅读”④。另一方面，隐含作者依赖于读者如何把握文本。安斯加·纽宁（Ansgar Nünning）正确地指出了小说交流结构中隐含作者的定位极不清晰。在理论上，因为他与作者相关联，所以占据发送者一侧的位置，但是实际上他是由接收者（读者）建构的，接收者（读者）利用信息（文本）以达成这一建构。⑤ 隐含作者
18 的确切位置仍然十分模糊。纽宁对查特曼进行了批判，因为查特曼首先提出读者建构出了隐含作者，并使这一建构与文本相一致：“文本本身就是隐含作者。”⑥ 最终查特曼通过把隐含作者定义为“由读者处置

---

① “比起‘隐含’（implied）作者，我们更宜称其为‘推断出的’（inferred）作者。”（西摩·查特曼，《术语评论：小说与电影的叙事修辞学》，纽约，伊萨卡：康奈尔大学出版社，1990：77页）。【中译本参见：西摩·查特曼，《术语评论：小说与电影的叙事修辞学》，徐强译，北京：中国人民大学出版社，2016：86页。——译者注】

② 热拉尔·热奈特，《新叙事话语》，简·E. 莱文英译（纽约，伊萨卡：康奈尔大学出版社，1988），150页。

③ 安斯加·纽宁，《“但是为什么你说我疯了？”：论英国虚构作品中不可靠叙述的理论、历史和信号》，载《英美研究论集》第22卷，第8期（1997）：83-105页。在第三章中，我们将会重新回到这篇重要文章。又见纽宁，《不可靠，与什么对比？走向不可靠叙述的认知理论：绪论与假说》，收入《跨越边界：语境中的叙事学》，沃尔特·格伦茨威格和安德烈亚斯·索尔巴赫编（图宾根：甘特·纳尔公司，1999），53-73页。

④ 查特曼，《术语评论》，74页。【中译本参见：西摩·查特曼，《术语评论：小说与电影的叙事修辞学》，徐强译，北京：中国人民大学出版社，2016：83页。——译者注】

⑤ 安斯加·纽宁，《文学批判幻影的人格化通路，或讣告之复兴？“隐含作者”概念的转移与替代》，载《德国文学与人类史季刊》第67卷，第1期（1993）：1-25页（尤其是9-11页）。

⑥ 查特曼，《术语评论》，81页。【中译本参见：西摩·查特曼，《术语评论：小说与电影的叙事修辞学》，徐强译，北京：中国人民大学出版社，2016：92页。——译者注】

的文本内的模式”[①]，将读者与文本结合起来。

发送者、信息、接收者之间界限的模糊性不为结构主义叙事学所理解，因为它试图将这些因素尽可能严格地分离开。难怪热奈特反对隐含作者这一概念。他坚持将处于文本之外（因此也就处于叙事学之外）的经验作者与属于文本（也属于叙事学）的叙述者严格分离开。热奈特认为，像隐含作者这样的中介人物完全是多余的。[②] 反对者在此问题上达成了一致。反结构主义的理论家们虽然并不将语言视为严整的网络，而将其视为主观表达，但与热奈特持有相同观点。在意旨（intention）与表达（expression）的基础上研究文学的皮特·居尔（Peter Juhl）断言，一部文学作品，只有当读者及批评家将其与保证文本严肃性和真实性的经验作者相联系时，才能有所言说、蕴含意义。绝对不能把真实作者隐藏于想象的建构物之后，因为那将意味着文本中的陈述失去价值：“作品表达或者隐含的主张不是通过虚构的‘隐含作者’，而是通过真实的、历史性的人物来明示或暗示的。”[③]

因此隐含作者的概念似乎存在很大的问题。叙事学不用这一术语也能很好地运行。另外，确实使用这一概念的理论可能会退化为拟人论（因为这一术语将据称与文本有关的因素人格化了）和传记论（因为读者和批评家常常强调隐含作者带有作者真实生活的元素）[④]。传记论是像居尔这样的理论家所使用的方法中固有的，并且它最终会将隐

---

① 查特曼，《术语评论》，87 页。【中译本参见：西摩·查特曼，《术语评论：小说与电影的叙事修辞学》，徐强译，北京：中国人民大学出版社，2016：99 页。——译者注】

② 热奈特，《新叙事话语》，145 页。只有在非常特殊的情况下，热奈特才会认为将读者心中的作者（即隐含作者）的形象与真实作者进行区分是有用的。这些情况包括伪造（例如伪造的兰波的作品）、代写（封面的名字不是真实的作者）、集体著作。虽然热奈特承认读者常常建构一种作者形象，但是他认为把这种形象变成叙事学的概念是错误的。对他而言，作者的形象不再属于叙事学：“我认为，叙事学没有必要越出叙事情境之外，而‘隐含作者’和‘隐含读者’这两个代理人很明显正是位于其‘外’的。”（137 页）

③ P. D. 居尔，《阐释：论文学批评的哲学》（普林斯顿：普林斯顿大学出版社，1980），186 页。接下来的陈述与引文方向一致：“如果作品表达了某些信念，那么作者是赞成这些信念的，也赞成它们的真理性。”（178 页）

④ 纽宁，《文艺复兴》，11 - 16 页。

含作者还原为真实作者。我们只能接受隐含作者处于中介位置，也就是说，作为文本与读者互动的建构物。读者可以将隐含作者看作真实作者的投射，但是实际上，这两种作者都不过相当于读者的建构物，很明显，投射也是由读者完成的。

其他叙事代理人

隐含作者在文中是始终不可见的，除了隐含作者以外，布斯又设置了**戏剧化作者**（dramatized author），后者在文本中是可见的。这是传统的作者式叙述者（authorial narrator），我们在弗兰兹·斯坦泽尔（Franz Stanzel）的理论中也将遇到。在虚构世界中，这种叙述者不同
19 于人物所起的作用，因为他凌驾于叙事，但是他通过第一人称叙述，确实使自己变得可见。戏剧化作者只作为叙述者而不作为人物出现。埃德加·爱伦·坡（Edgar Allan Poe）的小说《红死魔的面具》（*The Masque of the Red Death*）提供了一个绝佳的范例。故事讲述了在坚固的修道院中红死魔进行的大屠杀。由于无人生还，因此叙述者也不可能是在场的见证者。然而当他作为叙述的代理人时，他就变得可见了："这是何其奢侈逸乐的一个化装舞会啊！且让我先描述一下场地吧。"①

布斯也构想过**戏剧化的叙述者**（dramatized narrator），他是作为人物出现在故事中的。他参与到自己所描绘的场景中，作为一个观察者或者一个代理人。最后是**非戏剧化的叙述者**（undramatized narrator），他讲述故事而不被人看到。他不断地通过人物之眼展现行动，由此他也是不可见的。他从不使用第一人称，这一点把他与戏剧化的叙述者区分开来。我们可以认为《翼马》夸饰出了一个非戏剧化的叙述者，他通过两个主要人物向我们展示一切。《地图》中则有一个戏剧化的叙述者，他以代理人的身份出现在他所讲述的故事中。

总而言之，在作者与文本之间可能出现三种代理人：隐含作者、戏剧化作者、叙述者——戏剧化的或非戏剧化的。这一划分既暗示着

① 埃德加·爱伦·坡，《红死魔的面具》，收入《诗歌与故事》，帕蒂克·R. 奎恩校订［纽约：美国经典文学出版社（美国文库），1984］，485 页。

等级分层，又暗示着转变。其中，隐含作者所处的位置与作者最近，而戏剧化的或非戏剧化的叙述者所处的位置与文本最近。在第二章中，我们将看到结构主义叙事学家们如何明确地表示对如此整齐划分的层次之偏爱。

可见性和在场性

即使是最谦逊的非戏剧化的叙述者，仍然会做出一定量的概述。叙述从不意味着纯粹的模仿式呈现（mimetic representation）。即使叙述者难以被察觉，他也并未缺席。可见性（visibility）与在场性（presence）是两个不同的维度，热奈特和米克·巴尔（Mieke Bal）等叙事学家们最大的贡献之一，就在于他们指出了这一点。那些混淆了不可见性与缺席的人，是把这两条特征合二为一了，结果就是，查特曼在他的经典著作《故事与话语：小说与电影的叙事结构》（1978）中提出了错误的观点。他谈到了“非叙述式故事”（nonnarrated story），并引用了对话或日记的片段作为“非叙述式呈现”（nonnarrated representation）的例子。在查特曼看来，只要当叙述者以速记员的身份呈现对话或以收集者的身份呈现日记片段时，他就是缺席的。[①] 在我们看来，这些例子中一定仍然存在一个叙述者，尽管他不是直接可见的。 20
我们同意里蒙-凯南所主张的，即便是被呈现出的对话或书写形式的片段，其中也总是有一个叙述代理人（narrating agent）。把这些东西呈现给读者的那个代理人或许是不可见的，但他从不缺席。[②] 查特曼对这两者的混淆，同样通过他所假定的一个连续统而流露出来：从缺席的叙述者（absent narrators）到隐蔽的叙述者（covert narrators）再到公开的叙述者（overt narrators）。后二者关乎可见性，前者关乎在场性。通过把他们置于一条线上，查特曼否定了这两个维度的不同。

---

① 西摩·查特曼，《故事与话语：小说与电影的叙事结构》（纽约，伊萨卡：康奈尔大学出版社，1978），145－195 页。查特曼在 169 页和 173 页的例子中提到过诸如收集者和速记员之类的缺席的叙述者。【中译本参见：西摩·查特曼，《故事与话语》，徐强译，北京：中国人民大学出版社，2013：153－156 页。——译者注】

② 里蒙-凯南，《叙事虚构作品》，88 页。

四、叙述者与读者

如果一个故事构成了交流情境的一部分，同时在这个情境中，发送者将信息传递给接收者，那么叙事理论也必须给予接收者以适当的位置。发送者不是一个容易辨认的代理人，故事的接收者也不仅仅是打着读者的幌子的单一体（monolithic entity）。

假想读者和隐含读者

在韦恩·布斯看来，每一个文本都预设了一个具体的、有其特殊意识形态与态度的读者。这一读者构成了隐含作者的相对方，发挥“第二自我”的作用。正如叙述者的可靠性取决于叙述者与隐含作者间联系的紧密程度一样，阅读的可靠性与品质取决于隐含作者的意识形态与读者的意识形态之间的相似程度：“最成功的阅读是被创造的自我、作者和读者能够完全达成一致。”[①] 虽然布斯没有用**隐含读者**（implied reader）这个术语，但是他借用了沃克·吉布森（Walker Gibson）在1950年创造的**假想读者**（mock reader）这一概念[②]。然而在接受理论中，隐含读者确实出现了，尽管我们不得不说，沃尔夫冈·伊瑟尔（Wolfgang Iser）对于这一概念的定义与布斯的假想读者几乎不相符。对伊瑟尔而言，隐含读者是文本中指引阅读行为的指示与标志之总和。在那些充满问题与秘密的段落中，可以发现重要的指示，即所谓的空白（gaps）。伊瑟尔承认在文学散文的发展进程中，其包含了越来越多的空白。[③]

正如隐含作者一样，假想读者也是一个在文本中不能被听到，也

① 韦恩·布斯，《小说修辞学》（芝加哥：芝加哥大学出版社，1961），138页。

② 沃克·吉布森，《作者、说话者、读者和假想读者》，载《大学英语》第Ⅱ卷（1950）：265－269页。布斯在《小说修辞学》第138页提及该文。

③ 沃尔夫冈·伊瑟尔，《隐含作者：从班扬到贝克特散文虚构中的交流模式》（巴尔的摩：约翰·霍普金斯大学出版社，1974）。我们在第三章中将重回该文。

不能被看见的抽象体。前面提到的所有关于隐含作者的问题也都适用于此。[①] 与他的相对方一样，假想读者也处于中介位置。他既不是阅 21
读文本的那一具体个人，也不是戏剧化作者或叙述者明确对其讲说的受话主体。对于这一特别的主体，叙事学通常为其保留**受述者**（narratee）一词，这一概念是由杰拉德·普林斯创造的。[②]

受述者

像叙述者一样，受述者既可以是戏剧化的，也可以是非戏剧化的。在书信体小说中，收信人经常充当叙述中的一个人物，但是这不是必然的。非戏剧化的受述者既可以接近，也可以远离假想读者。在收有《翼马》的作品集中，夏洛特·马特赛尔斯也写了一封"给（她的）兄弟匹诺曹的信"。这封信以"亲爱的匹诺曹"开头，有一个明显的受述者，但是他从未出现在故事中，在这一意义上他一直是缺席的。[③] 因此，要更好地理解受述者，需要清楚地区分可见和存在。

每一个文本都有受述者，即便他是不可见的。无论是《翼马》还是《地图》，都展现出一个确确实实活动着的受述者，因为这两个故事显然是说给某人听的。就像总是存在一个叙述代理人，也总是存在一个受述者。在此，我们再次背离了查特曼，他假定**无受述者**（nonnarratee）是**无叙述者**（nonnarrator）的相对方[④]。查特曼提出，叙述者和受述者不一定要在可见性方面互为镜像，这一点我们确实同意。充当人物的叙述者，不一定要说给同样充当人物的受述者听。《地图》中"叙述者-人物"就没有说给另一个人物听。与此相反，不充当人物的叙述者，倒有可能说给特定的多个人物听，也许这样做是为了责骂或

① 纽宁，《文艺复兴》，8－9 页。

② 杰拉德·普林斯，《论叙事中的读者和听众》，载《新人文》（*Neophilologus*）第 55 卷（1971）：117－122 页。又见《虚构受述者分类问题述评》（Notes towards a Categorization of Fictional Narratees），载《文类》第 4 卷（1971）：100－105 页及《受述者研究导论》（Introduction à l'étude du narrataire），载《诗学》（*Poétique*）第 14 卷（1973）：178－196 页。普林斯在他的专著《叙事学：叙事的形式与功能》（海牙：莫顿公司，1982）中也讨论过这个概念。

③ 夏洛特·穆瑟斯，《海之痛》（*Zeepijn*）（阿姆斯特丹：磨坊堡，1999），20－28 页。

④ 查特曼，《故事与话语》，254 页。

者赞赏他们。在这种情况下，受述者属于被叙述的事件宇宙，尽管叙述者置身这一宇宙之外。

由此可以总结出两点。第一，叙述中交际范围的每一方面都有自己特定的代理人。第二，这些代理人不一定互为镜像。隐含作者说给假想读者听；戏剧化作者和戏剧化或非戏剧化的叙述者说给受述者听，而受述者可以存在于多个层次上。受述者可以属于叙事的宇宙，也可以像戏剧化作者一样凌驾于宇宙；他既可以接近假想读者，也可以远离假想读者。

22 叙述的交际情况可以通过图 1－1 系统化[①]：

发送者：作者→隐含作者→戏剧化作者→戏剧化/非戏剧化的叙述者

↓

叙事信息

↓

接收者：戏剧化/非戏剧化的受述者→假想读者→真实读者

图 1－1　叙述的交际情况

资料来源：华莱士·马丁，《当代叙事学》（纽约，伊萨卡：康奈尔大学出版社，1986），154 页。

经典结构主义叙事学将发送者、信息、接收者之间的这一相互作用限制于文本内的代理人：叙述者、叙事、受述者。这在一定程度上又回到了俄罗斯的形式主义者，他们将普通交流与文学交流严格区分开来。

文学和日常交流

在号召言语行为理论（speech act theory）的同时，玛丽-路易

① 华莱士·马丁，《当代叙事学》（纽约，伊萨卡：康奈尔大学出版社，1986），154 页。马丁进一步将假想读者划分为模范读者和作者的读者，因此接收者的种类就与发送者的种类一样多了。西摩·查特曼用不同的方法拯救了生产者与消费者之间的对称。在发送者一方，他列出了作者、隐含作者和叙述者（即戏剧化作者、戏剧化的叙述者和我们在图表中提出的非戏剧化的叙述者）；在接收者一方，他提到了受述者、隐含受众和真实受众。参见查特曼，《故事与话语》，267 页。【中译本参见：西摩·查特曼，《故事与话语》，徐强译，北京：中国人民大学出版社，2013：253 页。——译者注】

斯·普拉特（Mary-Louise Pratt）称这一分离实质上是“诗歌语言谬误”（the poetic language fallacy），她提议将文学文本的叙述交际融入普通的、日常的“自然叙事”的研究中①。这一提议很好地契合了言语行为理论，这一理论的出发点是下列理念：每种形式的交流都必须被视为一个行为，更精确地讲是言说者与倾听者之间的一种语境互动。只有在一个具体情境中，词语才能获得意义，某些陈述才能产生强制力。在普拉特看来，读者总是将叙述者、叙事、受述者之间的互动视为言说者、信息、倾听者之间“自然性”交际互动的反映②。读者将文学叙述置于更大的语境中，这一语境为成功交流，如易理解性、忠实性以及对所述内容的信任，提供了条件。若一个文学文本在一定程度上符合这些要求，那么其中的陈述就能被视为有意义的③。

这种对语境的坚决主张有一个好处，即它能显示一个文学文本在被识别、被理解、被分析之前必须符合哪些要求。结构主义叙事学不

---

① 玛丽-路易斯·普拉特，《文学话语的言语行为理论》（布鲁明顿：印第安纳大学出版社，1977），3－78页。在第三章中，我们将聚焦莫妮卡·弗卢德尼克的著作，她将这一概念编入她包罗万象的叙事理论中。

② “在文学言语情境中，言说者和受众是在场的…… 如同在其他任何地方一样，他们会彼此承诺，而这些承诺都是由作品的创作者和接收者预先设定的。文学作品不是独立于‘日常’话语的‘切实’关注而存在的自主的、自足的、自我激发的、无语境的东西，而是发生在某个语境中，并且像任何其他话语一样，不能与它所处的语境分开加以描绘。”（普拉特，《文学语言的言语行为理论》，115页）

③ 用理论术语来讲，文学言语行为是施事性（performative）的。虽然这一类型的言语不只代表一种特定的情景——那样的话它就是言事性（constative）的了——但它确实导致了某些事情。作为施事性言语行为，文学创造了一个世界。施事的成功依靠某些适切条件，它们源自交际语境，而且只能由交际语境形成。这些条件使文学交流受制于一系列由发送者和接收者共享的成规（如文类）。文学文本的施事效力（illocutionary force）——它使读者相信它所唤起的世界之力量　恰恰源自这些它所使用和激发的成规。[桑迪·皮特里，《言语行为与文学理论》（纽约：劳特利奇公司，1990），4－21页。] 根据苏珊·斯尼亚德·兰瑟的观点，由文学文本唤起的世界是一个“备选世界”（alternative world）[《叙事行为：散文体虚构之视角》（普林斯顿：普林斯顿大学出版社，1981），291页]，文学话语等于一种特殊的施事行为，她称之为“假设的”（hypothetical）施事行为（289页）。在此基础上，理查德·欧曼称之为“一个世界的理想建构”[《言语行为与文学的定义》，载《哲学与修辞》第4卷（1971）：1－19页]。在第三章，我们讨论可能世界理论时，文学世界的假设、备选和理想等特质将会重新出现。

将自己与这些要求相联系，因为它将识别与理解视为理所当然。它不追究识别与理解来源于什么地方、如何实现。然而，这种限制使得叙事学家得以近距离分析文学叙述的组成成分与机制，而不用担心更大
23 的、非文学的语境。

五、意识与言语

意识呈现

叙述分析的关键问题之一关乎人物陈述与思想在文本中的出现方式。原则上，已经说出的句子与未说出的思想之间的不同并不十分重要。在这两种情况中，我们都在谈论人物的观念与感情，不过相对于一段未说出的沉思，一段实际的对话当然有可能将人物的观念与感情传达得更清楚。一个实际言说着的人物可能比正在思考或做梦的人物更好地组织了思想，但是事实并不总是如此。对话会具有不确定性和混乱性，然而一个思想序列却十分清晰。我们将用**意识呈现**（representation of consciousness）这一术语来表示思想与对话的再现。我们将详细地论述这个问题，因为它是叙述理论的重大挑战之一。

意识呈现的中心问题实质上是呈现代理人与被呈现者之间的关系问题。如果叙述者呈现出人物的思想，那么有人会问在何种程度上，这一呈现是纯粹的与真实的。读者会以为自己得到的是人物的真实想法，然而实际上他得到的可能仅仅是叙述者的构想和观点，叙述者只是对存在问题的想法进行了解释。在导言中，我们结合《翼马》简短地提及了这一点，当时我们区分了三种呈现方式：直接言语、间接言语、自由间接言语。现在我们借助关于文学叙述中的意识呈现的权威研究——多利特·科恩（Dorrit Cohn）的《透明的思想》（*Transparent Minds*，1978），进一步完善这一划分。

科恩区分了两种意识呈现，它暗示着叙述者与人物之间存在两种

不同的关系。首先，呈现意识的那一叙述者可以与作为他所呈现思想之主人的人物**相一致**，在这种情况中，叙述者大多使用第一人称。他也可能用第二人称呈现他的想法与感觉，例如，当他这样讲述自己时——“你太慢了，你在渐渐变老”，实际上这个“你”是从我-形象中分裂出来的。其次，呈现意识的那一叙述者可以与作为他所呈现思想之主人的人物**区别**开来，在这种情况中，叙述者使用第三人称。当叙述者对人物讲话时，可以使用第二人称。《翼马》以第三人称进行叙述，科恩为这种叙述创造了一个短语：“第三人称语境”。《地图》用第一人称叙述，科恩将这种叙述称为“第一人称语境”。 *24*

第三人称意识呈现

心理叙述

在科恩看来，第三人称呈现至少有三种类型，大致相当于直接言语、间接言语、自由间接言语。科恩称第一种为**心理叙述**（psycho-narration）。全知叙述者在呈现一个人物的意识时，不逐字引用“他真诚地相信她会让他幸福”。在心理叙述中，人物的意识有可能得以呈现，因为叙述者可以不受约束地进入人物的内部自我。实际上，这种方法提供了表现人物没有意识到的感情与思想的唯一途径。这也是最传统的意识呈现方法。此处所谓的“传统”既不意味着这种方法是过时的，也不意味着它已经被完全了解了。在心理叙述中，实施转述行为的叙述者与被呈现的人物之间的界限总是难以划分。比如：哪些言语必须归属于叙述者，哪些言语归属于人物？叙述者没有改变原始言语吗？也许叙述者是在反讽？

不协谐与协谐

叙述者与人物之间各种各样的关系，可以置于以不协谐（dissonance）与协谐（consonance）为两个端点的标尺上。叙述者可以与人物的思想和陈述有差异。为了阐明这样的不协谐，科恩讨论了选自托马斯·曼（Thomas Mann）的《死于威尼斯》（*Death in Venice*）的一段文字。主人公古斯塔夫·冯·阿申巴赫（Gustav von Aschenbach）

认为，要想逃离这个灾难性的城市已经来不及了，但是叙述者对此表示怀疑：“太迟了！他这时在想。太迟了！但真的太迟了吗？要不是他刚才迟疑了一下，他本来可以达到轻松愉快的彼岸，一切都可能顺顺当当，头脑也会清醒起来。不过实际上，这个上了年纪的人就是不想清醒，他太爱想入非非了。谁能揭开艺术家的心灵之谜呢？”[①] 这段引文展现了所谓的全知叙述者也有可能心存怀疑、萌生不确定感，但这种不协谐未必意味着叙述者扭曲了人物的思想。在上面的引文中，你可以清楚地看到主人公的思想以及叙述者是如何反应的。叙述者与人物的冲突并不理所当然地意味着叙述者删改或改变了人物的意识，也未必意味着叙述者完全将自己与人物拉开距离。“谁能揭开艺术家的心
25 灵之谜呢？”这种夸张的感叹可以被视为阿申巴赫典型苦难的回响，在这个例子中，叙述者毕竟采用了人物的一个方面——当然，这种采用可能被读者意会为反讽。

协谐看起来似乎不能使叙述者留下他自己的声音或贡献。他表达人物的思想和反思，而不带批评和拒斥的痕迹。叙述者的意识几乎与人物的意识完全相符，这使读者不可能将两者清楚地分开。《翼马》中就出现了这种情况，其中叙述者既没有将自己与他的人物脑海里浮现的思想拉开距离，也没有与其中的任何一个人物站在一边。这就难以分清他是更偏向马术教练还是女骑手。由于叙述者没有进行干涉，或无论如何都很难干涉，所以协谐的心理叙述非常接近逐字逐句的意识呈现。

引用独白

以引用为形式的逐字逐句的意识呈现，构成了第三人称语境的第二种类型。科恩称之为**引用独白**（quoted monologue）——相对于内

① 托马斯·曼，《死于威尼斯》，收入《作品集》第 8 卷（美茵河畔法兰克福：S. 费舍尔·韦拉格，1960），493－494 页。译文采自多利特·科恩，《透明的思想：小说中呈现意识之叙事模式》（普林斯顿：普林斯顿大学出版社，1978），27 页。【中译本参见：托马斯·曼，《死于威尼斯》，钱鸿嘉译，上海：上海译文出版社，2010：73 页。——译者注】

心独白和意识流这些更为传统的名称，她更偏爱这个术语。在任何情况中，这个变体实质上都是以第一人称和现在时表现的对人物思想的直接引用。作为引用主体，在能力范围内，叙述者可以在很大程度上使自己不受注目（efface）。他甚至可以隐藏起指向他本身之存在的线索，包括诸如“他说”“他想”这样的小词组。

在《尤利西斯》（*Ulysses*）中，人们常常注意到一个全知叙述者将他的位置让渡给了某个人物，以至于心理叙述变成了引用独白。例如：“他在舰队街的十字路口停下来。到该吃午饭的时候了。到罗依去吃六便士一客的饭吧？还得到国立图书馆去查阅那条广告呢。倒不如到伯顿去吃那八便士一客的，刚好路过那里。”① 第一句话清楚地突显出了叙述者。他本来可以按以下方式继续进行心理叙述：“布卢姆想，到吃午饭的时间了。他问自己是否要去罗依吃六便士一客的饭。”然而叙述者选择了直接引用布卢姆脑海中的思想之流（stream of thoughts）。

只要一段独白采用第一人称、现在时的形式，就很容易判断句子是来源于人物的意识还是来源于叙述者的意识。人称与时态明显地指示了引语，因而也就指示了引用独白。但是当人称与时态缺席时，事 *26*
情就变得更加复杂了。《翼马》刻画了以下片段：“不妨找几本有关骑士的书来读读。学习马术，却不了解它的背景知识，这就有点儿说不过去了。”这些意见出自马术教练，但是既然没有语境，就不可能判断出这一片段是否相当于引用。也许叙述者以自由间接言语的方式现身于此，如果这样，那就可以显示出此前一句的特征：“那些从未亲身体验过这种神圣感受的小女孩，最好不要夸夸其谈。”过去式（did）可能显示出这不是一句引语，而是意识的自由间接呈现。也许这种呈现方式在接下来的几句话中还在被继续使用。

被述独白

自由间接言语将我们带入了第三人称呈现的第三种类型——**被述**

① 詹姆斯·乔伊斯，《尤利西斯》，汉斯·沃尔特·加布勒校订［纽约：经典图书（Vintage Books），1986］，132页。

独白（narrated monologue）。正如已经提到的那样，自由间接言语悬于直接言语与间接言语之间。以下是个简单的例子：

直接言语　他问她："你能不能明天走?"

间接言语　他问她是否可以第二天走。

自由间接言语　她能不能明天走?

因为自由间接言语省去了引导性的主句（"他问她是否"），所以被转述的句子变成了主句。它也与引语中的词语顺序有关（在这种情况中是原始问题的倒装），但它并未改变地点与时间之标志（"明天"没有被替换成"第二天"）。正常的间接言语中不会出现的惊叹语（exclamation）和感叹词（interjection），在自由间接言语中都被保留了下来。像是"不，不，我今天已经做了"之类的引语，在自由间接言语中变成了"不，不，他今天已经做了"。这些都是直接言语的特点，但是除了这些以外，自由间接言语也确实应用了间接言语的典型变化：它改变了时态，转换了人称代词。

混淆与含糊

直接言语与间接言语的组合常常使读者无法决断谁在说什么。人物讲出或正在思考的言语确实会与叙述者所说出的言语混合在一起。居斯塔夫·福楼拜（Gustave Flaubert）的《包法利夫人》（*Madame Bovary*）就是一个经典的案例。有不少读者觉得这部小说十分震撼人心，因为他们将人物的想法归诸叙述者，然后又将福楼拜认定为叙述
27 者。在这些读者看来，不是包法利夫人努力以自由间接言语的形式谈论她的不忠，而是福楼拜本人将这种道德上应该遭受谴责的行为呈现为一种幸福。

人物与叙述者的混淆清晰地出现在《包法利夫人》中的下列段落中："她的心灵受尽了骄傲的折磨，最后在基督教的谦逊中找到了安宁。爱玛开始体会到柔弱的愉快滋味，看到自己内心的意志完全消灭，这就为天恩降临打开了道路。原来在一般的幸福之外还有更大的幸福，在一般的爱之上还有另一种爱，这种爱绵延不断，无边无际，永远在

增长!”[①] 叙述者在第一句就开口了，在第二句中，爱玛·包法利（Emma Bovary）通过自由间接言语加入进来。读者如果没有注意到这一转变的话，就可能会想象成是叙述者在狂热地赞美着永恒之爱。

自由间接言语在文学历史进程中已经引发了丑闻，这一事实显示出了特定叙述策略的意识形态蕴含。被叙述的独白，结合了人物的意识形态与叙述者的意识形态，这种含糊性使得读者很难辨析出文本提供的意识形态。《包法利夫人》与《翼马》中的隐含作者是什么样子的呢？福楼拜作品中的叙述者真的认为爱玛的通奸行为是在逃向幸福吗？《翼马》的叙述者同意故事最后几行中对不顾方式的起飞之鼓励吗？叙事学家和读者需要自行决定在何处划定隐含作者、叙述者、人物之间的边界。传统读者想要尽可能清楚地画出这一边界，即便文本已经排除了一个明确的选项。

当不再可能把叙述者与人物区分开的时候，换言之，当叙述者在谈论他自己时，潜在的混淆就增加了。在第三人称呈现中，第一人称的使用清楚地表明这句话引自人物。但是在第一人称叙述中，情况就不是这样了。用第一人称表达的一句话，既可以是“叙述的我”（narrating I）之意识呈现，也可以是“经验的我”（experiencing I）（作为人物的我）之意识呈现，究竟属于何者常常难以区分。“经验的我”从哪里开始，“叙述的我”到何处终止？通常，时间间隔会将这两个人物分离开，典型的自传即一个很好的例子——年长的、更智慧的“我”对应年轻的、天真的“我”。诸如“那时的我不知道事情会演变成这样”这类句子，证明当前的“叙述的我”与过去的“经验的我”有明 28
确的区分。但是区分通常不会这么简单。

在《地图》的开头，我们可以很容易地区分渴望的男孩和失望的叙述者，但是在接近结尾的时候却很难区分两者。这个故事精确地表

---

① 居斯塔夫·福楼拜，《包法利夫人》，杰弗里·沃尔英译（哈蒙兹沃思：企鹅图书有限公司，1992），172 页。【中译本参见：居斯塔夫·福楼拜，《包法利夫人》，张道真译，北京：人民文学出版社，1998：209 页。——译者注】

现了最初的热情如何变成了冷漠。在格利特·克劳尔（Gerrit Krol）的小说中，“我-叙述者”（I-narrator）与“我-人物”（I-character）的混淆甚至更严重。他的小说表现为通过两倍行距分离开的许多短小片段。因为通常不可能为这些片段分配时间基准，所以我们无法判断说话人到底是当前的“我”，还是过去的“我”。

第一人称意识呈现

自我叙述

在第一人称语境中，科恩的第三人称语境中的三种类型又出现了。在第一人称叙述中，心理叙述的对等物是**自我叙述**（self-narration）。“我-叙述者”概括自己的记忆。他不是在引述作为年轻人的自己，而是以与间接言语相似的方式谈论他的想法和感觉。自我叙述有协谐与不协谐之分。下面的片段选自哈里·穆里施（Harry Mulisch）的自传小说《心理学家的素材》（*Feed for Psychologists/Voer voor psychologen*），它就是自我叙述不协谐的一个例子。在这部小说中，“叙述的我”（年长的、智慧的哈里）贬低了“经验的我”（年轻时的哈里）：“我的魔力再一次快速地呈现出黑色阴暗的形状。那时我也开始写作了，在人们可以想象到的最恶劣的条件中——艺术点儿讲。恶劣是因为我的方向完全是精神上的……而艺术努力实际上是最没有精神性的。”[①] 很明显，这些是“叙述的我”的言辞。他的评论并不试图营造这样一种印象，即：这些言辞精准地呈现出年轻的哈里针对艺术与精神所思考到的东西。就术语的字面意义来说，这里几乎没有任何“间接言语”。读者得到的是一个粗略的概括而不是真实的记录。如果心理叙述和自我叙述确实都关乎间接言语，那么必须在最大限度上将自我叙述视为人物所言与所思的概括性说明。

在协谐的自我叙述中，“叙述的我”之批判的声音仍是缺席的，因

① 哈里·穆里施，《心理学家的素材 自画像》（*Voer voor psychologen. Zelfportret*）（阿姆斯特丹：忙碌的蜜蜂公司，1961），21 页。

此似乎“叙述的我”之构想（formulation）完全为“经验的我”在当时的思想与感觉所决定。荷兰作家 A. F. Th. 范·德·海登（A. F. Th. van der Heijden）的《灰烬 安魂曲》提供了一个清楚的例证。叙述者——碰巧也叫范·德·海登——描述了在父亲的葬礼上，他生平第一次产生了 29
父性的感觉：“在乐音的高大穹顶之下，我紧紧地抱住儿子。我不是在事情发生后才这样说的，这一理解在那一刻就产生了——那儿是我父性诞生的地方。在那之前，我几乎没有像当时一样与一个人那样亲密过。”[1]

自我引用独白

在科恩看来，第三人称语境中的引用独白，在第一人称语境中变成了**自我引用独白**（self-quoted monologue）。在“引用独白”的第一人称版本中，“叙述的我”作为人物引用自己。接下来的例子选自荷兰作家杰若恩·布鲁威尔斯（Jeroen Brouwers）的小说《沉没的红》（*Sunken Red*）：“我满脑子想的都是，反正她死了，我就用眼睛跟她的洋娃娃打个招呼。”[2] 在没有引号的情况下，如果去掉引导性主句（“我满脑子想的都是”），读者就只能用现在时确定究竟是被引用的年轻的“我”在说话，还是在报告的年老的“我”在说话[3]。如果使用现在时是一个普遍事实，那么会出现一个问题。《沉没的红》中的“我-形象”（I-figure）描述了他孩提时在日本俘虏营中目睹的酷刑，接下来的句子出现在冒号之后：“太阳是日本人使用的最残酷的严刑拷打工具，太阳是日本民族的象征。”[4] 这些言辞属于年轻时的“我”还是写下这个故事的年老的叙述者呢？

自我被述独白

这种模糊在**自我被述独白**（self-narrated monologue），即第一人

---

① A. F. Th. 范·德·海登，《灰烬 安魂曲》（*Asbestemming. Een requiem*）（阿姆斯特丹：探求出版社，1994），239 页。

② 杰若恩·布鲁威尔斯，《沉没的红》，艾德丽安·迪克逊译（伦敦：皮特·欧文公司，1990），49 页。

③ “反正她死了”一句原文为“since she’s dead anyway”，用的是现在时。——译者注

④ 布鲁威尔斯，《沉没的红》，57 页。

称意识呈现的第三种类型中更多了。在这一类型中，自由间接言语的使用使得引语的现在时变成了过去时。因此，由“叙述的我”（科恩的自我叙述）所主导的叙事段落（narrative passage）暗中转换成一种间接引用独白，在这种间接引用独白中，人物在说话（自我引用）。《地图》中，年轻的“我-形象”发现了道克沃德村庄的地图。他的想法是这样表现出来的：“它的精细程度令我十分意外，尤其是当我看到道克沃德的名字时，惊讶之情更是溢于言表。我对这个村庄十分熟悉，可是我还从没有在地图上见过它的名字！”上述语句中，第一句含有叙述者的言辞，也是自我叙述的一个例子；第二句可以被看作自由间接言语复制人物想法的例子，因此也可以被看作科恩的自我被述独白的例子。

小说或故事的读者很少下意识地停下来区分呈现人物意识的方式。
30 然而，这不意味着这种区分无关紧要。相反，意识呈现上的多样性有助于读者将多种热点归诸一个文本。例如，引用思想可能会变得单调乏味，尤其是当诸如“他想”“他相信”这样的短语一次又一次重复出现时。除此之外，引语可能会加强读者对“真实叙述”之印象。意识呈现的改变也有可能决定文本的节奏。因此，一长段内部独白后可能跟着一段简短的思想概括。通过选择一种特定的意识呈现方法，叙述者可以操控受众。如果他批判某个人物的感情，他就是在帮助读者选择一种特定的解读，这种解读可能在引语的帮助下不会发展得太快。总而言之，意识呈现对于叙述的理解和解读十分重要。决定忽视这一事实的读者，最终会与被《包法利夫人》震惊到的读者犯同样的错误。

六、感知与言语

在导言中，我们已经简要地提到过《地图》中的感知。我们曾问，看地图的小男孩是否就是叙述代理人。我们认为“回忆者我”（the I-who-remembers）极有可能是说话人，而“记忆中的我”（the I-who-is-being-remembered）是看地图的那个人。当叙述者不同于人物时，亦即，用科恩的话来说，当我们所面对的是第三人称语境时，就会存在相同的问题。如果一个人物记得什么事情，那么人物是不是就自动变成了这一记忆的叙述者？抑或我们是否要说存在一个全知叙述者，他以科恩的协谐的心理叙述形式呈现出人物的记忆？在那种情况下，人物就是感知代理人，而叙述者仍然仅限于表达他的感知。

荷兰作家威廉·布莱克曼（Willem Brakman）的小说《奥斯坦德的周末》（*A Weekend in Ostend*/*Een weekend in Oostende*）就例示了这个问题。主角勃洛克去厕所时回想起了他年幼时探访亲友的事。“有一次他插上了厕所的门闩……那些探访都是非常奇怪的事情，没有彩色纸带，没有游泳池，没有茶……只有通过交换早就不断被重复的故事来相互帮持着度过空闲时间（gaps）……因此‘耳朵’一词成为了 31
解勃洛克父亲以及他住院治疗的故事的必备锁钥。”[①] 在这句话中，是谁说探访是奇怪的事情？在米克·巴尔和里蒙-凯南的传统下的结构主义者，正如后面我们将要详细探讨的一样，可能会将叙述者与勃洛克予以区分。勃洛克想象出了这些事件，但是他没有将这些事件以源自像“勃洛克之父”这样的构想物的方式叙述出来。

视点：弗里德曼

感知代理人与叙述代理人的这一区分相对较新。过去所谓**视点**（point of view）传统将透视（perspective）与叙述结合起来，因此混淆了感知者与叙述者的形象[②]。我们希望花点时间详述一下传统视点

① 威廉·布莱克曼，《奥斯坦德的周末》（阿姆斯特丹：探求出版社，1982），39－40页。

② 视点是一个模糊的概念。本书第二章将大量涉及热拉尔·热奈特和米克·巴尔，他们通过分别处理叙述行为和感知行为而解决了这一问题。我们即将看到的弗兰兹·斯坦泽尔的视角标尺相对于弗里德曼的视点而言更明确，但是仍然比热奈特和巴尔提出的解决方法更模糊。对此传统的概括，参见贾普·林特维尔特（Jaap Lintvelt），《叙事类型论：“视角”》（*Essai de typologie narrative*：*Le* “*point de vue*”）（巴黎：何塞·科尔蒂公司，1981），111－176页。

理论的经典代表——诺曼·弗里德曼（Norman Friedman）。他普及了在叙事学之外的学科中仍然经常被使用的一些术语，例如全知叙述者和“我-目击者”（I-witness）。后者颇有征候性，因为它证明了传统理论在多大程度上将感知（眼睛）与言语（我）合并在一起。弗里德曼的视点标尺上的七个位置涵盖了从最大限度的叙述到最大限度的模仿，“我-目击者”在七个位置中占据一席[1]。

七种视点

在叙述性概括这一端上，弗里德曼放的是**编辑性全知**（editorial omniscience）；就是说，全知的作者式叙述者凌驾于虚构世界之上，用自己的语言概括一切事情。他清晰可见并以第一人称向读者言说，以便展示他对他所描述的人物与事件的看法。如果叙述者使他的在场不那么容易被察觉，那么他就移到了第二个位置，弗里德曼称之为**中立全知**（neutral omniscience）。虽然读者仍然能清楚地得知叙述者对人物与事件的评价，但是这一叙述者既不再以第一人称发言，也不再直接向读者言说。“她是一位漂亮而且受过良好教育的女性”，这是一个中立全知的例子。这句话如果变成“我可以确定地说，她是一位漂亮而且受过良好教育的女性”，就是编辑性全知了。

继续朝模仿一端前行，弗里德曼构想出两类不同的“我-叙述者”，他们不再凌驾于虚构世界之上，而是属于虚构世界，以人物身份出现。一方面，**“我-目击者”**用他自己的语言讲述故事，但是缺少作者式叙述者的全知性。一个著名的例子是华生医生，他既是夏洛克·福尔摩斯的忠实助手，也是福尔摩斯之冒险的见证者。另一方面，**“我-主人公”**（I-protagonist）是自传体小说中典型的叙述者。他谈论他自己。
32 《地图》中的叙述者正居于这一位置。

另外，弗里德曼提出了两种不同的“人物-叙述者”。他用**多重选**

---

① 弗里德曼在其早期文章中区分了八种视点。见《小说中的视点：一个关键概念的发展》，载 *PMLA* 第 70 卷，第 5 期（1955）：1160－1184 页。此处呈现的是根据弗里德曼《小说中的形式和意义》一书改编的版本（雅典：乔治亚大学出版社，1975），134－165 页。

择全知（multiple selective omniscience）这一术语来描述前者。这意味着故事是从至少两个人物的角度被讲述出来的，所以提供给读者的是同一事件的不同版本。这些人物不用第一人称讲话，而通过不引人注意的全知叙述者讲话。雨果·克劳斯（Hugo Claus）的小说《流言》（*The Rumours/De Geruchten*）很好地例示了这一位置，因为围绕女主人公蕾妮·卡特里斯（René Catrijsse）发生的事件都是通过不断变化的人物加以呈现的。[①] 第二种"人物-叙述者"处于弗里德曼所称的**选择性全知**（selective omniscience）的位置，即只有一个人物提供被叙述事件的视角（perspective）。在上面引自《奥斯坦德的周末》的段落中，勃洛克提供的正是这一视角。《翼马》呈现出了一个边界性的情况，因为它既展示出马术教练的视点又展示出学员的视点，但是仍然将大部分的注意力放到了后者身上。

在弗里德曼看来，选择性全知没有真正的叙述者。读者几乎直接看到了人物的内心[②]。这一点将选择性全知与中立全知和编辑性全知区分开来。后两者清晰地展现了一个评价性叙述者的干预。然而，弗里德曼认为，即使没有叙述代理人的帮助，我们也能直接看到人物的内心。这一点我们不敢苟同。我们倾向于将这种呈现方式描述为协谐的心理叙述。与科恩一样，我们相信任何叙事都隐含着一个叙述代理人。虽然叙述者或许是不可见的，但是他无论如何都是存在的。

在弗里德曼的分类中，第七个也是最后一个位置达到了纯粹模仿一端。在**戏剧化模式**（dramatic mode）中，事件主要是被展示出来的，几乎没有通过任何概括或转换。视点变成了摄影机的视点（或许弗里德曼喜欢摄影机），它记录而不干扰情节。由于含有大量的对话，这种模式的小说趋同于戏剧了。戏剧化模式几乎总是局限于文本的局部，而威廉·加迪斯（William Gaddis）的《小大亨》（JR）近乎实现

① 雨果·克劳斯，《流言》（阿姆斯特丹：忙碌的蜜蜂公司，1996）。

② "将故事材料客体化的下一步，是不仅排除与作为见证者框架的'我'一起消失的作者，还排除所有的叙述者。此处的读者表面上不听任何人讲话；故事直接来自人物的思想，因为它在人物思想中留下了印记。"（弗里德曼，《小说中的形式与意义》，152－153页）。

了弗里德曼远在这部小说出版之前所描述的理想：这本小说有六百多页的对话，除此之外几乎没有其他内容。摄影机只能记录人与物的外在，因此内在的操作处理保持不可见。在弗里德曼看来，戏剧化模式
33 几乎完全取消了中介[①]，而中介正是其他所有类型的基本方面。前两种类型是通过全知的方式起中介作用的；两种“我-叙述者”起中介作用，是因为他们讲述故事；两种“人物-叙述者”起中介作用，是因为他们感知并且呈现人物与事件。但对我们而言，即便是戏剧化模式，仍然包含一个中介性代理人，他的最小可见性帮助创造出客观化、模仿式呈现的印象。

叙事情境：斯坦泽尔

弗兰兹·斯坦泽尔的理论[②]容易让人联想到弗里德曼的方法，因为斯坦泽尔有时也因将感知与叙述结合起来而陷入麻烦。然而，斯坦泽尔坚持主张每一个叙述都隐含着中介代理人，因此对一个事件进行完全的模仿式呈现是不可能的。斯坦泽尔的中介（mediation/Mittelbarkeit）概念既包括感知形式也包括叙述形式，导致了三种基本的叙事情境（narrative situations/Erzählsituationen），这引出了弗里德曼的编辑性全知、两种“我-叙述者”和两种“人物-叙述者”。斯坦泽尔区分了叙述者凌驾于故事的作者式叙事情境、由“我-形象”发言的第一人称叙事情境，以及人物叙事情境（在这种情境中，为了给人物身上的意识中心腾出位置，叙述者似乎消失不见了）。

斯坦泽尔借助于三个标尺来描述这三种情境，这三个标尺的每一个都代表着两个端点之间的渐变。第一个是人称标尺，它从同一性（identity）渐变为非同一性（non-identity）。叙述者可能与人物一致，也可能与人物不一致。如果叙述者与人物一致，那就是“我-叙事”

① “在排除了作者和叙述者后，我们现在准备一并处理掉精神状态。”（弗里德曼，《小说中的形式与意义》，155 页）。

② 斯坦泽尔两本最重要的书都已被译为英文：《长篇小说中的叙事情境：〈汤姆·琼斯〉〈白鲸〉〈使节〉〈尤利西斯〉》（布鲁明顿：印第安纳大学出版社，1971）；《叙事理论》，夏洛特·戈德谢英译（剑桥：剑桥大学出版社，1984）。

(I-narrative)；如果不一致，那就是“他/她-叙事”(he-or she-narrative)。这种区分与科恩的第一人称语境和第三人称语境相重合。斯坦泽尔的第二个标尺关乎视角，它从彻底的内部视角渐变为外部视角。在前者中，你通过故事中某一人物的眼睛看事件；在后者中，你通过凌驾于虚构世界的某一代理人（如作者式叙述者）的眼睛看事件。最后一个是模式标尺，斯坦泽尔用这一术语来描述叙述者的凸显程度。这一标尺从叙述者清晰呈现的“讲述者-人物”(teller-character)一端渐变为它的对立面，即叙述者的可见度几近于零的另一端。后者为叙述者所称的反映者（reflector）所占据，这一人物的心理可以感知事件，从而给读者这样一个印象——他可以直接进入人物的内心。

尽管这三个标尺及其对立的两端都使人清晰地联想到弗里德曼标尺中的前六个位置，但是斯坦泽尔提出了一个不同的体系，更重要的是， 34
这一体系更加详细。他将他的三个标尺整合进了一个圆环（见图 1－2）：

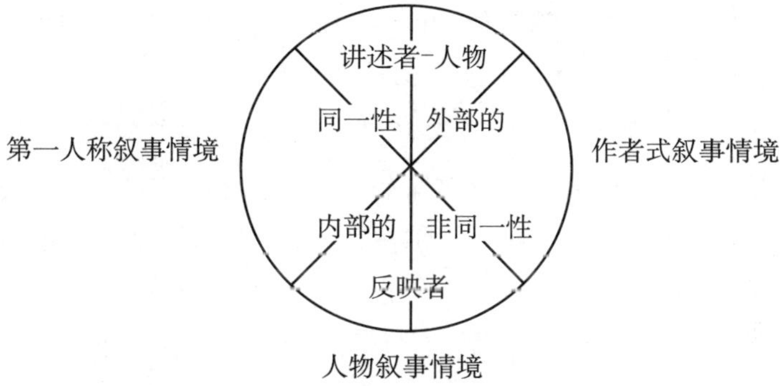

图 1－2　斯坦泽尔圆环

资料来源：弗兰兹·K. 斯坦泽尔，《叙事理论》（剑桥：剑桥大学出版社，1984），56 页。

三种基本的叙事情境中的每一个都占圆环的三分之一。作者式叙事情境部分的覆盖区域是从模式标尺上的“讲述者-人物”一端到人的标尺上的非同一性一端。这一区域的中间位置是外部视角的一端，它构成了作者式叙事情境的首要特征，因为作者式叙述者首先要凌驾于他所讲述的世界。次要特征包括以下两个事实：叙述者与作为叙述主体的人物不一致，以及叙述者明显现身（而不是为了人物而消失）。

第一人称叙事情境的主要特点是同一性，因为作为叙述主体的叙述者与人物一致。叙述者的清晰存在和内部视角，也都是它的特点，因为人们都是通过故事中某一人物的眼睛去看一切事物的。最后，人物叙事情境的基本特点是有一个反映者而不是“讲述者-人物”存在。叙述者似乎已经消失了，以至于一切都可通过反映者获得。这自然就意味着这一视角是内部的，叙事是以第三人称讲述的，这在人的标尺上隐含着非同一性。

斯坦泽尔的递变

斯坦泽尔的圆环式图解的优点在于各种叙事方法的关系得以清晰
35 展现。这些叙事方法不是截然分离的，而是相互间渐变的。存在三种渐变情况。第一，当作者式叙事穿过同一性标尺与圆环的交汇点后，亦即，当不与任何人物相一致的叙述者把发言权交还给这些人物，以至于这些人物的声音变得与他们的感知以及思想毫无区别时，作者式叙事就发展成了人物叙事。这一情境也被应用到了自由间接言语中，正如前边我们看到的，它处于作者式呈现与人物导向呈现之边界处。第二，明显存在的作者式叙述者可以经常性地使用第一人称，这样他就抵达了第一人称叙事的边界。难怪，正是由“讲述者-人物”一端构成了斯坦泽尔体系的这一边界。当第一人称叙述者放弃每一种作者式的伪饰时，他将自身限定于自己的内部视角并且穿越到第一人称叙事。在它的极端情形中，这一放弃会导向自我引用独白，在这种情况下，读者只能看到“我-形象”脑海中闪现的东西。第三，只要出现了由独白人物的描述所框定的引用独白片段，第一人称叙事和人物叙事的边界就被跨越了。我们已经见过《尤利西斯》中的一例，布卢姆这一人物从以第三人称描写的反映者转换成了第一人称的说话者。

为了将这些转化绘制出来，斯坦泽尔扩展了他的圆环。在每一个标尺的中间，他画上了一条虚线，这就在圆环上标示出了从这一标尺上的一侧（如“讲述者-人物”）穿越到另一侧（如反映者）的那一点。斯坦泽尔在两个同心圆中结合了三种标尺和它们各自的虚线段（见图 1－3）。

斯坦泽尔认为这个圆环涵盖了所有可能的叙事情境。所有叙事文本都能被纳入这个系统。叙事一旦从一种情境中脱离出来，就进入了另外一种情境。这个圆环也勾勒出了一个特殊的历史发展。反映者直到现代主义发展到 20 世纪早期时才出现。传统的长篇小说都处于作者式叙事和第一人称叙事的领域之中。

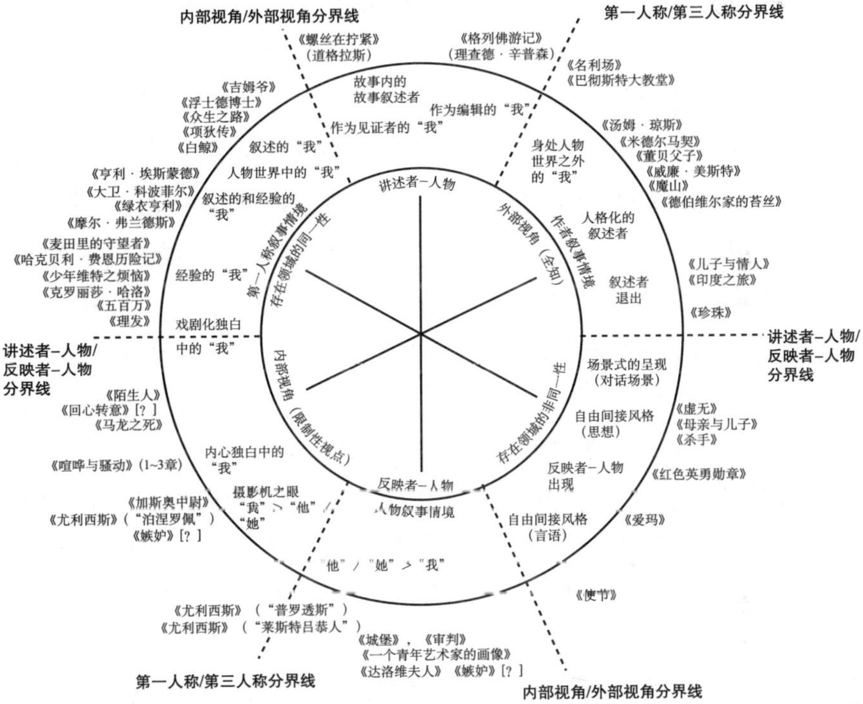

图 1－3　斯坦泽尔圆环扩展版

资料来源：何塞 · 安格尔 · 加西亚 · 兰达和苏珊娜 · 奥涅加，《叙事学导论》（伦敦：朗文公司，1996），162 页。授权使用。

尽管斯坦泽尔的双圆系统化让人印象深刻，但是在本书中我们不会遵循他的建议。正如我们在讨论结构主义时将做出的解释那样，我们相信对言语代理人与感知代理人加以区分是绝对必要的。他们属于不同层面。感知代理人是被讲述的故事的一部分，而言语代理人对讲 36

述负责。从空间角度来讲，这一区分会导致产生斯坦泽尔圆环所不能容纳的层次。他的圆环是一个未对感知与言语加以区分的平面，将两者都看作中介的形式。

这个圆环在其他方面也是一维的。它只处理叙事情境，而对叙事和叙事学的许多重要方面却不置一词。对时间的操控怎么样呢？概括
37 与场景的区分是什么呢？事件如何结合成为情节呢？所有这些问题在结构主义叙事学中都被详细地谈到了，但是它们却落在斯坦泽尔圆环的范围之外。

在对斯坦泽尔系统的一个重要的讨论中，多利特·科恩提出模式标尺与视角标尺是站不住脚的①。在科恩看来，内部视角难免意味着你洞察人物的内心或从人物的内心出发去观察，因此它就隐含着反映者模式。外部视角同样难免意味着事件是由这样一个代理人所表达的：它站在外面、凌驾于人物，因此它占据了模式标尺上的“讲述者-人物”之位。视角标尺是多余的，因为它与模式标尺是重合的。这样就剩下了两个标尺，一个是人的标尺，它将“我”与“他”相区分；另一个是模式标尺，它将叙述者与反映者相区分。科恩认为，一旦你看出了言语代理人与作为它的言语主体的人物之间的差别，或用科恩的术语来讲，当出现不协谐时，“讲述者-人物”就显现出来了。对科恩而言，反映者例示了协谐，因为在这种情况下，叙述者沉浸在人物的思想与感情中，以至于两个形象似乎融合在一起了。总而言之，科恩简化了斯坦泽尔的理论，并将他的模式观点融入了自己关于协谐与不协谐的理论框架之中。她的圆环如图 1－4 所示。

38 科恩进一步认为，第三人称人物叙述与协谐的第一人称叙述之间可以没有渐变的或不显眼的过渡。在科恩看来，《尤利西斯》中的例子虽然没有很好地展示一种叙述方法是如何发展成另一种方法的，却展

① 多利特·科恩，《叙事圆环：论弗兰兹·斯坦泽尔的叙事理论》(The Encirclement of Narrative. On Franz Stanzel's Theorie des Erzählens)，载《今日诗学》第 2 卷，第 2 期(1981)：157－182 页。

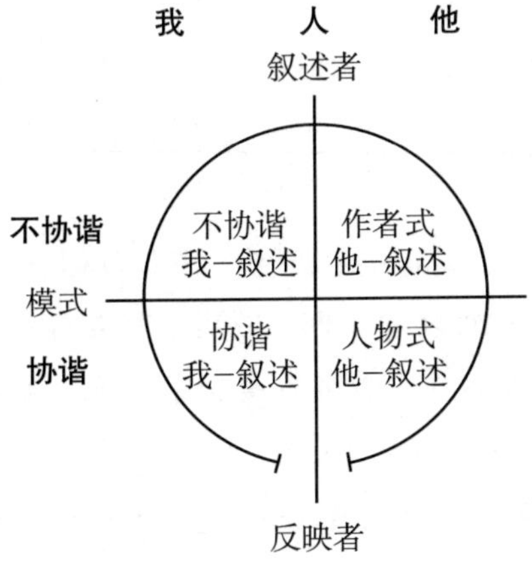

图 1-4　科恩圆环

资料来源：多利特·科恩，《叙事圆环：论弗兰兹·斯坦泽尔的叙事理论》，《今日诗学》第 2 卷，第 2 期（1981）：157-182。

示出了这两者之间存在何等明显的不同。又是这个片段："他在舰队街的十字路口停下来。到该吃午饭的时候了。到罗依去吃六便士一客的饭吧？还得到国立图书馆去查阅那条广告呢。倒不如到伯顿去吃那八便士一客的，刚好路过那里。"读者将会注意到，第一句话中的第三人称叙述者突然被"我-叙述者"替换了。"我"与"他"的区分根本没有取消。这一段不是模糊的渗透，而是展示了突然的变化，而斯坦泽尔强调一种形式在这里不易察觉地变成了另一种形式。因此科恩在圆环中协谐的第一人称叙述与人物式第一人称叙述之间留下了一个缺口。

斯坦泽尔对科恩的反应

尽管斯坦泽尔对科恩的批评多所称赞，但他却反对这个缺口①。斯坦泽尔想必会对乔伊斯的例子进行不同的解读。对他而言，第二和第三个句子（"到该吃午饭的时候了。到罗依去吃六便士一客的饭

---

① 弗兰兹·K. 斯坦泽尔，《突出结构上的低结构主义者：关于一种叙事理论的深入思考》（A Low-Structuralist at Bay? Further Thoughts on A Theory of Narrative），载《今日诗学》第 11 卷，第 4 期（1990）：805-816 页。斯坦泽尔提及了我们在此引用的《尤利西斯》的章节（808），但是对该片段的解释是我们对斯坦泽尔观点的发展。

吧？”）无法让读者确定它们是属于第一人称叙述者还是属于第三人称叙述者。一般而言，只有两个可据以推断出谁在说话的标志：一是明确使用“我”或“他”，二是动词时态（第三人称使用过去时，第一人称使用现在时）。此处两个句子没有人称或时态标志，所以在“我”与“他”之间飘忽，因此也就谈不上是一个断裂或是突然过渡。另一个例子是：“他的心轻轻地悸跳着，向右拐吧。博物馆。女神们。他向右拐了个弯。”① 这个片段的开头结尾都属于第三人称叙述者，但是乔伊斯的上一个片段则是开头为第三人称，结尾是第一人称。在开头与结尾之间，两个片段都有几个相同的短句，既没有动词也没有任何人称标志。如果你在这两个片段最后一句的基础上解释这些片段，你就既有可能将第一段中的“吃午饭”看作第一人称叙述的例子，也有可能将第二段中的“向右拐吧。博物馆”看作第三人称叙述的例子。斯坦泽尔会说此处没有明显的边界或突然的断裂，而且他会坚持圆环底部的圆弧是连续的。

科恩和斯坦泽尔同意渐变发生在圆环的顶部是绝对可能的，作者
39 式叙述者在那里变成了第一人称叙述者。一个可见的作者式叙述者在说话，而且在第一人称中也是如此。他的作者地位的剩余部分在不协谐的“我-叙述者”中显现出来，不协谐的“我-叙述者”就像是作者式叙述者一样，属于与人物世界不同的另一个世界。

本章中处理的六个话题都产生了二元关系，并总是归结为对立的概念：故事与情节，讲述与显示，作者与叙述者，叙述者与读者，意识与言语，感知与言语。在下一章中我们将谈论的结构主义中，这六个单独的话题被融入一个包罗万象的、分层的体系之中。我们可以视之为一个巨大的进步，因为它将叙事分析的不同方面转换成了一个统一的整体。在结构主义体系中，一些二元对立得以确立与发展，所以

① 乔伊斯，《尤利西斯》，150 页。【中译本参见：詹姆斯·乔伊斯，《尤利西斯》（上卷），萧乾和文洁若译，南京：译林出版社，1994：338 页。——译者注】

有时会变成三方关系。故事与情节的联系将被延伸成结构主义叙事学的三个基本层次：故事（story）、叙事（narrative）和叙述（narration）。这也是一个进步，因为我们常常不得不承认这样一点：双重对立不能应对具体叙事文本的复杂性。我们将看到，结构主义的方法正努力容纳这一复杂性。 *40*

第二章　结构主义

41　当代叙事学植根于法国结构主义者的著作中。杂志《交流》的第八期通常被视为这一学科的正式起点。1966年问世的这期杂志收有九篇文章，涉及叙述文本研究的概念与方法[①]。其中的数篇已经成为经典。罗兰·巴特（Roland Barthes）提出的情节分析当然也是经典，我们将对其进行简短讨论，但是A. J. 格雷马斯（A. J. Greimas）、克洛德·布雷蒙（Claude Bremond）、翁贝尔托·埃科（Umberto Eco）、热拉尔·热奈特以及兹维坦·托多洛夫（Tzvetan Todorov）的贡献也十分重要。在1969年出版的《〈十日谈〉的语法》中，托多洛夫提出了“叙事学”（narratology）这一术语：“我们希望建立一个关于叙述的理论……结果，这本书不怎么属于文学研究，它更属于一门尚不存在的学科，姑且称之为叙事学，一门关于叙述的科学。”[②] 法国结构主义者将俄国形式主义者视为这门科学化学科的先驱。尤其是弗拉基米

---

① 这一期也以书的形式单行：《〈交流〉第八期：叙事结构分析》（巴黎：瑟伊出版社，1981）。

② 兹维坦·托多洛夫，《〈十日谈〉的语法》（海牙：莫顿公司，1969），10页。

尔·普罗普（Vladimir Propp）的童话故事分析可以被视为结构主义叙事学萌芽期的范例①。

层次的划分

结构主义对显在的文本及其潜在模式之间的区分也起源于形式主义。正如我们将要看到的那样，俄国形式主义文学理论家们对事件的抽象时序与叙事文本中的具体序列进行了区分，而后者常常不遵循时间顺序。结构主义的特点是表层与深层间的鸿沟。托多洛夫在论文集《什么是结构主义?》中解释：结构主义不是按照文学文本展现给读者的样子去处理文学文本，而是处理某个抽象的深层结构②。叙事学这门科学，不应该研究表层，而应该研究对叙述而言根本性的东西。

这一思路将叙事文本划分为三个层次。热奈特用 narration（**叙述**）——这个词在法语原文和英语译文中是相同的——描述表面层次， 42
而叙述行为实质是故事的构拟（formulation）③。叙述指的是讲述故事时所用的具体的、直接可见的方式。词语的选择、句子的长度、叙述代理人都是属于这个层次的因素。热奈特将第二个层次置于表面层次稍下处，用法语称之为 récit，我们用英语将它翻译为 narrative（**叙事**）。叙事与“在文本中展开的”故事有关。语言学构拟是叙述行为的中心，而叙事元素的组织是叙事的中心。叙事不关乎叙述的行动而关乎文本中的故事与事件被提供给读者的方式。例如，一本小说以男主人公的死亡开篇，接着从他儿子的视角回顾他的第一次婚姻，然后从他的第二任妻子的视角回顾他第一场婚姻的结束。所以叙事的层次与诸如时序和视角等组织原则有关。

---

① 弗拉基米尔·普罗普，《民间故事形态学》第二版，劳伦斯·斯科特英译，路易斯·A. 瓦格纳编（奥斯汀：得克萨斯大学出版社，1968）。俄文原版于1928年面世。克洛德·布雷蒙的经典著作《叙事的逻辑》（巴黎：瑟伊出版社，1973）开篇是题为《普罗普遗产》的长篇章节（9-128页），其中他展现了普罗普如何影响了由格雷马斯、托多洛夫，当然还有布雷蒙自己所发展的叙事理论。

② 奥斯瓦尔德·杜克罗等，《什么是结构主义?》（巴黎：瑟伊出版社，1968），102页。

③ 对叙事文本的三个层次进行的概括性描述，参见：热奈特《叙事话语》，简·E. 莱文英译（纽约，伊萨卡：康奈尔大学出版社，1980），27页。

热奈特的最后一个，也是最深的一个层次是 histoire，之所以英译为 story（**故事**），不仅仅是因为这一具体形式与我们在本书第一章中呈现的福斯特的故事概念——事件之时序序列——一致。读者轻易接触不到这一层次。相反，它相当于一个抽象建构。在这一层次，叙述因素被简化为按时序系列排序。上面例子中的故事会首先讲述男人的首场婚姻，然后是婚姻的结束，最后才是男人的死亡。主人公没有作为具体人物出现，而是抽象体系中的一个角色。在这一层次，背景被简化为一些诸如高或矮、明或暗之类的抽象特征。

与这一划分有关的问题

对于这一划分之优劣的讨论无休无止。我们仅就对本书后面部分有用的少数几种加以探讨。首先，结构主义叙事学仅通过抽象迂回的方式处理具体文本，尤其是所谓的深层结构建构，这种结构在理想状态下是如此抽象，以至于仅仅由象征的形式性因素组成。叙事学家的理想是语音学中的区别性因素概念。虽然这种因素本身不具备意义，但是它造成了意义上的差异。浊音与清音的对比就是一个区别性因素。例如，音素/b/是浊音，而/p/是清音。这种差异本身没有意义，但是
43 它确实造成了例如“bath”“path”这一对词语之间的差异。叙事学从未到达这样一个抽象的、专属于形式的层次。故事中被形式主义者当作深层结构之形式成分而孤立出来的所有因素，都不可避免地携带着足以摧毁他们对于完全形式化的梦想的意义。

其次，原则上，深层结构必须尽可能具有普适性，但是在实践中，它因结构主义者不同而存在差异。巴特提出的深层结构与托多洛夫提出的深层结构不同，与布雷蒙以及格雷马斯提出的也有差异。在设计深层结构时，我们可以明显地满足抽象之不同层次。在最不抽象的形式中，故事是事件的顺时序列，但是尝试更进一步则困难重重。格雷马斯的符号矩阵比巴特的叙述语法更加抽象。格雷马斯将一个叙事文本——有时甚至是一部完整的**作品**（oeuvre）——简化为他在矩阵里组合的四项，用示意图表示如下（见图 2 - 1）：

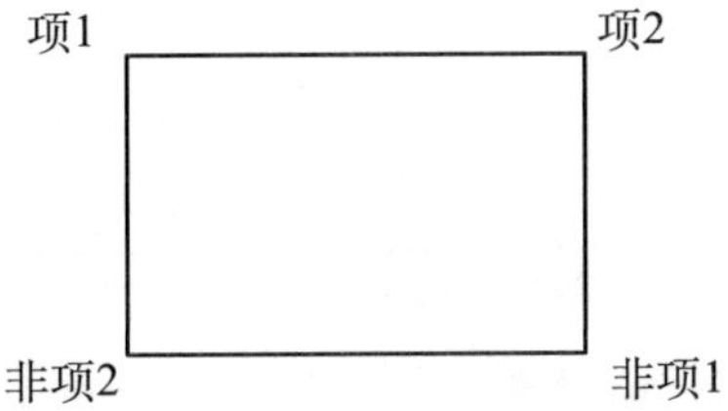

图 2-1　格雷马斯的符号矩阵

资料来源：A.J. 格雷马斯，《结构语义学：方法研究》(S′emantique Structural：Recherche de M′ethode)（巴黎：拉鲁斯公司，1966），180 页。

格雷马斯把项 1 与项 2 之间的关系称为对立，例如，生与死是对立关系；把项 1 与非项 1（或项 2 与非项 2）之间的关系称为矛盾，例如，生与非生是矛盾关系；把项 1 与非项 2（或项 2 与非项 1）之间的联系称为包含，例如，生包含着非死（non-death），死包含着非生（non-life）。[①] 人们可以将叙事文本简化为几个矩阵，并将文本的发展解释为几个矩阵及其各项的组合。有一个常用的例子：一个女孩爱上了一个穷人，但是不得不嫁给一个她厌恨的富人。这个情景隐含着至少两个矩阵：一是矩阵 A，在这里面，项 1 是禁止，项 2 是强制；二是矩阵 B，在这里面，项 1 是爱，项 2 是恨。初始情景结合了禁止（A 中的项 1）与爱（B 中的项 1），以及强制（A 中的项 2）与恨（B 中的项 2）。如果经过各种各样的冒险之后，女孩终究获允嫁给了她爱的男人，故事就会发展成非禁止（A 中的非项 1）与爱（B 中的项 1）的结 44
合，非强制（A 中的非项 2）与恨（B 中的项 2）的结合。开始与结尾之间的所有阶段都可以被描述为特定矩阵中的特定项之间的组合。这种方法类似于将一部电影简化为一套幻灯片。如果将这种简化法应用到一整部作品上——会以一个单独的矩阵出现——那么将会不可避免

① A.J. 格雷马斯，《论意义：符号理论文选》，保罗·J. 佩龙和弗兰克·H. 柯林斯英译（明尼阿波利斯：明尼苏达大学出版社，1987），121 页及之后。

地丢失大量的重要方面[1]。

巴特用动态的功能序列反驳了格雷马斯的抽象的、静止的矩阵，这一动态的功能序列更紧密地将实际文本中的事件之顺序及发展连接在一起。在本书后面，当我们力图在故事讨论中将事件和动作系统化时，我们依靠的是巴特的体系，因为它相对于格雷马斯的体系更为具体，且更具动态性。然而，我们得出的结论是，我们的选择并不能反映对叙事文本中的事件的结构主义处理。就这一话题，结构主义者们意见不一，言人人殊。

深层结构的多样性引发了与此相关的第三个问题：如何才能抵达一个特定的深层结构？在这一点上，结构主义者们同样没有给出答案。深层结构并没有清晰的发现步骤。[2] 深层结构不是基于实际文本而仅仅是假设出来的[3]。有一个风险应该被考虑到，即文本将会被操控，直到它适合这一模式。换言之，这一模式有时会优先于具体文本，并且理论会变得更关注自身而非它应当研究的文学作品。

叙事学和地质学

结构主义叙事学把叙事文本分为三个层次，这似乎采用了地质学的模式。结构主义者们用“空间化”这一术语来描述这种对文本的空间处理方法。针对这一处理方法存在两种基本的批判。首先，“空间化”低估了时间的重要性。一个叙事文本不仅就事件而言是在时间上展开的，而且就阅读行为而言也是在时间上展开的，因为阅读行为花费一定的时间。结构主义叙事学以框架和图示的形式呈现叙事文本，这一点有时与几何学十分相似。文本因素被逐字地、形象地映射出来。生成的图示所提供的静止的、概括性的观点却没有恰到好处地表现出

---

① 里蒙-凯南批评了格雷马斯，因为格雷马斯将法国作家贝尔纳诺斯和莫泊桑的纯文学创作简化成了这样的一个矩阵（《叙事虚构作品》，12－13页）。

② 乔纳森·卡勒，《结构主义诗学：结构主义、语言学与文学研究》（纽约，伊萨卡：康奈尔大学出版社，1975），20－24页。

③ 罗兰·巴特，《叙事作品结构分析导论》，收入《影像·音乐·文本》，史蒂芬·希斯编（格拉斯哥：丰塔纳/柯林斯公司，1977），81页。

具体的、有时十分混乱的阅读过程。其次，结构主义者们倾向于注重三个层次间的界线，以致常常忽视逐渐过渡。在对各层次之间的差异与鸿沟进行研究时，他们没有领会到渐变性与相似性。① 45

该模式的优势

上述批判观点并不是对下列事实的贬低：结构主义叙事学是把叙事分析的各个方面结合进一个方便系统中的第一次大范围尝试。由结合三个层次而生成的模型，允许读者将叙事文本的核心方面联系起来。例如，人们可以看到人物塑造是如何与背景或叙述方法，以及事件被感知所经由的视角相联系的。这产生了调和性，即不仅能更好地洞察文本的形式组织，而且使读者能够联结内容与形式。包罗万象的结构化是结构主义最主要的优点，因为它对文本内容与形式都做了阐释。这就是为什么叙事学这一特殊的分支仍持续地提供一种不可缺少的遗产，即使是对那些主要对后来的诸方法感兴趣的读者而言也是如此。

我们将结合三个重要的结构主义叙事学家来阐明叙事文本的三个层次，这三位结构主义叙事学家是：热拉尔·热奈特、施洛密斯·里蒙-凯南，以及米克·巴尔②。不幸的是，这些批评家没有用相同的术语来命名诸层面。为了避免混淆，我们将所有的术语填入下表（见表2-1），本书使用的概念放在最左栏。根据我们的选择，你会发现我们不再使用“情节”一词，我们在第一章中讨论爱·摩·福斯特时曾使用过这一术语。尽管对**情节**这一术语的强调似乎被包含在了我们所说的**叙事**中，但是它的含义却分散在了**叙述**中。

① 我们将在讨论不同文本层次时，说明这些批判。对结构主义空间化的总体批评，见安德鲁·吉布森《走向一种后现代叙事理论》（爱丁堡：爱丁堡大学出版社，1996），1-8页。

② 最重要的叙事学著作是热奈特的《叙事话语》（原著于1972年在法国出版）、《新叙事话语》（原著于1983年在法国出版）以及《虚构与行文》（C. 波特英译，纽约，伊萨卡：康奈尔大学出版社，1993，原著于1991年在法国面世）。米克·巴尔的《叙事学：叙事理论导论》第二版（多伦多：多伦多大学出版社，1997）是其荷兰语专著 *De theorie van vertellen en verhalen* 第二版（默伊德贝赫：科蒂纽公司，1980）之英译本的修订。最后，里蒙-凯南主要的贡献是《叙事虚构作品》，稍加增订的第二版于2002年出版。

表 2-1　叙事文本的三个层次

	热奈特	里蒙-凯南	巴尔
story（故事）	histoire（故事）	story（故事）	fabula（素材）
narrative（叙事）	récit（叙事）	text（文本）	story（故事）
narration（叙述）	narration（叙述）	narration（叙述）	text（文本）

一、故事

像任何深层结构一样，故事是读者必须从具体文本中得到的抽象
建构。图 2-2 显示的是我们将分别探讨的故事的三个方面，但是实际
46 上它们总是混合在一起的。在讨论过程中，图中的术语会逐渐清晰
起来。

动作/事件	-功能	主要功能
		催化剂
	-指号	纯指号
		信息性指号
	-组合	任意＝纯指号＋信息性指号
		隐含＝催化剂＋主要功能
		相互隐含＝主要功能＋主要功能
		↘ 序列
		↘ 嵌入……
行动元	-主体/客体	
	-发送者/接收者	
	-帮助者/反对者	
背景	-两极标尺和边界	
	-作为与行动元和行为相联系的指示	

图 2-2　故事的三个组成方面

（一）事件

故事处于抽象层面。首先它指的是事件的顺时序列，而这些事件

在叙述中通常不会顺时显示。俄国形式主义者用**法布拉**（fabula）一词来指称这一顺时序列（即故事），用**休热特**（sjuzhet）来指代它在文本中呈现所经由的特定方式[1]。因此，**休热特**在我们的术语体系中既包含叙事又包含叙述。

关于在这一抽象层面上如何排列事件已经有若干种建议。俄国形式主义者将母题（motif）视为故事最基本的成分。所谓的束缚母题（bound motifs）对**法布拉**来说是不可缺少的，而非束缚母题（unbound motifs）则远不重要。例如，谋杀是一个束缚母题，而杀手射杀受害人所途经的道路可以被看作非束缚母题，因为它并不关键。杀手的衣着、年龄也是非束缚母题。非束缚母题可能在**休热特**的层面比较重要，但是在**法布拉**的层面则并不重要。关于凶手的衣着、年龄、心理的离题描述虽然对制造悬念而言十分重要，但是对行动的发展而言则并不重要。形式主义者还区分了静态母题与动态母题。后者改变了事件的进程，而前者则没有改变。束缚母题通常是动态的，非束缚母题大多是静态的，但这并不是一成不变的。虽然对人物心理构造的描写理论上构成了非束缚母题，但是这种构造造成了某些行动，这些
行动会为事件发展带来决定性扭转。谋杀通常是一个束缚母题，但是 47
如果没有引起任何变化，那么最终也会是静态的。[2]

功能

罗兰·巴特在《叙事作品结构分析导论》（Introduction to the Structural Analysis of Narrative）一文中对这些区分做了完善[3]。他区分了功能与指号。功能即这样一些要素，它们之间的相互关联决定了事件的水平进程，也就是事件的线性进程。这些要素之间的关系可以呈现出多种形式，其中时间性、因果性和相反性是最常见的。“X 买了

---

① 例如，可参见鲍里斯·托马舍夫斯基，《主题学》，收入《俄国形式主义批评：四篇论文》，李·T. 莱蒙和马里恩·J. 里斯选编（林肯：内布拉斯加大学出版社，1965），61－95 页。原著于 1925 年在苏联出版。

② 托马舍夫斯基，《主题学》，66－78 页。

③ 巴特，《叙事作品结构分析导论》，87 页及之后。

一把枪”是一个导致“X 用枪杀死 Y”的功能。“X 爱上 Y”的功能与“Y 恨 X”的功能相对，这两个功能的紧张关系造成了故事中的某一发展。功能属于雅各布森（Jakobson）所谓的组合（syntagm），即连续元素的水平序列。如果元素间的关系被归结为诸如部分与整体、原因与结果、生产者与产品、一个极端与对立极端之类的项与项之间的直接联结，那么这些元素就是邻近的。购买枪和使用枪处于意图与行动之间的一种邻近关系。杀手买枪是为了使用。雅各布森将这些邻近关系称为转喻关系[1]。

指号

指号则不引起事件的水平进程。指号指的是一个不同的平面，也就是说它们的功能是垂直的。20 世纪 60 年代詹姆斯·邦德的桌子上的那么多电话就是他重要性的指号。作为一个人物，他与电话属于不同的平面，但是由于这些设备，他确实获得了额外的分量。可以将这两个平面之间的联系称为象征性联系，因为电话象征着邦德的重要性。对此，雅各布森会谈到聚合关系或垂直关系，谈到隐喻而不是转喻。邦德的例子呈现出的不是同一平面上各要素间的邻近关系，而是不同平面间各要素的相似关系。电话这一场景反映出邦德的繁忙生活。用音乐术语来讲，你可以将功能比作旋律，将指号比作和弦或对位。旋律源自配乐的水平进程，而对位来自垂直积聚。

主要功能 & 催化剂

巴特区分了两种功能。主要功能隐含着冒险，这意味着它含有一种选择或一种可能性。这一功能类型的最小例子就是提问，因为，问
48 出一个问题，没有排除忽视它的可能性。当电话响起时，可能会有人接，也可能没人接。更概括地说，几乎所有故事中的关键事件都属于这一范畴。又如，暗杀企图属于主要功能，它包括失败的可能性。叙

① 罗曼·雅各布森，《语言的两个方面与失语症的两种类型》，收入《语言基础》，罗曼·雅各布森和莫里斯·哈勒编（海牙：莫顿公司，1956），67－96 页。

事悬念在很大程度上依赖于与此种功能类型密切相关的风险。巴特所描述的第二种功能是催化剂，这类功能不涉及风险，而仅仅保证已经开始的主要功能的连续性。当电话铃声响起时，邦德在房间中，他可以走向电话，让电话铃响一会儿，再接起来。虽然介于电话铃声响起与他接起电话之间的所有动作都是催化剂，但是电话铃声和接电话仍是整个序列的主要功能。

纯指号 & 信息性指号

对于指号，巴特也划分成了两种。一种是纯指号，它是读者必须予以阐释的要素。邦德的衣着、品味、对某种饮品的偏好都被读者解读为邦德老练和具有男子气概的标志。另一种是信息性指号，它对时空描述而言十分重要，却不需要对神秘事物进行象征性解释或解答。"七点四十五分，电话正在响"是一个信息性指号。很明显，这类指号可能成为纯指号，例如，当时间象征能够使读者接受或拒绝嫌疑人的不在场辩解时。

组合

一个结构将诸要素包含在相互之间的特定关系中。在目前这个例子中，"诸要素"指的是各种功能和各种指号，它们之间的关系通常存在三种类型。纯指号与信息性指号的组合是任意的。例如在一幅自画像中，有关年龄与出生地的直接信息将会伴随着提示性指号出现，读者必须将这些指号解释为人物的指号。主要功能与催化剂之间的关系是隐含关系。催化剂完成了主要功能，因此也被主要功能隐含。最后，两个或多个主要功能存在相互隐含的关系，因为如果一个主要功能缺失，另一个或其他主要功能就无法运行。缺了凶器，"谋杀"就不能运行；反之亦然，没有实际的谋杀发生，一把枪就不能被称为凶器。

对巴特而言，主要功能的组合产生了序列。序列是独立的单位，其初始行为没有前兆，结束也没有后果。"引诱"是一个序列。它始于一定的策略性行动，导致成功或失败，随后终结。序列也同样可以组合，例如通过嵌入的方式。序列 A（引诱）可以包含序列 B（例如， 49

故事是关于引诱者的英雄事迹），序列 B 可能会也可能不会使序列 A 成功终结。序列 B 的插入实际上制造了悬念，因为序列 B 暂时性地延缓了序列 A 的连续性。

巴特是这样将故事事件系统化的：他始于诸如功能和指号这样的最小成分，继而在这些成分间创造最小关系（任意、隐含、相互隐含），由此抵达故事中的更大单位，如序列及序列的组合。

詹姆斯·邦德

不言而喻，巴特的体系最适用于许多事情发生的叙事文本。难怪巴特谈到詹姆斯·邦德。邦德的故事包含一些清楚的序列，如“谋杀”“召唤主人公”“主人公开始调查”“主人公破了谋杀案”。为了阐明巴特的理论，我们将分析《雷霆杀机》(From a View to a Kill)① 这个故事，其中序列的时序十分清晰。**休热特**很难偏离**法布拉**，因为事件在文本中的呈现很接近于故事时序。只有当邦德在监视树林里的嫌疑现场时，简短的闪回才会短暂地打断时序。根据俄国形式主义者的观点，抽象故事与事件的具体呈现之间的极小差异，是非文学文本或很难称得上文学作品的文本之典型特征。

邦德的故事始于一个谋杀序列。英国特务机关的特工骑着摩托车穿行在林中的路上。他的任务是传送机密文件，但是他被一个人枪杀了，杀手把自己伪装起来，从而不被怀疑地接近并杀害了特工。杀手随后尽最大努力掩盖了凶杀痕迹。这个序列可以分成三个主要功能：目的、射杀、掩盖。这里有很多指号。细心的读者在读到前几行时就知道摩托车上的杀手不是个正面人物。他的眼睛“冷如燧石”，“嘴巴咧成方形”，有着“像墓碑一样的大牙齿”，他的脸“线条硬朗、挺立，像是斯拉夫人的轮廓”②。读者将这些刻画理解成一个罪犯的特征，或许还是来自苏联的罪犯。文中提到的谋杀的时间和地点——五月的早上七点，一个离巴黎不远的地方——构成了信息性指号。

---

① 伊安·弗莱明，《雷霆杀机》（伦敦：霍德和斯托顿公司，1989），7－37 页。

② 弗莱明，《雷霆杀机》，7 页、9 页。

通过识别功能与指号，人们可以更好地理解每个序列。例如，第二个序列可以在标题“召唤主人公”后进行。一个漂亮女孩一下子把 50
邦德从街边的咖啡馆拉出来，告诉了他谋杀的事。在这个序列中，指号比主要功能多，因为信息比动作更为重要。在第三个序列中，邦德在 F 站的总部听了简报。简报使第一序列变得完整了，因为邦德（以及读者）听到了被掩盖的后果。第一序列剩余的悬念现在完全消除了。在听完简报后，邦德在欧洲盟军最高司令部（SHARP）进行了第一次调查，但这里的工作人员并不配合。然而邦德设法构想出一个假设，这相当于第四个序列的主要功能——“主人公的首次调查”。邦德在“主人公的第二次调查”也就是第五个序列中检验了他的猜想，在这个序列里，他查到了杀手和他的两个同伙在树林中的秘密藏匿点。很明显，主人公的假设果然是正确的。邦德在第六个序列中制订了一个逮捕凶手的计划，并在第七个，也是最后一个序列中实施了这一计划。第七个序列完美地映射（mirror）了第一个序列。邦德代替了摩托车上的特工，现在他像开头的那位特工一样被瞄准着。他要了杀手，清除了秘密藏匿点，随后他开始探究自己对那个漂亮女孩的兴趣。

优势

事件的这样一种系统化具有相当大的优势。首先，它提供了关于序列之间各类联系的概况。第七个序列映射了第一个序列，第三个序列总结了第一个序列，第五个序列证实了第四个序列中的假设。故事的作者建立序列的方式由此变得清晰。这一方式也加强了读者对诸多细节的理解，这些细节当被视为纯指号或信息性指号时会更有意义。由于这种更彻底的分析，浅层阅读中看似不相关的元素也获得了应有的重要性。例如，谋杀发生在杀手隐藏的树林中的一条小路上，这不可能是个巧合。正如我们在对背景的讨论中将会看到的那样，犯罪者常常与大自然相联系，而主人公则通常与文化、城市，以及精明强干相联系。

劣势

对某些几乎无事件的故事而言，巴特的系统化变得更加困难，关

51 联性更少了。例如，《翼马》中的序列就很难区分。人们可以将马术看作第一个序列，将文本的教训（“只要你能起飞”）看作第二个序列。第一个序列的主要功能可以精简为“花式骑马”。根据这个观点，指号可以由所有练习和服从的符号组成，例如“一条真正的马裤”和教会学员尊重与客气的“背景信息”。关键的指号之一必须涉及一条裤子，这一事实可以被视为“花式骑马”与“装束”（通常是衣服的意思）的符号化结合。确实，这看似有点牵强，但是读者所做的任何系统化都有点随意的成分，这一点是十分明显的。不存在一种可供读者直接应用的具有说服力的方法，能够通达事件的深层结构。读者的身份十分重要。邦德的故事既可以被划分成三个序列，也可以被划分成三十个序列。结构不是可以从文本中抽取出来的固定元素，而是往往部分地依赖于读者的一些建构。

其他观点

巴特体系的选择也存在随意的成分，因为还有许多其他选项可供选择。例如，故事事件的基本系统化可以在普罗普和埃科的著作中找到，普罗普在他对俄国/苏联童话故事的分析中，发展了三十一种功能[①]，埃科在一部典型的邦德小说中区分了九种关键运动[②]。这些功能和运动中相对线性甚或确定性的序列仅出现在深层结构的层面。在具体的童话故事或者邦德小说中，这一体系会以多种形式进行转换。

克洛德・布雷蒙

克洛德・布雷蒙的体系线性程度相对较小。他以所谓的核心功能开始，而核心功能总是留有成功或失败的可能性。巴特的序列在布雷蒙这里变成了连续的三个核心功能。首先是可能性，其次是现实化，

---

① 普罗普，《民间故事形态学》，25－83 页。

② 翁贝尔托・埃科，《弗莱明的叙事结构》，收入《谋杀的诗学：侦探小说和文学理论》，格伦・莫斯特和威廉・W. 斯托选编（圣地亚哥：哈考特、布雷斯和乔万诺维奇公司，1983），93－117 页。

最后是结局。[1] 例如，一个女人可能为了继承丈夫的财产而设计把他杀死。谋杀序列以实施计划或不实施计划的可能性开始。如若实施，谋杀企图既可能成功也可能失败。如若谋杀成功，女人既可能继承财产，也可能继承不了财产。正如普罗普和埃科一样，在相对简单的三种功能结构与具体叙事文本中通常十分复杂的发展之间，布雷蒙也设想了可能发生的多种多样的转换。

我们选择了巴特的体系，既因为它很少受这样一系列复杂转换的束缚，也因为它并不像巴特的同人提供的框架那样死板。巴特的指号、功能和序列都是开放的概念，读者需要用文本中的元素进行填充。它们不强加具体的指令或解释，在此方面，它们仍是相当直接地适用于具体的叙事文本的。 52

（二）行动元

事件不可以独立于其中涉及的代理人进行构思。我们用“形象”（figure）来描绘这些代理人，随后遵循格雷马斯的做法，将其指定为**行动元**（actants）。这一术语不是指人物在文本中的实际表现，而是指人物在故事层面的角色网络中，作为抽象代理人所扮演的具体角色。每一个结构主义者都发展了自己的网络和系统化。例如，布雷蒙构想了两个基本形象，一个是被动的，一个是主动的。主动的形象操控、引导事件，即使他们常常并非有意识地制定策略。关于这一形象，最好的例子还是詹姆斯·邦德。像《雷霆杀机》开头被杀的特工之类的被动的形象，则经历事件。更重要的是，要深入研究形象刻画的细节，有三个准则：影响（influence）、修正（modification）、保持（conservation）。“影响”代表了对事件过程产生直接影响的形象，如引诱者或送信人；“修正”标志着对情况具有促进作用或者使情况不断恶化的形象；而“保持”表示试图防止改变的形象。[2] 这种对布雷蒙的标准

① 布雷蒙，《叙事的逻辑》，33页。
② 布雷蒙，《叙事的逻辑》，135页。

的解释，一贯将形象呈现为一个积极的代理人，但显然也有被动的形象，他们在努力改变的过程中被影响、被修正或被制止。同一个人物可以既是主动的，又是被动的，这取决于不同的观察角度。《翼马》中的女骑手积极地想改善她的处境，但她是“被动地”接受马术教练帮助，乍一看，马术教练似乎阻碍了她。

A. J. 格雷马斯

格雷马斯的行动元模型比布雷蒙的形象之系统化更广为人知[①]。在其最简单也是最有用的版本中，这种模式由六个角色或行动元组成。这些项是“形象”的同义词。存在一个主体，它在实施行动并且朝向一个特定的客体而努力。这一努力是受 destinateur（法语，**寄信人**）启示、激发而产生的，但我们将按照考克·范·德·沃特的说法称之为“发送者”（sender）。[②] 格雷马斯将受益于行动的那一代理人称为 destinataire（法语，**收信人**），范·德·沃特将其翻译为“接收者”
53 (receiver)。在行动中提供助力的代理人是帮助者（helper），而实施阻挠的代理人就是反对者（opponent）。于是，就出现了如图 2－3 所示的系统：

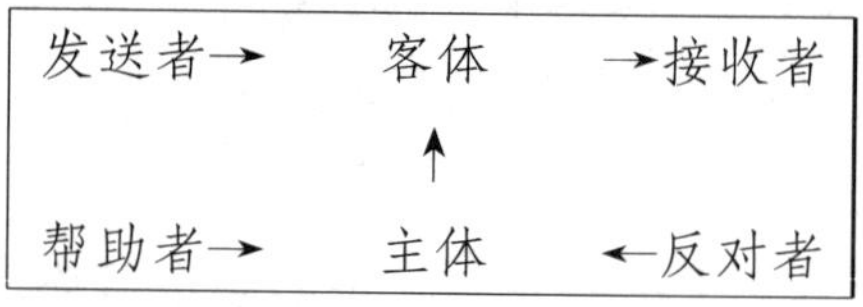

图 2－3　格雷马斯的行动元模型

资料来源：A. J. 格雷马斯，《结构语义学：方法研究》（巴黎：拉鲁斯公司，1966），180 页。

但这些都是抽象的角色，不应该与实际人物混淆。一个人物可以

① A. J. 格雷马斯，《结构语义学：方法研究》，D. 麦克道尔、R. 施勒费尔和 A. 威列英译（伦敦：内布拉斯加大学出版社，1983）。

② 考克·范·德·沃特，《叙事散文分析》（De analyse van verhalend proza），收入《文学与语境：文学导论》（*Literatuur en context*：*Een inleiding in de literatuurwetenschap*），彼特·泽曼编（奈梅亨：太阳公司，1991），41 页。米克·巴尔将“destinateur”翻译为“power”（《叙事学》，198－201 页），但是我们更喜欢范·德·沃特较为中性的翻译。

扮演所有角色。在关于“一个人想戒烟”的情况中，我们可以说主体是吸烟者，而客体是戒烟。发送者也是吸烟者——他自己想要戒烟，并认为这是必要的，而接收者也是吸烟者——他将从戒烟中受益。吸烟者的意志力是帮助者，他的烟瘾相当于反对者。这一例子说明，角色未必一定由真实人物扮演。此外，一种情感、一个动机或一个想法等，都可以充当**行动元**，例如作为发送者。

正如一个人物可以扮演所有角色一样，一个角色也可以由许多人物扮演。邦德既可以从漂亮女郎那里得到帮助，也可以从情报那里得到帮助，他的帮助者还可以是最先进的武器或更抽象的东西，如他的勇气和机智。

优势

这种故事模型的优势在于其简单性和普遍适用性。它确实可以适用于每一个叙事文本。例如，马克思主义历史哲学可以用格雷马斯提供的诸项呈现出来：其主体是人类，其客体是无阶级的社会；历史是发送者，人类（或至少是无产阶级）是接收者；无产阶级也是帮助者，而资本家扮演反对者的角色。在《翼马》中，女骑手是主体，而故事的客体是“能飞”。马——更具体地说，也许是飞马珀伽索斯，诗歌灵感的象
征——扮演着帮助者的角色。花式骑马和马术教练一开始似乎是反对 54
者，但最终它们也成了帮助者。发送者是克服重力的欲望，而接收者是女骑手，在更大的层面上，或许接收者也是理解道德教化的读者。

劣势

简单性和普遍适用性同时也是这一模型的劣势。这一模型把所有角色和动机简化为六个角色，这看起来过于简单化了。如果发送者的角色可以包括诸如一个动机、一个开端、一个提供帮助或发出邀请的人物，以及一个规则或一部法律等多种元素，那么有人会问，进一步明确发送者的类别，甚至将其分成一组子类别是否有用。该模型的普遍适用性也意味着，它将各种叙事文本聚集在一起，不加区分地对待它们，不管是马克思主义历史哲学，还是意欲戒烟者的故事，抑或是想学会飞翔的女骑手的故事。

此外，格雷马斯没有提供一个从实际叙事文本抵达行动元模型的简单方法。不同的读者会为同一个故事想出不同的行动元结构。在《翼马》中，马术教练也可以成为主体。在这种情况下，客体将是有关必要纪律的教学，发送者将也是马术教练，或更一般而言，是对骑术的需求。在这一视角下，女骑手仍然是接收者，但她也充当了反对者。最后，帮助者就是那匹情愿受训的马。包含许多事件的复杂文本会有这样一个风险：它会发展出完全不同的行动模式。选择侦探小说中的凶手作为主体的读者与选择侦探作为主体的读者，显然会得出不同的模型。

大量的叙事文本经常使模型的应用复杂化。我们是要为整个文本设计一个模型，还是为每个章节设计一个模型，抑或是为每个序列甚至更小的单位设计一个模型？如果根据行动元模型对《雷霆杀机》的七个序列中的每一个都进行分析，有一点就会变得很清晰：詹姆斯·邦德在前三个序列中不充当主体。他没有出现在谋杀序列中；在第二个序列（“召唤主人公”）中，他充当了客体；在第三个序列（“主人公听取简报”）中，他充当了接收者，因为是他获取了信息。只有在第四个序列中，他才成为一个积极的英雄主体，从而最终扮演了人们期望他扮演
55 的角色。这个抽象的顺序显示了如何首先揭晓主角，然后耐心地把他包装起来：他从缺席变为客体，从客体变为接收者，最终从接收者变为英雄。格雷马斯使得人们能够发现原本可能不被注意到的结构原理。

行动和事件

由此，正像故事行动的系统化一样，行动元的系统化确保了更好地理解一个叙事文本的宏观和微观结构。在行动元卷入的基础上，行动与事件彼此各不相同。一个行动源自一个行动元，而一个事件发生在行动元身上。在自然主义小说中，事件通常优先于行动。人类很难抗拒降临在他们身上的事件。然而，行动与事件之间的差异并不意味着根本性区别，因为行动元模式允许将事件阐释为诸如命运、死亡、晚年或社会阶级等抽象行动元的行动。这样，无论是行动还是事件，都可以适应行动元模式。

这个事实表明了行动与行动元之间的相互依存关系。读者期待特

定行动元能做出某些行动。通过巧妙地利用这些期待，叙事文本可以创造悬念，并设置出人意料的转折。在一部侦探小说的开头，读者可能会认为某个人物是一个帮助者，但他的行动也许会慢慢导致人们怀疑他可能是一个反对者。相反，对期望的确认则产生了一定的可预见性，一些读者将这种可预见性视作可靠性之保证。人们期待从英雄身上看到某些行为。如果他无法做到，他就不会被视为真正的英雄。从这个意义上来说，他就是一个不可靠的人物。人们对八旬老人命运的期待，不同于对邦德一样的英雄人物命运的期待。

行动元和人物

福斯特：扁平和圆形人物

如果我们将行动元同时与它的行动和它的深度两者联系起来，我们就从抽象角色转移到了具体的人物。从传统角度来讲，行动的数量与一个形象在心理上发展为多面性人物的程度之间，存在着反比关系。行动越多，人物性格就会越不深刻。虽然这一点可能并不总是适用，但它确实适用于传统文类，如冒险小说和侦探小说①。深刻性是由人物特质的数量和性格的多样性来定义的。福斯特将静态的、一维的**扁平**（flat）人物，与可变的、多维的**圆形**（round）人物进行了传统的区分。② 这种区分存在很多问题。《尤利西斯》中的利奥波德·布卢姆有很多侧面，但他并没有真正发展。一个寓言人物，如世人（Everyman，中世纪同名道德剧中的人物）是非常扁平的，但他确实有所发展。 56

里蒙-凯南：三个维度

里蒙-凯南提出借助于三个标尺来确定人物的丰富性，三个标尺一起形成了三维坐标系③。第一个标尺表征着复杂性，从一端的单一特性到另一端的无限多个特性。第二个标尺表征着发展，从一端的停滞到另一端的无限变化。第三个标尺表征着文本展现人物内在生活的程

① 例如，可参见马丁，《当代叙事学》，117 页。

② 福斯特，《小说面面观》，73 页。

③ 里蒙-凯南，《叙事虚构作品》，41 页。

度。在这个标尺的左端，里蒙-凯南放的是人们只能看到其外在的人物；在标尺的右端，里蒙-凯南放的是内心生活被详细描述出来的人物。在心理小说中，许多人物可能会占据靠近标尺右端的位置（大量的性格特征、显著的发展和内在生活的连续性）；而在一个充满行动的故事中，如关于詹姆斯·邦德的故事中，多数人物会出现在更靠近标尺左端的位置。在《地图》中，一方面，“我-人物”不很复杂，因为他的特征很少被提及。另一方面，故事的发展跨度很大，因为从相信地图的魔力的年轻的“我”，演变成一个几乎对其没有任何幻想的年长的“我”。对于这两个“我”，读者看到的主要是他们的内在。

角色的这种三维塑造，使得具体的叙事文本从抽象的深度层面过渡到可见人物层面。查特曼将这种角色描述为形象之“组合式阅读”，因为形象作为水平行动链条上的一个元素，以及连接诸事件的网络上的一个位置而发挥作用。聚合式阅读则将形象视为一系列特性、一些垂直丛聚的指号，这些指号指向一种个性，因而也指向被具体刻画出的人物。[①] 人们如果不仅仅将《翼马》中的女骑手视为达成目标（很明显是“起飞”）的主体，就抵达了性格化的层面，并将用诸如顽皮、无礼、关系化等形容词描述她。

（三）背景

背景和时空体

对于故事，要谈的不只有行动和行动元。事件不仅发生在某一角色身上，也一定发生在特定的时间和地点。这样的时空标志通常用**背景**（setting）这一术语来描述。苏联文学评论家米哈伊尔·巴赫金
57 （Mikhail Bakhtin）更喜欢称其为**时空体**（chronotope），它是**时间**（chronos）和**地点**（topos）在文本上的组合[②]。在他看来，时空背景

① 查特曼，《故事与话语》，126 页及之后。

② M. M. 巴赫金，《长篇小说的时间形式与时空体形式》，收入《对话的想象：四篇论文》，迈克尔·霍奎斯特选编，凯瑞尔·爱默生和迈克尔·霍奎斯特英译（奥斯汀：得克萨斯大学出版社，1981），84－258 页。

构成文本的叙事和意识形态中心，因为它赋予了人物和行动以形式。正是在时空体之内，而且正是拜时空体所赐，像爱情和背叛这样的抽象主题才获得了一个具体的形式。同样，只有将形象（人类）和事件（现实）嵌入时空体中，人类和社会现实的抽象观点才能具体化①。鉴于文本体现出某种世界观，包含一个意识形态的维度，对此我们将在关于叙事学的晚近发展的章节中对此予以详细阐述。

查特曼的故事观

乍一看，故事发展的时空背景似乎是相对固定的。俄国形式主义者把背景归于静态的主题；巴特将背景称为纯指号或信息性指号。这几种术语都是合适的，因为虚构的宇宙不会致使故事向前发展。然而，如果没有背景，故事发展就难以想象，正是背景使得行动发生、行动元参与其中成为可能。如果不把角色和事件嵌入时间和空间，就不可能想象出它们。查特曼关于故事的简要图解（见图 2－4），坚持了行动、行动元与背景间的根本联系②。

故事（story）：	1. 事件（events）	1.1	行动（actions）
		1.2	事故（happenings）
	2. 实存（existences）	2.1	人物（characters）
		2.2	背景（settings）

图 2－4　查特曼的故事观

资料来源：查特曼，《故事与话语》（纽约，伊萨卡：康奈尔大学出版社，1978），26 页。【中译本参见：西摩·查特曼，《故事与话语》，徐强译，北京：中国人民大学出版社，2013：12 页。——译者注】

事件是故事的动态成分，而**实存**是相对固定的点，只有围绕着它，

① “因此，时空体是将时间在空间上加以物质化的基本方式，它作为将呈现加以实体化的一个中心，作为赋予整部小说以主体的一种力量而出现。小说的所有抽象元素——哲学和社会的概括化、观点以及因果分析——都趋向于时空体，而且通过时空体，它们得以呈现出血肉之躯，使艺术的想象的力量发挥作用”（巴赫金，《长篇小说的时间形式与时空体形式》，250 页）。

② 查特曼，《故事与话语》，12 页。【中译本参见：西摩·查特曼，《故事与话语》，徐强译，北京：中国人民大学出版社，2013：253 页。——译者注】

故事才得以展开。显然，人物和背景可以在故事的历程中发展，但仍然有一定的稳定性——无论它们经历什么变化，主体仍然是主体，城市仍然是城市。

背景和行动

行动不能从背景中剥离。在叙述一场追逐时，需要对快速经过的场景进行描述。此外，背景往往等同于行动的指号。在前文讨论过的故事中，詹姆斯·邦德在杀手利用伪装杀死一名特工的同一环境中揭露了杀手的真面目，这并非一个巧合。尽管穿过树林的小路不是一条
58 公路，但小路作为指号，指向的是文化，而树林本身是自然的一部分。一旦邦德在这条小路上射杀了杀手，并将杀手的同伙从树林中带走，自然就恢复了无辜和吸引力。最后的场景发生在树林里。邦德在与美丽的女郎谈话，他的话表明，大自然为了情欲的意涵已经放下了恐怖的意涵——“邦德搂住了女人。他说：‘过来，我想给你看一个鸟巢。’‘这是命令？’‘是的。’”①

背景和行动元

邦德的例子证明，背景也可以发挥行动元之指号的功能。“善良”的西方人生活在文明的城市空间中，而“邪恶”的苏联人生活在森林这一自然栖息地中。他们之间的冲突既在这两种环境之间的某个地带展开，也在时间的“中间地带”，即夜与昼之间（早上七点）上演。

许多故事有一个典型的背景，一个寻常之处，为传统主题（stock theme）或**惯用话题**（topoi）提供老套的环境。巴赫金已经证明每一种文类、每一种话语类型都发展出了自己的时空模式或时空体②。他举的例子包括围绕“蜿蜒穿越某人故土的小路”的流浪汉小说，以及

① 弗莱明，《雷霆杀机》，37 页。

② “文学中的时空体具有内在的文类意义。甚至可以这样说：正是时空体定义了不同文类的区别。”（巴赫金，《长篇小说的时间形式与时空体形式》，84－85 页）在纵观长篇小说的历史发展及与其相伴的时空体之后，巴赫金总结道：“我们讨论过的时空体是区分文类类型的基础；它们处于小说文类的具体变体的中心，历经几个世纪得以形成和发展。”（巴赫金，《长篇小说的时间形式与时空体形式》，250－251 页）。

依赖于“民俗时间内在统一”的田园诗[1]，而人们同样还会想起哥特式小说，它有着闹鬼的房子与发生在夜晚的事件。故事的可靠性在很大程度上依靠行动/事件、行动元、背景之间的互动。

穆瑟斯的背景

《翼马》的背景不是十分清楚，但仍有迹可循。这个故事是关于马匹绕“圆形场地”（carousel）小跑的一堂课。与旋转木马的联系为故事的中心思想、花式骑马以及纪律提供了指号。马天生并不能绕圈跑，在马术学校绕圈跑的马就像旋转木马上的木马一样不自由。由此，这一形象产生了三个不同的空间：自然、马术学校、游乐场。

克劳尔的背景

空间与时间在《地图》中也同样重要。男孩在一个星期天发现了一张近乎神圣的地图，他是透过不该留出的缝隙看到它的。地图的吸引力在很大程度上是因为瞥见是无意的，而且实际上是遭到禁止的。随后，故事回顾了他年少时的环境，他曾骑行过的所有的公路和小路。就此，地图对他的年少时光进行了可视的、空间上的再现。但是随着再现的完成，乐趣也就结束了。 59

两极标尺

描述背景需要不断地对用以概括背景之特征的术语和标准进行质问。就像事件与角色一样，没有什么明确方法可以将背景从文本中提取出来。结构主义喜欢二元对立，因为二元构成了标尺的两端。按照米克·巴尔所言，人们可以依靠诸如内与外、高与低、远与近等二元对立研究空间。[2] 在萨德的作品中，无休止的折磨几乎总是发生在地牢那封闭、黑暗的空间里，这并不是巧合。这些空间特征可能是地狱的指号。[3]

---

① 巴赫金，《长篇小说的时间形式与时空体形式》，165 页、225 页。

② 巴尔，《叙事学》，214－217 页。

③ 克里斯特尔·范·伯海门-沙夫（Christel Van Boheemen-Saaf），《解构主义》（Deconstructivisme），收入《文学的形式：现代方向及其文本解释之可能》（*Vormen van literatuurwetenschap. Moderne richtingen en hun mogelijkheden voor tekstinterpretatie*），塞格斯（R. T. Segers）主编（格罗宁根：沃特斯-诺德霍夫公司，1985），243－244 页。

边界

结构主义者将使用类似的对立来刻画时间：短与长、延续与中断、白天与夜晚、光明与黑暗。在作品《永恒之漏洞》（The Leak in Eternity/Het lek in de eeuwigheid）中，荷兰作家威廉·弗雷德里克·赫尔曼斯沉浸在漫长的黑暗与短暂的、自动开关的灯光的对立中。就像在永恒的黑暗之中，灯光只会短暂地出现，人类的生命也只是短暂地出现在永恒的死亡之中。

空间与时间特征的中心方面，是边界线的绘制及对其潜在的僭越。僭越边界的行动和行动元，常常在故事中扮演着中心角色。若不冲破私有和公有、开放与封闭的边界，窃贼或间谍就不可想象。谋杀犯和强奸犯也没有遵守这些边界。在资产阶级小说中，英雄修复边界，而在冒险小说中，英雄更有可能推翻资本主义体系。由此看来，越界有可能是踏上恢复边界之路的第一步。在中世纪的故事《卡雷尔和埃里加斯特》（Karel ende Elegast）中，主角卡雷尔出门行窃是为了查出谁属于封建阵营，谁不属于封建阵营。当然，盗窃发生在夜晚，卡雷尔还得穿过一片黑暗的树林。在一般情况下，夜晚和树林构成了对秩序的威胁的最重要的部分，但是在本例这种情况下，夜晚和树林却产生了恢复的作用。

二、叙事

叙事构成了结构主义叙事学的第二个层面。这一层面不再关注序列的抽象逻辑，而关注将事件展现给读者的具体方式。正如我们在图2-5中将会看到的一样，叙事分析由三个主要部分组成：时间、人物
60 塑造和聚焦。

时间	-时距	省略	
		加速/概述	
		场景	
		减速	
		停顿	
	-顺序	方向＝错时（相对无时性）	
			倒叙
			预叙
		距离	内部的
			外部的
			混合的
		跨度	准点的
			持续的
	-频率	单一	简单的
			复合的
		综合	外部的 vs. 单一的
			内部的 vs. 单一的
		重复	
人物塑造			
	-直接的		
	-间接的：转喻		
	类比：隐喻		
聚焦			
	-类型	内部的/外部的	
		固定的/变换的（2个）/多重的（＞2个）	
	-属性	空间：全景的/同步的/限制的	
		时间：泛时的/回顾的/共时的	
		认知：全知的/限制的	
		情感：超然的/移情的	
		意识形态：明显的/隐含的	
			不含糊的/复调的

图 2－5　叙事分析结构图

（一）时间

结构主义通过研究故事时间与叙事时间两者的关系来分析时间。例如，故事中的某个中心事件，在叙事中没有讲述出来；或者故事中某个发生时间很长的事件，在叙事中只是简短地、随意地被提及。为了将时间的各个方面系统化，热奈特使用了三个准则：时距、顺序和频率。①

时距

时距是通过将阅读某个事件所用的时间与某个事件在故事层面发生
61 所用的时间进行对比来丈量的。这两个维度中的前一个，建立于旨在确定一个动作或事件在叙事层面上持续多久的阅读行为的基础上。由于叙事被讲述时，叙事中的动作和事件也就发生了，这一维度通常被称为**叙述时间**（time of narration），即便此处真正起作用的是阅读的时间。在图 2－6 中，叙事层面上的这一时间用 TN 表示。第二维度通常被称为**故事时间**（narrated time），它表示事件在故事层面上的持续时间，这就是为什么在图 2－6 中将其表示为 ST（story time）。由于冈特·穆勒（Günther Müller）早在 1948 年就提出了叙述时间与故事时间的区别，所以它们在结构主义叙事学出现之前很久就存在了②。巴尔区分了 TN 与 ST 之间可能存在的五种关系，我们将其呈现在下图的标尺上③。

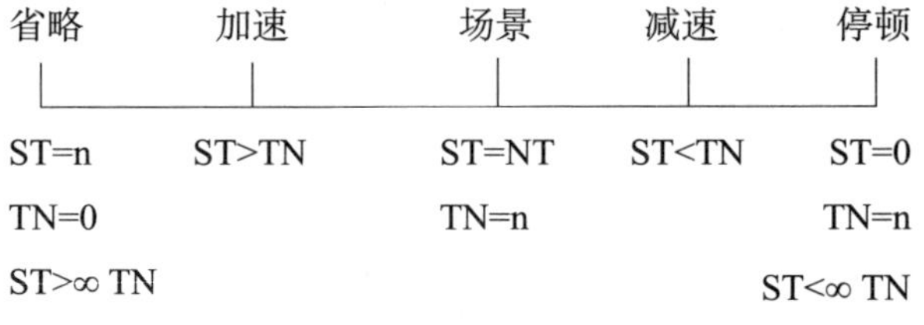

图 2－6　TN 与 ST 的五种关系

资料来源：米克·巴尔，《叙事学：叙事理论导论》第二版（多伦多：多伦多大学出版社，1997 年），102 页。

---

① 热奈特，《叙事话语》，33－160 页。

② 论文《叙事时间和故事时间》（Erzählzeit und erzählte Zeit）于 1948 年首次出现在《保罗·克鲁霍恩与赫尔曼·施耐德纪念文集》（*Festschrift Paul Kluckhohn und Hermann Schneider*）（图宾根：J. C. B. 莫尔公司），195－212 页。又被收入《形态诗学文集》（*Morphologische Poetik*：*Gesammelte Aufsätze*），冈特·穆勒编（图宾根：麦克斯尼麦耶公司，1974），269－286 页。

③ 巴尔，《叙事学》，102 页。

省略

在省略这一端，虽然一个事件在故事中确实发生过，但是其在故事中却缺席了。因此，故事时间就变得无限长于叙述时间。没有讲述的事件也可能十分重要。例如，在一部犯罪小说中，如果一个计划好的谋杀或刺杀的执行情景没有出现在叙事中，就有可能产生更大的悬念。在心理小说中，未说之事可能会更加关键，因为它可能指的是压抑的或被排解了的创伤。

加速

加速（acceleration）是概述（summary）的另一种说法。一个持续很久的事件可以用一句话加以概述，使得叙述时间短于故事时间。在《地图》中，叙述者说："以及还未骑行过的，这就是我曾到过的地方。"骑自行车肯定要用很长时间，但是在这里却用一句简短的话概述出来，这就使得叙事的进展快于故事。

场景

场景指的是事件的时距与其呈现或阅读中的时距几乎完美地重叠。小说中逐字出现的对话在文本中所用时间与在故事中所用时间几乎相
等。然而，这一等式当然是虚拟的，因为叙述时间与故事时间绝不会 62
完全相等。例如，几乎不可能使故事对话中的停顿时间与其在文本中的停顿时间一样长。像"对话停止了"这个简短的句子，是加速而不是一个场景。

减速

当阅读对一个事件之描述所需的时间长于事件本身的持续时间时，减速就出现了。例如，当杀手拿枪指着受害人的头时，文本可以停止。这一动作在故事中可能仅仅占用了几秒钟，但是对此可以用十几页的篇幅进行描绘。因此，减速在制造悬念或减少悬念方面很有用。在一段对打斗场面的近乎场景式的描述后紧跟着一个减速，在这个减速中，叙述者转而对一个简短事件进行详细描述，如"警察的到来"。荷兰作

家杰拉德·里夫（Gerard Reve）很喜欢用此策略：在他的小说中，扩展的艺术描写使动作减速，但通常这种描写篇幅不是很长。这些描写都是围绕着无法言说的秘密进行的，这些秘密在里夫的每一部作品中都会出现，它们的出现是为了证明主人公的被动性。因此，你可以说这一形式与内容紧密相关。在《紫罗兰与死亡之书》（*The Book of Violet and Death*）的开篇，叙述者甚至使得里夫的习惯更加明显——“不，没有什么事情发生：我遇到了一个人；我又遇见了那个人一两次，然后他悲剧地消失了。”[1] 接下来的叙述被归纳为一个巨大的减速，它持续性地延缓着那一小小行动。

停顿

停顿是减速的极端形式。它表明不再有任何事情发生，故事停止了。停顿的典型例子出现在穆尔塔图里（Multatuli）的作品《马格斯·哈弗拉尔》（*Max Havelaar*）中。叙述者斯特恩讨论了叙述中的连续与静止之间的不稳定平衡。作为例证，他举出了“从四层楼的阳台上一跃而下的女主角”这个例子。他没有描述那个动作，而是让它停下来：“通过大胆藐视万有引力定律，我才能让她飘浮在天地之间，直到我在对乡村之美的详尽描绘中将我的感情宣泄殆尽。”[2] 在七十页之后，叙述者回到了他引入停顿的那一刻：“亲爱的读者，我愿意用很长的篇幅来弄清在描绘一座城堡时，我到底能够让女主角在空中飘浮多久，直到你们不等那可怜的生命落地，耐心就已消耗殆尽，并把我的书放到一边。”[3]

省略、加速、场景、减速和停顿这五者的结合决定了叙事的节奏，
63 导致了悬念或单调性。具有连续加速或减速的叙事文本，能比始终选择同一时距类型的文本产生更加动态的印象。像《翼马》这样的速写

[1] 杰拉德·里夫，《紫罗兰与死亡之书》（阿姆斯特丹：费恩公司，1996），7 页。

[2] 穆尔塔图里，《马格斯·哈弗拉尔》，罗依·爱德华兹英译（伦敦：企鹅图书，1987），64 页。

[3] 穆尔塔图里，《马格斯·哈弗拉尔》，133 页。

大多采用加速，并且的确，小说只对骑马课程进行了简短的描述。《地图》只用几句话就概述了一整个时期，用几个段落打发了叙述者年轻时的大部分经历。但这一概述方法很快就被放弃了，为的是描述男孩是如何在商店橱窗里看到地图的。这一短暂变化产生的效果就类似于相机的放大功能，使读者能够将注意力集中于一个具体的细节或转瞬即逝的事件。

叙述时间

在尝试建立时距时，叙述时间的界定是一个主要问题。如何测量某叙事对一个事件所投入的时间呢？它是指描述事件所需的时间，还是指阅读事件所用的时间？我们通常以阅读时间为标准，但是这一速度显然因读者而异。于是，结构主义者们求助于一个纯粹的量化因素：页数。用四十页的篇幅描述一分钟的事情属于减速，而用一页篇幅描述一年的事情属于加速。这意味着将时间简化为空间，更具体点儿讲是简化为“文本中每个事件所需的空间数量”①。通过将时间发展简化为一定数量的页面，时间就被剥除了其动态。这就与前面已经提到的结构主义方法中的空间化特征联系了起来。

故事时间

与时距相关的另一个问题是故事时间的界定。一些叙事文本，例如**新小说**（nouveau roman）和后现代百科全书式小说，使得重构出故事甚至事件变得非常困难。荷兰作家亚特·琼斯特拉（Atte Jongstra）在他的百科全书式小说《蔬菜》（*Vegetables/Groente*）中，呈现了从说明书、食谱和参考著作中取材的一种文本大杂烩，他甚至放入了图片。这本小说不再具有由时间性和因果性的关联组成的故事。那么如何确定事件的时距呢？如果无法确定事件的时距，就不可能找到这些事件发生所用的时间与描述它们所用的时间之间的关系了，这意味着时距的结构主义定义在这里不适用。

① 巴尔，《叙事学》，100 页。

顺序

在**顺序**（order）方面也出现了相同的问题。顺序是由故事中的线性时序与叙事中事件的顺序之间的关系决定的。如果不可能重构故事
64 中的事件并将其按清晰的时序进行排列，那么叙事文本中的顺序就不能用结构主义的方式进行评估。如果有可能将事件在故事层面按顺序很好地排列出来，例如按从一到五的顺序排列，那么我们就可以观察到叙事是如何使顺序变得复杂的，例如按照四、二、五、一、三这样的顺序排列。

热奈特就三个范畴对顺序进行了具体阐述：方向、距离和跨度（reach）。详述总是依赖于某个明确的基本叙事。这种基本叙事或曰首要叙事（récit premier）[1] 是一个标准，或用空间术语来说，是为事件做时间定位所用的尺度。基本叙事不同于故事，因为其在文本中是可视的，不必包含故事中的所有事件。而且，基本叙事同时也存在与故事相同的问题。如果一部小说无法让读者建立其基本叙事，那么读者就有可能将顺序一并忘掉。一个充满联想的文本，如乔伊斯的《芬尼根的守灵夜》（*Finnegans Wake*）就无法用这种方法处理。

方向

关于基本叙事，有两个可能的方向：向前和向后。例如，如果基本叙事展现了主人公生命中最后三个星期的事情，他所有的青春回忆和对死后的一切预测就都落在了叙事之外。这种回忆是**倒叙**（analepsis）的例子，这种预测是**预叙**（prolepsis）的例子。英语中的对应术语是**闪回**（flashback）和**闪进**（flashforward）[2]，而在德语中，埃伯哈德·拉默特（Eberhard Lämmert）普及了回叙（Rückwendung）和

---

① 热拉尔·热奈特，《叙事话语》，收入《辞格三》（巴黎：瑟伊出版社，1972），90 页。莱文译本（《叙事话语》，48 页及之后）使用"第一叙事"（first narrative），这就造成了计数的错误印象。

② 例如，可参见梅尔·斯滕伯格，《小说中的展现模式与时间顺序》（巴尔的摩：约翰·霍普金斯大学出版社，1978）。

伏叙（Vorausdeutung）这一对术语。[①]

倒叙或预叙如果涉及基本叙事的前景中的元素，就被热奈特称为同故事（homodiegetic）倒叙或同故事预叙。例如，如果一个濒死之人回忆起自己生命中的某个时刻，就构成同故事倒叙（homodiegetic analepsis）。而如果他回忆起关于某个人的某件事情，且这个人在基本叙事中没有出现过或者只是其中的一个小角色，那么这种倒叙就是异故事（heterodiegetic）倒叙。这个濒死之人可能会回忆起已经不知去向的孩提时的朋友，这就有可能导向一个关于那位朋友的故事，以及关于他的一些细节，对于这些事情，濒死之人都没有亲身经历过。

方向的界定有时颇为诡异。假设濒死之人回忆起自己少年时代的某些事情，随后又从那段时间向前展望自己二十多岁的日子。这种相对于少年时代的预叙，对于基本叙事来说则是倒叙。《地图》就是这一类型的一个平实版本："但是因为我已经走遍了这些路，所以从此之后再也没有可以往上添加的道路了。或许会有那么一天，我将把地图从墙上取下来。"就男孩骑车这一时期而言，句中的"有一天"代表的是预叙，但是就叙述者回忆少年时期的这一时刻而言，则是倒叙。 65

当各种各样的回忆没有清晰地表明时间时，情况会变得更加复杂。许多自传小说包含一连串盘根错节、难以定位的回忆和预测，并且在这种情况中，读者不知道回忆 A 就回忆 B 而言是向前的还是向后的。热奈特用**无时性**（achrony）这一术语来表示不能追溯时间的段落。预叙和倒叙只有在时间上能够被明确定位时才是存在的。它们是**错时**（anarchrony）的例子，错时是在基本叙事中对时序的偏离。

距离

顺序不仅与方向有关，而且与距离相关，距离涉及基本叙事与预叙或倒叙之间的时间间隔。濒死之人可能回忆起两天前发生的事件，这件事就落在了基本叙事内部；他也可能回忆起发生在五十年前的一

---

① 埃伯哈德·拉默特，《故事的形式》（*Bauformen des Erzählens*）（斯图加特：梅茨勒公司，1955）。

件事，很明显，这件事就在基本叙事外部了。当回忆的或预测的时期落在基本叙事内部时，热奈特称之为内部倒叙或内部预叙；当这一时期落在基本叙事外部时，热奈特称之为外部倒叙或外部预叙。最后是混合倒叙（mixed analepsis）或混合预叙，它们涵盖的一段回忆，始于基本叙事之前而止于基本叙事之中，或始于基本叙事之中而止于基本叙事之后。

跨度

除了方向和距离之外，顺序还有跨度（reach）这一特征。这一术语指的是由倒叙或预叙所涵盖的时间之拉伸。如果回忆涉及某一个具体事件，那么这一倒叙是准时的。如果回忆包括一整个时期，那么闪回是持续的或完整的。《地图》中的倒叙是持续的，因为它描述了从发现地图到摘下地图那一段完整的时间范围。

尽管在这列举的术语数量表明这是一个相当抽象的系统，但是研究叙事文本中的顺序确实是十分重要的。作者愈沉浸在闪回和闪进中，叙述就变得愈加复杂。这也会使各个时期之间产生各种各样的新关系。
66 如果在同一页上，文本指涉到主人公人生中的三个或四个时期，读者就有可能看到这几个时期之间的联系。这样的结果是，主题可能会更加清晰地展现出来，或者悬念会增加。在杰若恩·布鲁威尔斯的小说《沉没的红》中，主要人物的想法在悬殊的时刻之间来回转换：日本俘虏营、寄宿学校、与丽莎的性关系、花园派对、女儿的诞生、他母亲的死亡。所有这些阶段通过他母亲的耻辱的形象连接在一起。小说中时间结构的动荡，在形式上反映出“我-人物”的不安和走来走去的典型形象。

频率

单一

频率（frequency）指的是一个事件在故事中出现的次数与该事件在叙事中出现的次数之间的关系。显而易见，在此存在三种可能性：降低频次，提高频次，正常频次。当事件在故事中出现的频次与其在叙事中出现的频次相同时，热奈特称其为**单一叙述**（singulative）。发生了一次也叙述了一次的事情，是简单单一叙述；在故事中重复出现的事情，在文本中也被描述了相同的次数，那就是复合单一叙述。在格利特·克劳尔的故事中，地图的发现就是简单单一叙述的例子。如果男孩不止一次造访那家商店，并且每次造访都在文本中被提及，那么这就是复合单一叙述。

综合

通常，以上那样精准的一致似乎不太合适。如果你把有规律地发生的事情每次都描述出来，那么文本可能会变得单调乏味、没完没了。对于重复发生，但在文本中只呈现出一次的故事事件，热奈特用**综合叙述**（iteration）这一术语表示。马塞尔·普鲁斯特（Marcel Proust）的作品《追忆似水年华》（*Remembrance of Things Past*）中的第一句话就是综合叙述的极佳范例："在很长一段时间里，我都是早早就躺下了。"[①]"在很长一段时间里"这个表述可能涵盖了主人公成千上万个"早早躺下"的日子。综合叙述在对习惯的描述中十分常见。兹列举《雷霆杀机》中的几个例子："邦德总是选择喝同样的饮品——美式咖啡、苦金巴利酒或沁扎诺酒""邦德在巴黎的时候，总是一成不变地要到那几个地方去""晚饭后，他通常会选择前往皮嘉勒广场逛逛"[②]。在《地图》中，分句"我有时坐火车去某个地方游玩一番"就是综合叙述，因为旅行只被提到了一次但是发生了很多次。

综合叙述可以与单一叙述相结合。用单一叙述描述出来的一次聚会可以包含综合叙述，例如："他不停地骚扰邻座的女士，直到女士忍无可忍离开了餐桌。"热奈特称这种情况为内部综合（internal iterative）叙述，因为它仍位于单一叙述的聚会之时间范围内。如果它落在这些范围 67
之外，热奈特就称其为外部综合叙述。例如，对聚会的描述可能会包含

① 马塞尔·普鲁斯特，《追忆似水年华：在斯万家那边》，斯科特·蒙克利夫英译（纽约：诺夫公司，1982），3页。

② 弗莱明，《雷霆杀机》，10－11页。【中译本参见：伊安·弗莱明，《最高机密》，曾婉婷译，合肥：安徽文艺出版社，2018：6页。——译者注】

如下句子："这就是他余生要做的事情——骚扰不该受此苦的人。"

重复

热奈特将频率的第三种类型称为**重复**（repetition），它指的是在故事层面发生过一次的事件，在文本中被重复描述。比如，《沉没的红》中的主要人物不断回想起自己的母亲被日本士兵毒打的场景。这类重复常常体现着多个立足点，即同一个事件为多个人物所考虑。在后现代小说中，难以判断多个立足点是只关乎单一事件，还是关乎多种事件，抑或纯属捏造。荷兰作家吉杰斯·伊杰兰德（Gijs IJlander）的作品《美妙之景》（*Fabulous View/Een fabelachtig uitzicht*）中包含几种不同版本的散步，一只死去的动物在人们散步的过程中被发现了，可能是一只松鼠。不同人物对发生的事情之截然不同的视像，可能会使读者怀疑它们的真实性。叙述者——一只填充松鼠玩具——没有解决这一问题，甚至人物的视像或许也是叙述者捏造的。[①] 对于这样一个复杂的、难以判定的情况，仅仅在清晰的事件重构基础上运作的结构主义是不能提供解决办法的。

（二）人物塑造

仅次于时间，**人物塑造**（characterization）构成了叙事的第二维度。如果说故事处理的是抽象角色，那么叙事则涉及角色的具体化。这方面的核心问题是人物在叙事中的呈现方式。这个问题不仅需要一个关于特征的清单，还需要这些特征被融入文本的方式。在里蒙-凯南看来[②]，我们可以识别出三种方法。

直接人物塑造

第一种方法是**直接**（directly）描绘一个人物[③]。这种人物塑造方

① 吉杰斯·伊杰兰德，《美妙之景》（乌得勒支：维恩公司，1990），167－173页、212－213页。

② 里蒙-凯南，《叙事虚构作品》，59－70页。

③ 巴尔称这一类型为"显性的"（explicit）人物塑造（《叙事学》，129－131页）。

法出现在许多传统小说中，它们通过罗列很多性格特性来引出一个人物。这些特性既可能与心理状态有关，也可能与外表有关。直接人物塑造总是表现为详细的、评价式的陈述，如下面这句话："霍伦先生是一个温暖、诚实的人，尽管他的闲谈和笑话称不上精彩。但是愚蠢，不，他不是那样的人。"① 68

这种关联的中心问题之一，与这一陈述的来源有关。这些话是人物自己宣称的，还是来自一个全知叙述者，抑或是来自另一个人物？这些问题的答案会对人物塑造的可靠性产生深远影响。直接人物塑造属于向读者传达信息的最直白的策略，但是它们很容易被使用（滥用），致使读者走向错误的方向。在威廉·福克纳（William Faulkner）的小说《献给艾米丽的一朵玫瑰花》（A Rose for Emily）的开头，"高贵的"艾米丽的人物塑造被极力强调是正面的，但是读者很快认识到，这些正面的陈述是不对的、误导人的②。

间接人物塑造

第二种方法是**间接**（indirect）人物塑造③。这种方法是基于转喻的；也就是说，它用与人物的性格相近的要素来运作。例如，行动往往是很自然地遵循人物的身份做出的；话语在字面意义和比喻意义上也能表现出很多内容；人物的言辞和风格会暴露他的社会地位、意识形态和心理；人物的外貌和其所处的环境也可以说明一些什么。威廉·布莱克曼的作品《来自美国的明信片》（*Postcards from America/Ansichten uit Amerika*）中的主要人物本（Ben）搬了很多次家，但是他所处的环境一直都像个迷宫。他的房子"设计得十分杂乱"，街

① 杰拉德·里夫，《喘息的鹿》（*Het hijgend hert*）（阿姆斯特丹：费恩公司，1998），32页。

② 威廉·福克纳，《献给艾米丽的一朵玫瑰花》，收入《福克纳短篇小说选》（纽约：现代图书公司，1961），49－61页。皮埃尔·布迪厄将故事中误导性的人物塑造与社会建构起来的读者之期望联系起来。见布迪厄，《艺术的法则：文学场的生成和结构》，苏珊·伊曼纽尔英译（斯坦福：斯坦福大学出版社，1995），322－330页。

③ 巴尔称这种类型为"隐性的"（implicit）人物塑造（《叙事学》，129－131页）。

道形成了一个模糊的网络，“十分难走”。“小街巷的迷宫”[1] 出现在各种各样与本相关的语境中，因此，“小街巷的迷宫”表现出了这个人物恐惧幽闭的、偏执的世界观。

通过类比的人物塑造

第三种方法是，人物可以借助于**类比**（analogy）进行描绘，这将产生隐喻而非转喻[2]。在《翼马》中，主要人物的身份在一定程度上是通过与马的隐含对比建立起来的。就像那匹马一样，女骑手想要挣脱地面的束缚起飞。后者指的是文本信息。隐喻经常指代具体的伦理或意识形态，这一事实也出现在特奥多·阿多诺（Theodor Adorno）关于卡夫卡用以描绘人物的诸形象之研究中。卡夫卡经常将自己笔下的人物类比成动物和物体，这一隐喻的类型化显示出人类变得非人的程度。[3]

对里蒙-凯南来说，名字是通过类比进行人物塑造的一个例子[4]。
69 名字暗示了人物的一个方面或邻近的相关要素，就此而言，我们相信名字仍属于转喻式的人物塑造。因此，古德曼（Goodman）和斯莫尔（Small）这两个名字是转喻式的描绘，而卡索尔（Castle）和罗奇（Roach）这两个名字则是隐喻式的描绘[5]。在前一种情况中，属于人类语义学领域的一些要素前置，而在后一种情况中，其他领域的要素发挥了作用。在荷兰作家伯德威克（F. Bordewijk）的小说《宾特》（*Bint*）中，一个被称为“赫尔”（Hell）[6] 的班级中的学生有着暗示性

① 威廉·布莱克曼，《来自美国的明信片》（*Ansichten uit Amerika*）（阿姆斯特丹：探求出版社，1981），25 页、21 页、74 页。

② 此处我们不同于里蒙-凯南。她将以名字和环境为基础的人物塑造视为类比的一种形式，而我们则将名字和环境视为与人物相邻的元素。对我们而言，这些描述因此属于转喻式的人物塑造。

③ 特奥多·阿多诺，《关于卡夫卡的笔记》，收入《棱镜》（*Prisms*），塞缪尔和舍瑞·韦伯英译（剑桥：麻省理工学院出版社，1981），243 页及之后。

④ 里蒙-凯南，《叙事虚构作品》，68－69 页。

⑤ 本句中四个人名，Goodman 原意为“好人”，Small 原意为“小的”，Castle 原意为“城堡”，Roach 原意为“蟑螂”。——译者注

⑥ Hell 原意为“地狱”。——译者注

的名字，如“圣人的生活”（Saint's Life）或“领唱人”（Precentor）。这类隐喻式的或象征性的名字当然可能指与它们的暗示相反之意。一个名叫卡索尔的人物可能很弱小，在这种情况下，至少可以说他的名字具有反讽意味。

与名字相同，“第二自我”（alter ego/second self）呈现的是在转喻式的和隐喻式的人物塑造之间的一种边界情况。正如主人公与目击者之间的联系可以被称为是连续的，杰基尔（Jekyll）和海德（Hyde）的混合引起了两种不同人格的隐喻式渗透[①]。转喻式的人物塑造不会导向渗透，但是隐喻式的人物塑造则导向这一结果。两者之间的边界不总是清晰的。即使两个被假定不同的人物可能在许多方面相似，人们仍然可以谈及识别或混合。例如，在哈里·穆里施的《发现天堂》（*The Discovery of Heaven*）中的“第二自我”就是如此。

与人物塑造有关的问题

结构主义对人物塑造的处理几乎抵达了语义层次的关乎内容的分析。由于结构主义想要开发一种主要是形式的方法，因此人物塑造不属于结构主义叙事学更精细或更具创新性的领域，这并不令人惊讶。对一个人物的具体描述因文本而异，因此它不能真正吸引结构主义者——结构主义者总是设法展示总体的原则和步骤。

定义“主人公究竟是什么”是不可能的，这一点进一步证实了将人物塑造简化至普遍的、结构主义的陈述之难度。巴尔草拟了一份特征清单，包括“主人公常常出现在故事中”“主人公可以单独出现或说出独白”“某些行动只能属于主人公一个人”，以及“主人公与绝大多数人物保持联系”[②]。一个相关的问题不仅是具备多少种特征才能称得上是一个主人公，而且是主人公这一概念对于**新小说**（nouveau roman）

---

① 杰基尔和海德出自英国作家罗勃·路易士·斯蒂文森的科幻小说《化身博士》（*Dr Jekyll and Mr Hyde*），书中杰基尔和海德的性格截然不同，后来“Jekyll and Hyde”成为心理学中“双重人格”的代称。——译者注

② 巴尔，《叙事学》，132页。

70 这样的非传统文本，或书信体小说和风俗小说这样的古典文类是否还有意义。在**新小说**中，主人公似乎消失了，这样有利于非人格的准客观性；在书信体小说中，所有通信人都或多或少是平等的，没有中心人物；在风俗小说中，不同集团、阶层之间的强烈的相互作用使得像“某些行动只能属于主人公一个人”这样的标准变得毫无意义。一般而言，人们可能会问叙事文本是否总是需要一个主人公。

结构主义叙事学坚持诸如主人公和反面人物的概念，这一事实表明，它仍然以非常人格化的方式处理人物塑造①。作为一个明确地将自己与主观主义和人文主义的文学方法划清界限的理论，这可能是令人惊讶的。的确，结构主义者并不喜欢那些在分析文本中显露感情的移情阅读。然而，他们还是冒险将词语的建构看作人。在后现代小说中，人物丢失了很多人类特性：他们相互混合，他们自称叙述者或文本之发明者，他们的消失就像出现一样突然。结构主义者几乎不知道如何处理这样的非人格化的人物。这证明了结构主义在很大程度上仍存在人格化。

将文学人物作为一系列特性来处理，会导致静态罗列。巴特将人物视为一系列的最小语义要素或意素，这一观点十分有名②。在这一方法中，人物发展被简化为这一系列中的一次变化，而动态也被简化为这一系列中的两个或多个不同阶段。很明显，结构主义叙事学的最大贡献不在人物分析的层面③。

---

① 关于该批评的深入表述，见吉布森，《走向一种后现代理论》，69－104页、236－244页。

② “人不过是意素的集合……萨拉金是一个集合点，是骚动、艺术天赋、独立性和放肆之集合。”［罗兰·巴特，《S/Z》，理查德·米勒英译（纽约：希尔和王公司，1974），191页］。菲利普·哈蒙也在他关于人物的经典研究中表达过相同观点，见《人物的符号学地位》(Pour un statut sémiologique du personnage)，1972年初版，后收入《叙述的诗学》，罗兰·巴特等编（巴黎：瑟伊出版社，1977），115－180页。

③ 在《走近叙事中的人物之结构主义途径：艺术的现状》［《符号学》第1期、第2期(1989)：1－24页］中，尤里·马尔格林（Uri Margolin）提供了对各种结构主义的观点的解释性的概括。他试图通过借助“可能世界符号学”来补偿“完善的结构主义-符号学人物理论”之缺乏（9页），我们将在第三章中探讨这一问题。

（三）聚焦

聚焦（focalization）确实属于叙事学理论极其重要的洞见，它应归功于结构主义。这一术语指的是被聚焦者与聚焦者之间的关系。其中，被聚焦者指的是被提供给读者的人物、行动和物体，聚焦者指的是感知并决定将什么呈现给读者的那一代理人。所以，我们在此讨论的也就是感知的客体与主体之间的关系。我们故意避免用“看”这个动词，因为所有的感官都被涉及。就这一点而言，感知可以隐含像思考和判断之类的认知功能。来看《地图》中的“我不得不认识到，当我有时坐火车去某个地方游玩一番时……”，“我-人物”是感知的中 71
心，在这种情况下，“认识”这一动作是不可视的，甚至是非感觉的，而是属于思维的。在《翼马》中，马术教练通过下面这个句子表达出的感知则似乎与情感和态度有关：“现在马术教练已经不想再做任何解释了。”

聚焦者和聚焦对象

在接下来的讨论中，我们将使用的术语“聚焦者”和“聚焦对象”是有问题的。它们暗示在叙事文本中存在一些感知中心，它们接近人类，而且很明显地像人类一样思考、感受。首先，人们可能会问一个文本是否真正包含这样明显的中心；其次，人们会问如此人格化地研究它们是否有用。热奈特始终用“聚焦”一词，不谈主体和客体，从而避免了这些问题。巴尔则优化了法国叙事学家的理论，她相信有必要区分感知代理人与感知客体[①]。热奈特一点儿也不喜欢巴尔的修改[②]，但巴尔对聚焦者与聚焦对象的区分被接受了，这大概是因为它

---

① 巴尔，《叙事学》，146－147页。

② 热奈特在《新叙事话语》中写道：“米克·巴尔似乎认为（有时说我认为）……任何叙述陈述都包含一个聚焦（人物）和一个被聚焦（人物）……对我而言，没有聚焦或被聚焦人物……”（72－73页）【中译本参见：热拉尔·热奈特，《叙事话语 新叙事话语》，王文融译，北京：中国社会科学出版社，1990：233页。——译者注】

有助于阐明聚焦这一较为模糊、庞杂的概念[①]。

在诸种解释中，有一种与（不）可靠的感知有关，正是拜感知主体与客体的区分所赐，它才得以描述。感知主体与感知客体之间的关系对读者判断文本所提供的信息来说至关重要。如果一个人物持续通过单一聚焦者的眼睛被看到，那么人们可能会怀疑这一视角是否可靠。人们只通过一个女性人物的调情对象的眼睛看她，可以判断她真的是不是一个爱打情骂俏的人吗？与此相反，一个人物可能被很多聚焦者感知，以至于读者得到过多的信息而不能获得一个一致而可靠的形象。

聚焦的类型

内部的和外部的

我们将使用三个标准来讨论聚焦，这三个标准在后文关于叙述的部分中同样要加以参考。这三个标准是类型、特征，确定这些类型和特征的文本指示。为了确定聚焦类型，必须回答两个问题。首先涉及聚焦者相对于虚构世界的位置。如果聚焦者属于虚构世界，他就是内部的；如果聚焦者位于虚构世界之外，他就是外部的[②]。埃德加·爱伦·坡的小说《梅岑格施泰因》（Metzengerstein）为这一区分提供了一个清晰的例证。伯丽菲茨因（Berlifitzing）家的马厩突发大火，这一

① 皮埃尔·维杜在《聚焦的手法》（Le jeu de la focalisation）中探讨了热奈特和巴尔对聚焦的观点［《诗学》第51卷（1982）：359－368页］。维杜正确地注意到了一种“双重必要性”（the double necessity），不仅为了分析而区分聚焦之主体与客体，而且为了看清二者的关系，而把它们放在一起加以研究（362页）。

② 除了内部和外部聚焦，热奈特也设想过“零聚焦”（zero focalization）（《叙事话语》，189页）。在这方面，我们更同意巴尔和里蒙-凯南的观点。他们认为这种三分法将聚焦者与聚焦对象（the focalized）混淆了。在热奈特看来，外部聚焦实际上是将自己限制在事物之外的感知，而根据巴特和里蒙-凯南的观点，这是聚焦对象的问题，而非聚焦者的问题。就热奈特的外部聚焦而言，聚焦者可以是内部的，因为一个人物同样可以将自己的感知限制在事物之外。（见里蒙-凯南，《叙事虚构作品》，74页；巴尔，《叙事学》，142－161页。）为了避免混淆外部聚焦者与外部聚焦对象，维杜建议将外部聚焦者描述为“非受托的”（non-delegated）感知代理（居于叙事之最高层面），将内部聚焦者描述为“受托的”（delegated）感知代理（将感知委托给了“较低的”代理，即某个人物）。（见维杜，《聚焦的手法》，360页。）曼弗雷德·雅恩的《聚焦之窗：解构与重构叙事学概念》［《文体》第30卷，第2期（1996）：241－267页］清楚地呈现了有关聚焦的各种观点和问题，可参见。

家族与梅岑格施泰因家族交恶已久。读者通过未与冯·梅岑格施泰因 72
男爵同在房间的某代理人之眼看到了这位男爵的反应：“但是就在火灾引起的喧闹声中，年轻的绅士本人却枯坐在梅岑格施泰因家族宅邸高处的一个宽阔而孤寂的房间里，显然陷入了冥想。”人们可以将此想象为叙述者肩上的摄影机拍下的一个场景，这一叙述者不在故事之内。然而，接下来“他的眼光不经意地转向了这一形象：一匹庞大的、颜色不自然的马”。由此前进，读者通过年轻男爵的眼睛看到了这一场景：“这匹位于壁毯上突出位置的骏马，直立着一动不动，像一尊塑像。”[①] 外部聚焦与内部聚焦的转换，可以被比作一级方程式赛车的现场直播中时不时的画面切换。多数时间，摄影机被置于赛车道之上或其旁侧，但是有时，观众发现自己也处于比赛之中，因为画面来自赛车内置的微型摄影机。当然，这一聚焦不完全是内部的，因为观众不是真正通过赛车手的眼睛看到画面的。

拥有多个层次的叙事文本，将内部聚焦与外部聚焦的关系复杂化了。让我们回到威廉·布莱克曼的《奥斯坦德的周末》。其主要叙事是关于勃洛克的。当他被叙述者（从未以人物身份出现在故事中）感知时，聚焦是外部的。例如：“晚上，在打扮好后，他骑着借来的自行车去了生日宴会。”当勃洛克听到名为《金与银》（*Gold and Silver/Gold und Silber*）的华尔兹舞曲时，聚焦就变成了内部的：“他感动得流下了眼泪，因为舞曲使他立刻想起了所有的事情。”[②] 当勃洛克开始讲述自己的安东叔叔的故事时，事情变得更加复杂了。故事开头的讲述是经过勃洛克的感知过滤的信息，例如：“在一个美丽的夏夜，天气燥热，甚至墓地里的死人都敲击着棺材盖，叫喊着：‘求求你……就一会儿。’”[③] 关于安东叔叔的故事是外部聚焦，因为读者的感知完全依赖于勃洛克，他没有作为人物出现在自己讲述的故事中。然而，就关于

① 埃德加·爱伦·坡，《梅岑格施泰因》，收入《埃德加·爱伦·坡全集第Ⅱ卷：故事集Ⅰ》，詹姆斯·哈里森主编（纽约：AMS公司，1965），188页。

② 布莱克曼，《奥斯坦德的周末》，39页。

③ 布莱克曼，《奥斯坦德的周末》，44页。

勃洛克的主要叙事而言，这段引文却是内部聚焦，因为读者通过主要叙事的主人公勃洛克来看一切。但是当安东叔叔的感知开始渗入勃洛克所讲的关于他（安东叔叔）的故事中时，这个次级故事的聚焦也成
73 了内部的。例如，“安东叔叔用他长满老茧的小手‘走’过来；当听到女性说出那些性感的话时，他大吃一惊”①。

因此，不可把内部聚焦和外部聚焦视为绝对的概念，尤其是当文本具有数个嵌入式的故事时。在主要叙事层面的内部聚焦，可以变成在次级叙事层面的外部聚焦。即使没有嵌入式故事，聚焦者也可能难以确定。在赫伯·博伊尔斯肯斯（Huub Beurskens）的中篇小说《糖豆》（Sugarplums/Suikerpruimen）的开头，人物斯坦（Stein）似乎是（内部）聚焦者，但是某些段落又暗示了叙述者的（外部）聚焦。某刻，斯坦和帕蒂·约翰（Patty John）正坐在餐厅的阳台上：“在这些私人游艇与小渔船之间，黑色的水面倒映出许多五彩的灯。”② 这是谁看到的？是斯坦还是叙述者？我们无法确定。

叙事文本中总是呈现出内部聚焦与外部聚焦的交替。这也非常适合操控读者，因为读者常常注意不到信息已经过了某个人物或叙述者的感知过滤。结果，读者可能将某个人物提供的主观信息看作源自超然的叙述者的客观信息。这一可能性是我们所称的协谐的心理叙述（用多利特·科恩的说法）所固有的，在这种情况下，叙述者与人物的感知紧密相连，以至于难以区分二者。

即使如此，二者间的区分也不容忽视。在一个第一人称文本中，即使人物与叙述者相一致，内部聚焦与外部聚焦之间仍然存在差异③。在“叙述的我”认为某事是“经验的我”所为的情况中，如果场景是

---

① 布莱克曼，《奥斯坦德的周末》，46 页。

② 赫伯·博伊尔斯肯斯，《糖豆》（阿姆斯特丹：磨坊堡，1997），9－10 页。

③ 威廉·埃德米斯顿，《聚焦与第一人称叙述者：理论修订》，载《今日诗学》第 10 卷，第 4 期（1989）：729－744 页。该文对热奈特、巴尔、科恩以及里蒙-凯南发展的有关聚焦的观点做了极好的总结。在专著《后见与洞见：四部十八世纪法语小说中的聚焦》（大学园：宾夕法尼亚州立大学出版社，1991）中的《聚焦概念的演进》（147－169 页）一文中，埃德米斯顿发展了他的观点，并提供了有趣的概述。

通过“叙述的我”感知到的，那么就是外部聚焦；如果是通过“经验的我”感知到的，那么就是内部聚焦。请看《糖豆》中的一个例子：“我对其十分恼火，或许是因为一种同行间的嫉妒，我现在想。”① 因为“经验的我”感到恼火，所以是内部聚焦；因为“叙述的我”给出了恼火的原因，所以是外部聚焦。

聚焦和人称

诸多实例表明，选择内部聚焦还是外部聚焦并不取决于人称。第一人称叙述可以是外部聚焦，而第三人称叙述可以是内部聚焦。“那时我十分傲慢”是个外部聚焦的例子，而“他认为她极其傲慢”是内部 74
聚焦的例子。因此，决不能把叙述类型与聚焦类型混淆。

内部聚焦者和外部聚焦者既可以处在表层，也可以穿透他们所感知的事情。在犯罪小说中，常常只有杀人者的外部特征出现，所以读者不得不搜寻杀人者的动机。这就既增加了悬念，也加强了读者想要解密的渴望。当聚焦穿透一个人物时，就会引起对感情、认知功能和心理细节的观察。这既可以由一个超然的叙述者感知（这种情况下是外部聚焦），又可以由一个人物感知（这种情况下是内部聚焦）。多种类型的聚焦之潜在的组合和交替，也使得作者能够制造或维持悬念。如果小说在第一章就记叙了人物的想法，且其中包括一次谋杀的计划，那么这个人物将是第二章中发生的谋杀案的最大嫌疑人。但是为了让读者不断猜测，文本可能在接下来的几章中继续描写人物看似无辜的外表，所以读者不可能立刻确定这个人物是否真的有罪。

稳定性

如前所言，聚焦的类型是基于两个标准确定的。第一个标准是聚焦者的位置　　内部的还是外部的。第二个标准与稳定性（stability）有关。如果故事中的事件是由一个单一代理人感知的，热奈特就称之为**固定式聚焦**（fixed focalization）。如果事件是由两个人物不断交替

---

① 博伊尔斯肯斯，《糖豆》，45 页。

感知的，热奈特就称之为**变换式聚焦**（variable focalization）。也可能有两个以上感知中心，这种情况被热奈特称为**多重式聚焦**（multiple focalization）。这三种类型也可以被看作标尺上的不同位置，该标尺从单一的或固定式聚焦一端开始，到多重式或变换式聚焦一端结束。[①]

《翼马》属于变换式聚焦。读者有时被女骑手的感知引导（“宽松的部分到底有什么用处呢?”），有时被马术教练引导（“不妨找几本有关骑士的书来读读”）。《地图》也有变换式聚焦，因为读者有时是通过男孩的眼睛看到的（“我对这个村庄十分熟悉，可是我还从没有在地图上见过它的名字!”），有时是通过“叙述的我”看到的（“我也不再有保存它的必要了”）。在这两个故事中，感知中心的交替反映出一个主
75 题冲突：一方是非正统的和天真的视角，另一方是正统的和成人的视角。视角在此结合了意识形态和心境。

通过多个聚焦者展现同一个事件，可以增加多样性，但是也常常使叙述复杂化。在《糖豆》中，帕蒂·约翰背叛了她的丈夫斯坦，投入了鲁本的怀抱。帕蒂·约翰与鲁本的第一次性经历最初是通过鲁本呈现的，然后又通过帕蒂·约翰呈现。以下是鲁本的表述：“在我和她一起去散发着尿臊味的鸽子巷之前，她把我推到墙上，把她的舌头伸入我的双唇间，在这个潮湿的八月的夜晚，我很快地缓解了一些额外的压力。”[②] 下面则是帕蒂·约翰的角度：“这是一个潮湿的八月的夜晚，在一个散发着呕吐物、尿液、鸽子屎的恶臭的狭窄小巷中，她想象到，七叶树开花了，她任自己被打开、被举起、被撞击。”[③] 在鲁本的感知中，帕蒂·约翰是更主动的人，因为是她把他推到了墙上；在帕蒂·约翰的经验中，鲁本比她更主动，因为是她任由他打开、举起和撞击自己。他俩都感到自己是被占便宜的一方，这反映出他俩关系中的问题之一。他俩最初的激情很快恶化为消极状态。他们两个都感

① 热奈特，《叙事话语》，189－190 页。
② 博伊尔斯肯斯，《糖豆》，49 页。
③ 博伊尔斯肯斯，《糖豆》，70－71 页。

到自己被误导了，因为对方没能履行自己的承诺。这些与内容相关的方面都通过选择变换聚焦得到了强调，这展现出了这对情人对他们第一次性经历的解释有多么大的差异。

聚焦的属性

空间

不同类型的聚焦（内部的 vs. 外部的、单一的 vs. 多重的）可以通过参考一些属性进行详细说明，里蒙-凯南倾向于称这些属性为**侧面**（facets）。[1] 前两个属性与聚焦者的空间-时间感知相关。就空间而言，聚焦者可以将全景的、同步发生的或限制性视角强加给读者。在全景视角的情况中，聚焦者控制了整个叙事空间。马尔科姆·洛瑞（Malcolm Lowry）的作品《火山下》（*Under the Volcano*）的开头采用了这样一个全景视角："两条山脉从南到北几乎纵贯整个共和国，在两者之间形成了许多山谷和高原。俯瞰其中的一道山谷，会看到在海拔六千英尺[2]的地方，坐落着一座名叫夸纳华克的小镇。"[3]

当读者感知到同时发生在不同位置的事情时，就是同步聚焦。例如，哈里·穆里施通过展现同时发生的不同事件反复阐明自己的"octavity"（相同又不同）原则。他的言下之意是这些事件彼此相似，就 76
像一个音符和它的高八度音一样。传统上，事件在不同位置的同步性通过诸如"与此同时"或"花开两朵，各表一枝"的套话呈现出来。

展现同步性不那么传统的方式是使用纵列或一个置于另一文本上端的文本条，这可以使不同的文本同步呈现。路易-保罗·博恩（Louis-Paul Boon）的《小步舞》（*Minuet*）将剪报的拼贴图放在了页面的顶部。它的下面是"正常的"叙事文本。剪报片段的第一句话如下："农场工人发现一个裸体女孩被绑在积雪覆盖的野外的一棵树上。"这句话中暗示的寒冷提供了与下列常规文本中第一句话的联系："我在冷

① 里蒙-凯南，《叙事虚构作品》，77－82 页。
② 约合 1 800 米。——译者注
③ 马尔科姆·洛瑞，《火山下》（伦敦：骑马斗牛士公司，1990），3 页。

藏室的工作是相当单调的——必须日夜检查温度，使其保持在冰点。”①

在空间方面，除了全景和同步聚焦外，还有一些限制性感知。这是一个典型的人物情景，因为人物的感知常常伴随以他移动的有限空间。里蒙-凯南认为，全景的和同步的视角只有对外部聚焦者才是可能的，对此我们不敢苟同②。人物可以完美地想象其他地方发生着什么。想象力构成了聚焦者感知的一部分。因此，这样的全景视角是可能的，不仅可以基于实际的位置（例如从飞机上），而且可以基于人物的想象力。

时间

正如空间感知一样，时间感知也可以被划分为三种类型。泛时聚焦者俯视（surveys）所有时间阶段，可以向后看也可以向前看。爱伦·坡的作品《梅岑格施泰因》的开头就例证了这种情况：“恐怖事件和天灾可能会出现在所有年代……伯丽菲茨因和梅岑格施泰因两大家族已经有几百年的仇恨史……仇恨产生的原因或许可以从一个古老的预言中找出来。”③ 这一预测相当于闪进。如果叙事只向后看，聚焦就是回顾的，正如在典型的自传文学中，“叙述的我”看待“经验的我”一样。此外，感知可以与事件同步发生，这种情况是共时聚焦。

很明显，各种时间和空间聚焦可以交替。在《沉没的红》中，“叙述的我”回忆自己在日本俘虏营中的童年。在接下来的段落中，第一

---

① 路易-保罗·博恩，《小步舞》，艾德丽安·迪克森英译（纽约：佩尔西图书，1979），9页。

② 里蒙-凯南，《叙事虚构作品》，77－78页。维杜认为，一个外部聚焦者完全能猜测其他人的想法和感觉，但是这一猜测实际上相当于违反了标准，因为它通常要留给非受托的聚焦者，即从叙事的最高层面感知的人（《聚焦的手法》，363页）。埃德米斯顿认同维杜的意见，他使用热奈特的术语“paralepsis”（《叙事话语》，207－211页）“描述这样一类违背：其中叙述自我所言比他所知道的要多”（《聚焦与第一人称叙述者》，741页）。注意，埃德米斯顿在描述聚焦的这一特殊情况时是就叙述而言的。正如我们将看到的一样，“叙述的我”和“经验的我”的区别，不像结构主义者们所希望的那般严密。【paralepsis是修辞学上的“假省”法，即通过有意省略重要部分来引人注意。——译者注】

③ 爱伦·坡，《梅岑格施泰因》，186页。

句话是回顾的，而第二句是回顾中的预期：“**然后**它没有碰我。直到很 77
久之后我也没有被它碰。”然后有一个共时聚焦的段落：“我看到日本人用藤条殴打一个女人。”[1]

认知属性

除了时间和空间之外，心理属性在进一步描述聚焦方面起着重要的作用。我们用“心理学”来指感知的认知、情感和意识形态等方面[2]。在认知层面上，有些聚焦者知道所有事情，也有些聚焦者的知悉范围是有限的。在这种语境下，全知不再直接与叙述行为相关。传统的全知叙述因此被重新定义为一种叙述方式，其中全知的代理人就是聚焦者。一般来说，这是个外部聚焦者：感知的中心被一个外在于虚构世界的叙述代理人占据。人物也可能假装是全知的，并窥视他人的想法，但是这种段落与外部聚焦者提供信息的段落相比，似乎更具猜测性而可靠性更低。在荷兰作家路易·费伦（Louis Ferron）的《圆舞曲之王》（*The King of Waltzes/De Walsenkoning*）中，主人公的名字也是路易·费伦，好像他可以窥视他母亲的内心。他想象着在她婚礼之时，对她说：“你可能早已看到他许诺予你的金山了。”[3]

聚焦操控着读者，通过从全知的聚焦者转换为限制性聚焦者，可让读者处于悬念之中。中世纪叙事作品《卡雷尔和埃里加斯特》的开头是通过一个全知的代理人聚焦的，从他那里，读者得知一个天使让国王（卡雷尔）离开城堡开始行窃。当卡雷尔在森林里见到一位黑骑士时，全知的聚焦者将其位置让渡给了卡雷尔。因为读者现在被限制在卡雷尔的感觉和知觉中，所以他们像卡雷尔一样不知道黑骑士的身

---

[1] 布鲁威尔斯，《沉没的红》，54－55页。

[2] 里蒙-凯南（《叙事虚构作品》，81－82页）并没有将意识形态侧面与心理侧面结合起来。因为我们是在其最宽泛的意义上设想心理侧面的，我们将认知、情感和意识形态侧面并入这一类别中。在所有这三种情况中，感知反映了聚焦者的内部世界，而就时空侧面而言，它强调的是外部世界。

[3] 路易·费伦，《圆舞曲之王 深潜自传》（阿姆斯特丹：忙碌的蜜蜂公司，1993），83页。

份。人物的恐惧和紧张都传递给了读者。如果全知的聚焦者告知读者，黑骑士是另一个中心人物埃里加斯特，那么故事也就不会那么刺激了。

情感属性

在情感层面，聚焦可以是超然的或移情的。在这一关切下，聚焦者和聚焦对象之间的关系是极其重要的。如果只有聚焦对象的外部被感知到，那么聚焦就是超然的。相反，如果存在对聚焦对象的思维和感情的不断猜测，那么聚焦就是移情的。前方引自《圆舞曲之王》的
78 片段就提供了移情聚焦的例子。

意识形态属性

任何一种形式中内在的意识形态，在叙事中既可以被清晰地给出，也可以被隐含地给出。《雷霆杀机》中外部聚焦者感知苏联罪犯的方式很能说明问题：他们的眼睛是冷酷的，脸部是棱角分明的，语言是难以理解的。邦德的故事中散发出来的保守的“资本主义”意识形态通过内部聚焦者詹姆斯·邦德得到加强，他以与外部聚焦者完全一样的方式观察并评判那些苏联人[①]。在《翼马》中，意识形态很明显地在最后被陈述出来，在那里叙述者或女骑手暗示轻盈十分重要——“只要你能起飞”。然而，在通过女骑手聚焦的前几段中早已隐含了这种偏爱。

但是，用毫不含糊的方式建立文本的意识形态不总是可行。一个叙事越长、越复杂，其意识形态通常就变得越含糊。这在很大程度上取决于聚焦者的数量及其位置。如果叙事由一个外部聚焦者运作，那么意识形态将极有可能相对明确。然而，如果有数十个人物作为聚焦者，那么结果将是复调的意识形态，读者也将难以重建主导性视角。但即便是在单一外部聚焦者的情况中，文本的意识形态也可能难以描述。因此杰拉德·里夫的小说经常有一个固定的外部聚焦者，他无所

① 在《弗莱明的叙事结构》中，翁贝尔托·埃科将这种摩尼教的意识形态与冷战联系在了一起。

不在的反讽使得人们不能确定应该在多大限度的字面意义上去看待他关于蓝领工人、女性、移民的陈述。

结构主义者们没有充分地处理聚焦之意识形态分析。这并不奇怪，因为这一探询会将问题从形式讨论引向内容讨论。对意识形态的注意，是晚近聚焦研究中最重要的转变。在第三章中，我们将呈现一些强调叙事中感知的各个意识形态方面的新方法。

文本标志

在判断聚焦的类型和属性的过程中，读者有很多任其支配的文本标志。例如，对聚焦对象或聚焦之人的描述，可以帮助读者判断是内部聚焦还是外部聚焦。假设杰克·琼斯法官的妻子进入了丈夫的书房，
如果文本写道“杰克·琼斯法官看上去心情不好”，那么读者可以将这 79
一感知归为外部聚焦者，因为这个女人或许不会将自己的丈夫看作“杰克·琼斯法官”。然而，如果文本写道“杰克看似心情不好”，那么这多半是这个女人的感知。电影《母女情深》提供了一个极端的例子：各种元素通过人物而不是外部聚焦者指向感知。

文体同样可以提供聚焦者的标志。带有许多复杂的、技术化的观察的童年记忆，多半是从外部聚焦的，因为一个孩子的观察不会达到如此复杂精细的程度。当哈里·穆里施在《心理学家的素材》中探讨自己的童年时，经常使用根本不孩子气的风格，这表明感知已经过长大后的他的过滤。九岁的哈里看到一个拼图，紧接着是对其右上角的一段充满智慧的描述。[①] 虽然人们可能倾向于推断，一个孩子绝不可能以这种方式看待拼图，但是文本也可能暗示九岁的哈里是个天才，这也是顺理成章的事。这一模糊性展现出：文本标志有助于达成明确的结论，但又未必总是如此。在此，读者也发挥着重要的作用。这对结构主义很不利，但是文本的确很少服从于其本身的结构。

聚焦的文本标志也包括诸如语体和语言类型之类的语言学特征。

① 穆里施，《心理学家的素材 自画像》，104 页。

如果一个故事是用标准语言之中立版本讲述的，而突然出现了方言和脏话，这就意味着事件不再由中立的（外部的）叙述者感知，而变为通过某个（内部的）人物感知。

许多词语能够表明感知代理人与叙述代理人之间的距离，因此，它们暗示没有内部聚焦。在第一人称文本中，时间标志常有这样的功能。在“现在我知道了当时所没有怀疑的东西”这句话中，“当时”和“现在”暗示着外部聚焦。情态短语也经常被用来区分外部聚焦与内部聚焦。在“有可能那时我认为一切都会好起来”这句话中，情态短语“有可能”显示这些是“叙述的我”对于“经验的我”的想法，这就暗示了外部聚焦。

虽然文本标志的表单可以无限延伸，但这并不是没有问题的。原则上，结构主义叙事学想要尽可能严格地将聚焦者与叙述者区分开。如果将叙述的特殊性视为聚焦的标志，那么这种区分就变得十分困难了。例如，如果词语的选择与世界观有关，叙述与聚焦的边界就可能会变得模糊①。

我们已不断地遇到这一问题，这实为结构主义的分类尝试中所固
80 有的。

三、叙述

叙述构成了结构主义叙事学的第三个也是最不抽象的层面。它与表述——故事被实际讲述出来所经由的路径——有关。故事在文本中是不可视的，而叙述则涉及提供给读者的具体的句子和词语。叙事主要涉及事件的感知，而叙述则主要涉及事件被语词化所经由的方式。

---

① 维杜，《聚焦的手法》，365 页。热拉尔·考迪斯在《叙述与聚焦》（Narration et focalisation）［《诗学》第 76 卷（1988）：487－498 页］一文中，通过区分异故事体的聚焦与同故事体的聚焦，将“叙述和聚焦的清晰度”（489 页）问题系统化了——这些术语将在接下来有关叙述的部分加以定义。因此，聚焦者的类型与叙述者的类型被有效地联系在了一起。

注意力被放在叙述声音上，被放在言语上而不是感知上，被放在叙述上而不是聚焦上。这隐含了两个中心调查领域：第一，叙述（narrating）（包括叙述代理人）；第二，代理人呈现人物意识所用的方法。这两者可以总结为图 2-7：

叙述　-叙述者类型　层次：故事外的/故事内的
参与：异故事的/同故事的
↓
自故事的
他故事的
-属性　时间的：事后的/事前的/同时的/插入的
可见性：隐蔽的/公开的
可靠性：高/低
地位：权威　叙述的
模仿的
意识呈现
-叙述式/模仿式
-间接言语/自由间接言语/直接言语
-叙述式概述/概述、不太纯粹的叙述式概述/间接的内容转述/一定程度的模仿性的间接话语/自由间接话语/直接话语/自由直接话语

图 2-7　叙述的两大中心调查领域

（一）叙述（narrating）

与聚焦相似，叙述（narration）也表达了主动主体与被动客体之间的某种关系。在这种情况中，该关系是叙述者与被叙述内容之间的关系。与聚焦相似，这一关系也衍生出了不同种类的叙述，它们可以 81
借助于几种属性被进一步描述。尽管热奈特避免使用**叙述者**（narrator）这一术语，而且多数代之以像**叙述动因**（narrating instance）这样的淡化人格的概念[①]，但人们不能否认，这里结构主义再次使用过于人格化的术语抓住了一个文本方面。大多数叙事学家使用**叙述者**这一术语，我们也会这样做，因为使用像叙述动因这样的弱人格化术语，

① 例如，可参见热奈特，《叙事话语》，212 页。

并不能阻止通过像“可靠性”和“超然”这样的人格化标准来对这一动因加以人物化描绘。虽然招致很多批评①，但是对多种叙述者类型加以区分，对于叙事分析来说仍然十分重要。

叙述者类型

故事外的和故事内的

叙述者类型取决于叙述者与其叙述内容之间的关系。在此，第一准则涉及叙述者的层次与他叙述的事件所在的层次之间的关系。如果叙述者凌驾于被述世界，他就是故事外的（extradiegtic）。相反，一个故事内叙述者属于被述世界，因而他被在他之上的某代理人叙述出来。如果一个人物是由叙述者叙述出来的，而该叙述者之上再无其他叙述代理人，那么这个叙述者就是故事外的。如果上述人物又开始讲述一个故事，那么他就变成了一个故事内叙述者（intradiegetic narrator）。这两者之间的差异是层次的差异。故事外叙述者在分层体系中占据最高位置，而故事内叙述者居于低故事外叙述者一级的位置。为了进行区分，人们仅需回答下面的问题：“这一叙述代理人是不是被另一叙述代理人叙述出来的呢?”

尽管故事外叙述者占据最高层次，但这并不必然地意味着他是文本中最重要的叙述代理人。来看屠格涅夫的中篇小说《阿霞》（*Asya*）的开头：“我那时候大约二十五岁（N. N. 开始说）——您看，这是很久以前的事了。”② 故事外叙述者是说“N. N. 开始说”的人。在接下来的文本中，他没有再出现，读者一直听到的是故事内叙述者——用字母“N. N. ”表示的那个男人。等级较低的叙述者比等级高的叙述者更加重要。

---

① 例如，可参见吉布森，《走向一种后现代叙事理论》，143－178 页。这些批评不仅针对结构主义叙事学理论，也针对许多将文学叙述作为人类交际的一部分加以研究的更为包容的方法。乔纳森·卡勒也批评了这些理论的拟人论，尤其是言语行为叙事学的拟人论。参见《虚构理论中的问题》，载《变调》（*Diacritics*）第 14 卷，第 1 期（1984）：2－11 页。

② 伊万·屠格涅夫，《阿霞》，收入《初恋和其他故事》，理查德·弗里伯恩英译（牛津：牛津平装书公司，1999），100 页。

受述者

故事外或故事内叙述者，分别主要说给故事外或故事内的受众听，在第一章中我们将这些受众称为受述者（narratee）。故事外叙述者主要对故事外受述者说话。这些所谓面向读者的讲述，完全不涉及经验的读者，而仅涉及一个不在故事中出现却扮演受述者角色的代理人。在爱伦·坡的作品《一桶蒙特亚白葡萄酒》（The Cask of Amontillado）中，故事外叙述者讲给这样一个受众听：“福图纳托对我百般迫 82
害，我都尽量忍下来了，可是当他胆敢侮辱我时，我发誓要报仇。您早就摸熟了我的脾气，总不见得当我只是说说吓唬人。”[①] 故事内叙述者主要说给其他故事内代理人听，即说给其他人物听。

转喻

但是，正如我们已在第一章中表明的一样，交叉关系是可能的。一个故事内叙述者可以和一个更高的代理人说话，而后者凌驾于他的叙述世界。例如，一个人物可以抱怨自己的叙述者。在路易-保罗·博恩的作品《教堂路》（*Chapel Road*）中，一个男性人物讲述一个女性人物是如何抱怨他俩的故事的叙述者伯恩切的：“她谈起了《教堂路》那本书，她说她被从那本书中删除了。”她还认为“我们忽视了太多主人公”，并总结道：“你是个无用的作家，的确如此。”[②] 与此相反，虚拟世界之外的代理人也可以和内部的代理人说话。例如，故事外叙述者可以说给他的主人公听。在《第五屠宰场》（*Slaughterhouse-Five*）中，叙述者与作者的名字相同，都叫冯内古特（Vonnegut）。作者冯内古特反复现身于主人公比利·皮尔格林（Billy Pilgrim）的故事中，也经常和自己创造的人物说话[③]。结构主义将以上两种情况都视为叙

---

① 埃德加·爱伦·坡，《小说选》，朱利安·西蒙斯编（牛津和纽约：牛津大学出版社，1982），278 页。

② 路易-保罗·博恩，《教堂路》，艾德丽安·迪克森英译（纽约：希波克里尼图书公司，1972），257－258 页。

③ 库尔特·冯内古特，《第五屠宰场》（伦敦：乔纳森海角公司，1969）。

述越界（narrative transgressions），为此热奈特创造了**叙述转喻**（narrative metalepsis）这个术语[①]。尽管结构主义者们意识到存在这样的越界，但他们还是热衷于建立和维持这种分界线。

与叙述者类型区分相关的问题

故事外和故事内叙述者的区分导致了许多问题，我们将只讨论其中的两个。第一，有人可能会问：首先开始说话的人物，是否就自动成了故事内叙述者。当一个人物说"是的，我当然有"，这与将这句陈述分析为故事内叙述似乎无关。这当然是一句故事内陈述，是虚构世界之内的某代理人所做的陈述，但这不算是个故事。这将我们带回到本书开头提过的问题：人们如何定义一个故事？故事最基本的形式是什么？一个文本必须达到哪些最低要求，才有资格成为故事？到目前为止，关于最小故事，并未出现被广泛接受的定义，而且或许将永远不会出现。在第一章中，我们将故事定义为读者用自认为有意义的方式连接起来的一个事件序列。不用说，对一个读者有意义的方式，未
83 必对另一个读者也有意义。幸运的是，最小故事的问题对区分故事外与故事内段落而言并不十分关键。确实，它没有影响两个层次的区分；它的问题仅仅是应不应该将一个故事内段落视为一个故事。

套层结构

第二，也是更重要的，当各个层次和故事被嵌入框架叙事中时，就会出现一个问题。当被嵌入的故事映射或概述了处于上位层次的故事时，就导致了所谓的**套层结构**（mise en abyme）。首先，这导致了一个术语的问题。设想前文提及的故事内叙述者 N. N. 谈论人物 O. O.，O. O. 在 N. N. 的故事中开始讲述他自己的故事时提及 P. P.，P. P. 又依次讲述另外一人的故事，等等。如何描述所有这些叙述者呢？在故事内叙述中开始说话的那一叙述者（本例中即为 O. O.），可以被称为故事内之内叙述者（intra-intradiegetic narrator）。里蒙-凯南称之为次故事层的

---

① 热奈特，《叙事话语》，234－237。

(hypodiegetic) 叙述者，热奈特称之为元故事层的 (metadiegetic) 叙述者[①]。后者尤其令人困惑，因为它暗示一个位于层级较低处（因而处于叙事“较深”处）的叙述者实际上居于层级之“上”（因此必然被置于“较高”处）。为了避免混淆，我们更倾向于将叙述者区分为第一层次（故事外的）叙述者、第二层次（故事内的）叙述者、第三层次（故事内之内的）叙述者等。[②]

叙事层次的等级分层

关于嵌入式故事，令人困惑的不只是术语问题。有时等级分层也难以维持。具有嵌入式故事的某些文本在它们的最深层颠倒了整个等级分层，使得事情似乎成为这样：名义上最高的层次实际上却由被认为最低的层次叙述出来。那么在上例中，人物 P. P. 就将是说或写出“N. N. 开始说”这句话的那一代理人。如果 N. N. 、O. O. 和 P. P. 各自所说的故事以这种方式相互映照，结果就是造成一种具有矛盾形式的**套层结构**，卢西安·达连巴赫（Lucien Dällenbach）将其描述为“可疑的复制（一个将自身所属的那一上位作品包括进去的序列）”。[③]这一悖论或难题在于“最深层会包含最高层”这一事实。这样的嵌入破坏了结构主义将所有层次放入清晰的垂直等级分层体系的努力。

勃洛克

《奥斯坦德的周末》又一次提供了例子。第一故事或曰最高层次的

---

① 里蒙-凯南，《叙事虚构作品》，92 页；热奈特，《叙事话语》，158 页、227－234 页。

② 在《叙事话语》第五章“语态”中，热奈特特别为这一术语加了一条说明性注释，转引如下：“前缀 meta-（总括，元）与在‘元语言’中一样，显然包含向第二度的过渡。元叙事是叙事中的叙事，元故事情境是第二叙事的天地，正如故事情境指的是（按照目前流行的惯例）第一叙事的天地。不过应当承认这个术语的用法正好与其逻辑学和语言学的范例相反：元语言是一种在其中谈另一种语言的语言，所以元叙事应该是在其中讲述第二叙事的第一叙事。但我认为不如把最简单和最通用的名称留给第一度，并因此颠倒联合的前后关系。”【中译本参见：热奈特，《叙事话语 新叙事话语》，王文融译，北京：中国社会科学出版社，1990：158 页。——译者注】

③ 卢西安·达林巴赫（Lucien Dällenbach），《文本中的映照》，杰里米·怀特利和艾玛·休斯英译（剑桥：政治出版社，1989），35 页。

故事是关于勃洛克的。它是由一个故事外的叙述者讲述的，他从未在
84 故事中出现过。第二故事或曰较低一级的故事由勃洛克讲述，故事与他的安东叔叔有关。在这里，勃洛克是一个第二层次或曰故事内的叙述者。他讲述了安东叔叔如何遇见一个妓女，而且他俩就要结婚了。然后安东叔叔开始以故事内之内的或曰第三层次的叙述者身份讲述一个故事。他的故事涉及一个铆工。在这个嵌入式故事的结尾，文本重回最高层次，在这一层次中，我们发现了勃洛克的交谈对象朱利叶斯叔叔。他向刚刚到来的上校概述了勃洛克讲述的故事。他说："当轮到他说时，他告诉我他的安东叔叔如何在一个妓女面前变成了诗人，但又由于环境而不得不让这种天赋泯灭。因为，如果我没理解错的话，他住在一条黑暗的街道，与一个乳制品工人、一些菜贩子还有一个车库经理住在一起。"① 这句话在两方面打乱了文本的等级分层。首先，住在黑暗的街道上的是勃洛克而不是安东叔叔，这意味着朱利叶斯将第二、第三层次的叙述者混为一谈了。其次，"如果我没理解错的话"这一表述造成了矛盾，因为勃洛克从来没有告诉过朱利叶斯任何关于黑暗的街道的事。朱利叶斯显然知道了只有读者才知道的事情。换言之，故事内的代理人知道了讲述给故事外的代理人的那些事情。内部和外部的混淆与受述者有关系，因为外部的受述者与内部的叙述者一致。结构主义的分类在面对像布莱克曼的文本时是失败的。

叙述者参与

同故事的和异故事的

除了故事内与故事外之间的差异，还有第二种区分，人们能够以它为基础确立叙述者类型。这一区分不再涉及等级分层，而涉及叙述者对所叙述内容的参与。叙述者要么经历过他所叙述的事情——在这种情况下他就是同故事的，要么没有经历过——在这种情况下他就是异故事的。如果他的经历是个人的，那么他的参与程度可能会多种多

① 布莱克曼，《奥斯坦德的周末》，52 页。

样。或许他只是从远处看到了事情，又或许他在故事进程中扮演了核心角色。人们可以将传统的关于目击者和主要人物的区分放在这个以边缘性参与和中心性参与为两端的标尺上。如果同故事叙述者是他所讲述的故事中的主人公（像查尔斯·狄更斯《远大前程》中的匹普），热奈特就称其为“自故事的”（autodiegetic）。[①] 这种情况的原型是自传性叙述者。热奈特没有给仅讲述自己目睹之事的叙述者一个单独的术语。我们接受范·德·沃特对于这种情况的提议，并使用“他故事的”（allodiegetic）这一术语。[②] *85*

六种类型

当层次与参与结合起来，就产生了六种类型。第一是故事外、异故事的叙述者，这也许是最经典的一种：叙述者凌驾于故事——意味着他不是被另一个代理人叙述出的——讲述自己没有经历过的事情。这个叙述者如果只以第三人称出现，或偶尔以第一人称出现，就有可能是不引人注目的。之前我们提到过爱伦·坡的《红死魔的面具》，这部作品就为这种类型提供了一个很好的例子：“我-叙述者”既不是被另一个代理人叙述出的，也没有经历过自己讲述的那些可怕的事件。《翼马》也呈现了故事外、异故事的叙述者的例子，但它没有使用第一人称。

第二是故事外、“自故事的”叙述者。叙述者凌驾于自己讲述的事件，但是他**已经**亲历了这些事件。更确切地说，他是事件的中心人物。该类型的一个例子是《地图》中的“我-叙述者”。“叙述的我”位于等级的顶端，在其讲述的故事中，孩提时候的他扮演着核心角色。如果他将自己的父亲或母亲当作主要人物的话，他就会变成目击者，那么这样一个故事外叙述者就是“他故事的”。其中一个著名的例子就是华生医生：华生之上没有其他的叙述者（所以他是故事外的），但是他仅仅是自己讲述之事的目击者（这使他成了“他故事的”）。

---

① 热奈特，《叙事话语》，245 页。

② 范·德·沃特，《叙事散文分析》（De analyse van verhalend proza），44 页。

对于故事内叙述者，同样有三种可能性。一个人物可以讲述自己没有经历过的事情，在这种情况下，他就变成了故事内、异故事的叙述者。他也可以给我们展现他所目睹的事件，这时他就变成了“他故事的”。他还可以为我们展现他自己扮演核心角色的事件，这时他就是“自故事的”。

等级分层的优势

这一叙述者系统有很多优势，但我们更喜欢斯坦泽尔圆环。确实，热奈特避免了斯坦泽尔系统的混淆。斯坦泽尔通过将反映者与讲述者结合进同一体系中，把言说代理人与感知代理人合并在一起，而热奈特的六种类型都是言说代理人。热奈特将斯坦泽尔的反映者具体化为特定叙述者与特定聚焦者的结合。根据热奈特的观点，反映者是这样一个故事外叙述者：他通过某人物的感知展现所有事情，与此同时他始终处在背景之中。这意味着对热奈特而言，不存在什么始于反映者、
86 止于讲述者-人物的标尺，因为那将意味着有一个始于聚焦者、止于叙述者的标尺。在热奈特看来，聚焦者、叙述者这样两个代理人属于文本的不同层面，不能在同一个标尺上展现出来。

斯坦泽尔的人称标尺类似于热奈特的参与程度。斯坦泽尔圆环中“我-叙述者”上的“同一性”，对应于同故事叙述者，而“非同一性”对应于异故事叙述者。在热奈特看来，斯坦泽尔的视角标尺不存在叙述问题而存在聚焦问题。斯坦泽尔的内部和外部视角分别相当于热奈特的内部和外部聚焦。[①] 这一类比证明了斯坦泽尔圆环在何种程度上限制在相同平面要素内，这些要素对结构主义者来说属于不同的平面或不同的层次。作为叙事分析的一个工具，热奈特的体系更为透明。

与等级分层相关的问题

然而，正如我们已经一次又一次指出的那样，这一透明度源自理论建构，但理论构建不总是为实际叙事文本所证实。具体文本经常比理论更加复杂，而且不总是简单地服从分类。《奥斯坦德的周末》已经

---

① 科恩，《叙事圆环》（The Encirclement of Narrative），159-160页。

证明了故事内与故事外叙述者之间的区分有时并不清楚。这本小说也证明了异故事与同故事叙述者之间的区别有时也难以维持。安东叔叔讲述了一个关于铆工的故事。这个故事类似于一个传统的“异故事”的故事，因为安东叔叔讲述的是一些他自己没有经历过的事情。但是在铆工濒死之际，他听到了自己妻子的声音，她问：“灯关了吗，安东？……燃气关了吗？……楼上的窗户关了吗？”随后文本写道，“铆工想要顺从地点点头”，这暗示铆工的名字也叫安东。[1] 或许铆工就是安东叔叔，在这种情况下他就是同故事叙述者。这一点很难确定，所以还是让读者自己解决这个问题吧。传统的读者会说安东叔叔是异故事叙述者，他碰巧与他自己故事中的男主人公同名。这种读者会认为一个叙述者永远不可能描述自己的死亡。精通后现代主义的读者则可能要么将安东叔叔视为同故事叙述者，要么存疑不论。

叙述的属性

时间属性

人们可以基于三个**属性**进一步明确各种叙述者类型。首先，叙述时刻与被述事件发生的时刻之间，存在着一种时间关系。就此，热奈特分辨了四种类型[2]。最传统的一种是事后叙述（subsequent narration）（在事件发生之后进行的叙述），《地图》提供了一例。尽管动词 87
的过去时态在这一类型中最常见，但是事后叙述也可以使用现在时态。如“我今年十五岁，我认为一切仍然必然发生（I am fifteen and I think everything still has to happen）”，对由一个五十岁的人所做的事后叙述而言是无缝贴合的。在这种联系中，使用现在时态通常有一种特殊的含义。在《自画像和头巾》（Self-Portrait with Turban/Zelfportret met tulband）中，哈里·穆里施在描述自己过去经历的九个关键事件时都使用了现在时态[3]。他将每一个关键事件发生的日子都称为

① 布莱克曼，《奥斯坦德的周末》，50 页。

② 热奈特，《叙事话语》，216－223 页。

③ 穆里施，《心理学家的素材 自画像》，89－231 页。

"今天"（today），因为这使得它们直到叙述时刻都能一直被感受到。这一连续性在使用现在时态描述过去的事件时，有象征性意义。

第二种类型涉及预测，热奈特称其为事前叙述（prior narration）。例如，人物可以叙述另一人的下场如何。预测可以借助现在时态、将来时态或两者的结合来表达，例如："你将会看到，七周之后你将变成个废物。你将不会再有工作，也没有老婆。你整天喝酒，认为事情已经是最糟糕的了。"

同时叙述（simultaneous narration）是第三种类型，它要求使用现在时态，因为只有这样才能使行动与叙述完全一致。例如，热奈特提到了**新小说**和直接引用独白。在这两种情况下，叙述者都希望建立这样一种印象：他在事件发生的那一刻就将其讲述给你听了。很明显，这只是个把戏——如果讲述真的能够与行动同时发生，叙述者就要一边经历一边说话了。《翼马》相当于同时叙述。

最后一种类型是插入叙述（interpolated narration）。例如，在一部小说中，行动可以与提供关于它的评论的信件交替出现。在这种情况下，总是存在一个以上叙事层次。书信体小说既有（写信的人物的）信件里所讲的故事，又有（其他层次上）存在于这些信件之间的关于这些人物的故事。在《马格斯·哈弗拉尔》的第十八章中有像这样的点缀叙述（interspersed narration）的例子，其中哈弗拉尔名为"致万丹专员"的信不断地打断人物的行动。

叙述者的可见性

除时间之外，可见性（visibility）是叙述者的第二个属性，这一属性可以在以下两端间的标尺上呈现出来：一端是几乎不可见的叙述者，另一端是完全可见的叙述者，即里蒙-凯南所谓隐蔽的（covert）叙述者和公开的（overt）叙述者①。二者主要的区别在于它们的叙事程序不同：隐蔽的叙述者引用很多，而不以第一人称呈现自己，并尽

① 里蒙-凯南，《叙事虚构作品》，96 页。

可能地努力避免评价性描述。公开的叙述者采用转述而非引用；他会 88
明确地谈论自己，并且因此使用第一人称；而且他会经常展现自己的观点。《翼马》中有一个隐蔽的叙述者，《地图》中则有一个公开的叙述者。

在这一点上，我们感觉应该重复一下早前的评论：可见性绝不可与在场性混淆。一个不可见的叙述者仍然是在场的；而一个可见的叙述者不一定在自己讲述的故事中扮演角色，换言之，他不必一定是同故事的，他可以很好地谈论他没有目睹的事情，正如爱伦·坡的《红死魔的面具》中的叙述者一样。

叙述者的可靠性

叙述者的第三个属性与可靠性有关，可靠性也可以在一个标尺上呈现出来：一端是完全可靠的叙述者，另一端是完全不可靠的叙述者。正如我们在第一章中所说的一样，并不存在通过任何客观的途径建立可靠性的方法。当然一个文本可以包含许多（不）可靠性的标志。如果一个叙述者坚持自己说过某事而实际上并没说过，这就可以被看作不可靠性的标志。叙述者一方的矛盾陈述，以及他承认因困惑而看不见事物之间的联系，这些都强化了不可靠性这一印象。即使叙述者在自己故事的开头说，他擅长想象事情而不是精确地记述事情，这也不能使他变得更为可靠。

但是，即便是这样一些几近固定的信号，读者也可以用不可预测的方式进行解读。以上假定为不可靠性的例子可能会使人感到其中暗示着这样一点，即正确的、真实的记述必然是虚假的。根据这一观点，一个传统上一致的故事不像它声称的那样可靠。因此凭借可靠性的文本指示，诸如内部一致性之类，不足以得出结论。

叙述者类型也没有提供解决方法。也许故事外和异故事的叙述者，比故事内和同故事的叙述者更加可靠，这仅仅是因为前者更加超然，因此也就更加客观。但是这绝不是普遍规则。很多后现代叙述者是故事外和异故事的，但是这没有阻止他们成为完全不可靠的叙述者。其他一些叙述者属性，诸如不可见性或时间距离等，也不能保证可靠性。在第一章中我们已指出，叙述者与隐含作者间的亲密联系不足以佐证其可靠性，部分原因是隐含作者是一个由读者建构的，而不是机械地
89 源于文本的实体。所有这些争论都引导我们总结出，有关（不）可靠性的判断在很大程度上取决于读者[①]。

叙述者的前两个属性——在时间中的位置和可见性——相对而言是文本的技术性特征。借助可靠性，我们可以进入人格化的领域，并将叙述者变为人格化的代理人。尽管结构主义者不想在这个方向上冒险走太远，但是正如我们所见，他们经常走得比自己想要走的更远。然而，只有下面这种读者和批评家才能发展出此等人格化形象：他们将文本看成作为发送者与接收者之间的沟通交流之一部分的信息。其中一个例子就是所谓的“叙述者地位”（status of the narrator），这是由苏珊·兰瑟（Susan Lanser）发展出的一个概念。她的范例是言语行为理论，这意味着她将文本看作通过语言创造现实的一种方式。这种创造在很大程度上取决于说话者的权威，在当前情况下就是叙述者的权威性。

叙述者的地位

叙述者的地位与“交流者（communicator）在传统意义上与个人意义上所被允许具有的权威、能力和可靠性”相关[②]。实际上，这可以归结为（叙述者基于其个性而拥有的）“叙述权威”和（叙述者通过叙述的风格发展起来的）“模仿权威”之组合。叙述权威由社会身份组成，对兰瑟而言，其中包括诸如“职业、性别、民族、婚姻状况、性取向、教育、种族和社会经济阶层”之类的因素。[③] 在兰瑟看来，最常见的社会身份是白人异性恋中产阶级男性，但是这把我们导向了

---

① 安斯加·纽宁将不可靠性定义为“叙述者的意图和价值体系与读者的预知（foreknowledge）和准则之间的差异”（《“但是为什么你说我疯了？”》，87 页）。

② 兰瑟，《叙事行为》，86 页。

③ 兰瑟，《叙事行为》，166 页。

将在本书第三章中讨论的意识形态方面的问题。模仿权威由三个要素——忠实性、可靠性和能力组成，并且这些要素必须通过风格来传达。一个叙述者可能说谎，谈论他所不知道的事情，也可能很诚实、富有见地。这一清单的问题，首先在于它可以被无限地扩展[①]，其次在于上述诸特征往往很难从文本中提取出来。我们如何确定一个从未来到前台的故事外、异故事的叙述者的社会身份？

或许这些特征与读者未说出的偏见（例如，他们可能期望叙述者是一个白人男性）有关，而不是与叙述者的具体文本特点相关。严格来说，虽然这一讨论发生在结构主义对叙述者的处理之外，但是我们 *90*
还是可以说它暴露了结构主义者的盲目。的确，这一处理并不是没有意识形态的偏见，甚至表现出类似的缺点：对叙述代理人的结构主义描述有时是人格化的，可以无限地扩展，而且并不总是逻辑地根据故事的措辞得出。

文本指示

然而，就描述叙述代理人来说，读者可以明确地跟随各种**文本指示**（textual indication）的引导。尽管叙述者可能很不明显，但他的存在总是有痕迹的。每个描述都是他做出的，并且都泄露了他的表述方式。如果有人在故事层面上分析背景，而在叙事层面上分析时空聚焦，就有可能检验叙述者描述和表述这一背景和聚焦达到怎样的准确程度。詹姆斯·邦德故事中的叙述者，在很多关于森林、城市、特工部门等的评价性描述中显现出来。他关于人物和事件的描述也是如此。

此外，叙述者可以根据在故事层面和叙事层面都不能即时可见的元素加以辨别。并未发生的，因此也就不属于故事的那些事情，可以在叙述中显露出来，例如，叙述者可能指认某些本有可能发生但最终

① 兰瑟认为：“我期待其他理论家能够补充这些‘地位标志’，我会警示大家不要过早地终结这一系统。”（《叙事行为》，173页）兰瑟还相信，地位不足以塑造叙述者，因此她添加了其他两类：联系（叙述者与受述者之间关系的类型和形式）和立场（叙述者、人物以及被述世界之间关系的类型和形式）。

没有发生的事情之重要性。在叙事中人物没有意识到的事情也可以在叙述中占据重要地位，它们同样泄露了叙述代理人之在场。同时这也表明，叙述层面与叙事层面确实存在差异。

在讨论各种各样的叙事情境时，我们不止一次提示没有任何文本因素能够直接导向一个毫不含糊的关于“叙述代理人”的定义。人们不得不将数量持续增加的各种文本指示结合起来加以解释。例如，第一人称不是自然而然地意味着文本以故事内叙述者为特征。故事外叙述者也可能以第一人称登上前台。第一人称和第三人称的选择甚至不是判断同故事与异故事叙述的关键。即使叙述者以第三人称谈论自己，他仍是同故事的。为了描述叙事情境，人们必须考虑到包含嵌入式故事的整个文本，并将大量的相关因素结合成一个一致的整体。

叙述的属性也很少能直接从文本指示中推断出来。使用现在时态
91 并非自然而然地暗示同时叙述。然而，可见性似乎与诸如风格、词语的选择之类的文本因素紧密相连，因为它们泄露了叙述者并使他们变得可见。持续在场的叙述者，经常暗示大量评价性的形容词和副词、“我-叙述”或“我们-叙述”，以及说给读者听的话。可靠性就更难与此类文本因素相联系了，对于保持低调的叙述者之地位来说更是如此。在这种情况下，他的话几乎不会泄露他的地位。

（二）意识呈现

与叙述代理人同样重要的是**意识呈现**（representation of consciousness），亦即叙述者将人物的意识传达出来所用的方式。当然，叙述者可能就是人物之一。里蒙-凯南将其称作“言语呈现”（speech representation），因为它涉及人物的所说和/或所想出现在叙述中的方式[①]。也可以称其为叙述的语法（the grammar of narration），因为它涉及对于叙述者为了呈现所说和/或所想的内容而使用的语法手段之探寻。

---

① 里蒙-凯南，《叙事虚构作品》，106－116页。

两种语法手段

三种意识呈现

正如第一章所示，大体上存在两种语法手段：直接模仿式呈现和间接叙述式呈现。前一种也被称为“场景”（scene）或“显示”（showing），后一种也被称为“概述”（summary）或“讲述”（telling）。用于创造这两种意识呈现的语法程式是直接言语和间接言语。我们在前面已经将自由间接言语作为中间形式进行了讨论。多利特·科恩在尽可能广泛的意义上解释了这三种语法程式，并将其视为三种意识呈现的载体：心理叙述对应于间接言语、引用独白对应于直接言语、被述独白对应于自由间接言语。

有关这三种形式的例子都可以在博伊尔斯肯斯的作品《糖豆》中找到。一天晚上，帕蒂·约翰正在查看自己的朋友鲁本的论文，“仅仅是出于无聊、天真的好奇心，以及一点点能够发现点儿学术工作的希望，因为她执意想看看鲁本究竟做了什么。”[①] 这是心理叙述，采用了广义上的间接言语。它没有逐字逐句地呈现人物的思想，而是对它们进行了转述。帕蒂·约翰认为自己在鲁本的论文中发现了证据，能够 92
证明鲁本谋杀了她的前夫斯坦。她还觉得他谋杀了他的前女友范妮。为了呈现帕蒂·约翰的思想，文本转而采用了自由间接言语：“但是他身上已经背着他人的命，也背着那个女孩的命，他的良心受到了谴责，不是吗？显然是他的冷酷无情将她推开，当他将自己的特征随便展现出来的时候，难道不是他的冷酷无情使帕蒂·约翰对这个‘失败者’视若无睹？但是，帕蒂·约翰，难道不是你自己像鲁本对待范妮一样，抛弃了斯坦!？是的，是的，你自己是有罪的。”前两个句子是被述独白的例子，都采用了自由间接言语。后两个句子可以被称为直接言语。这样就有两种可能性：要么是帕蒂·约翰用引用独白对自己说话，要么就是叙述者在对其人物说话。后者就是叙述转喻的例子。第一种可能性更大，

① 博伊尔斯肯斯，《糖豆》，76 页。

因为其后的句子都是直接言语，而且采用了引用独白来展现帕蒂·约翰的自言自语："他（鲁本）使我既看不到斯坦对我的爱，也看不到我对斯坦的爱。因为我是爱斯坦的啊。"[1]

七种意识呈现

正如上述例子展现出的，三种语法程式并不是完美无缺的。首先，它们必须在"最广泛的意义上"加以解释，这不可避免地导致含糊。其次，有些句子无法被毫不含糊地归到一个单独的类别中。布莱恩·麦克黑尔（Brian McHale）将中介形式绘制了出来，他开发的标尺现在仍然被作为参考依据使用[2]。这一标尺在原来的叙述与模仿这两端之间，区分出了七种意识呈现——从最为叙述式的到最为模仿式的。

叙述式概述

首先是**叙述式概述**（diegetic summary）。这是对思想和言语的最基本的呈现方式。叙述者说某个人物说了或想了一些事情，却不明言他说了什么、想了什么。实际上，我们只能听到叙述者的声音。"他说了一整夜，直到他妻子筋疲力尽地睡着了。"这就是该类呈现方式的典型例子。

概述、不太纯粹的叙述式概述 & 间接的内容转述

当**概述**确实显示了一些内容，却没有忠实地将内容呈现出来时，麦克黑尔称其为**不太纯粹的叙述式**（less purely diegetic）概述，例如："他整夜都在讲战争和他的英雄事迹。"在所谓精确呈现这一方向上再往前走一步就是**间接的内容转述**（indirect content paraphrase），就内容而言，它能忠实地呈现出思想和言语，但是不能呈现出风格。"他谈及自己如何在战争中拯救了众多东躲西藏的人"可能是对下面这
93 一原句的适度呈现："见鬼！在那、那、那场可恶的战争中，我拯救了

① 博伊尔斯肯斯，《糖豆》，78页。

② 布莱恩·麦克黑尔，《自由间接话语：晚近意识之考察》，载《*PTL*：描写诗学与文学理论学刊》（*PTL: A Journal for Descriptive Poetics and Theory of Literature*）第3卷（1978）：249-287页。

那么多东躲西藏、藏、藏的人，那么多东躲西藏的人。”《糖豆》中第一段也是间接的内容转述的一例。“她执意想看看鲁本究竟做了什么”可能是对下面这样一些内容的适度呈现：“我想知道鲁本究竟做了什么。”

一定程度的模仿性的间接话语

当然，作为读者，我们经常不可能知道人物原本说的或想的是什么，所以我们也不能辨别自己面对的是哪种概述。如果人物原本说了更多关于东躲西藏的人的事情，那么上例就可能是一个不太纯粹的叙述式概述。它可能是一个间接的内容转述，但如果原句子是这样的——“在那场战争中我拯救了大量东躲西藏的人”，那么它也可能非常忠实地呈现出了原本的内容。当风格和内容都被以间接话语的形式精确地呈现出来时，麦克黑尔称其为**一定程度的模仿性的间接话语**（indirect discourse，mimetic to some degree），我们则称之为半模仿的间接话语。“他说，见鬼！在那、那、那场可恶的战争中，他拯救了那么多东躲西藏、藏、藏的人，那么多东躲西藏的人”可为其例。因此，“他说他在一场战争中拯救了众多东躲西藏的人”这一简单句子，可能属于三种不同的意识呈现类型：不太纯粹的叙述式概述、间接的内容转述或半模仿的间接话语。

文本要素再次被证明是非强制的，是能够用不同方式进行阅读的。所以意识呈现不仅是叙述者的工作——他呈现人物的意识，而且是（通常更重要的是）读者的工作——他试图想象出被呈现的思想或言语之原始版本。在《地图》中，我们读到：“最让我激动的是这一想法：**行遍各地**是有意义的。”如果读者将其想象成下面这种想法的呈现——“**行遍各地**是有意义的”，这就是半模仿的间接话语的例子。但是，也许年轻的第一人称叙述者那时正漫不经心地、有一搭没一搭地进行思考，因此，也许其风格没被精确地呈现出来。在这种情况下，我们面对的就是间接的内容转述。还有一种可能是，这个男孩脑海里想的东西比那单独一句所呈现出来的想法要多很多，这时这句话就是不太纯粹的叙述式概述。

自由间接话语

94 以上四种原初的意识呈现类型是间接话语的变体，这显然可以从某种宽泛意义上加以解释。麦克黑尔标尺上的第五种类型是自由间接话语。正如我们所见，这种变体规律性地出现在《翼马》中。马术教练有一段话是这样呈现的："那些从未亲身体验过这种神圣的感受的小女孩，最好不要夸夸其谈。不妨找几本有关骑士的书来读读。"其中的最后一句话实际上可能是一句直接言语。

直接话语 & 自由直接话语

直接话语是通往忠实重现的第六步，也就是对人物的模仿更多，出自叙述者的概述更少。在麦克黑尔看来，存在第七种可能性，它能更为明确地呈现思想和言语，那就是**自由直接话语**（free direct discourse），它与普通的直接话语不同，它把言语和思想中那些离题的内容和假定不相关的跳跃都呈现了出来。其典型形式是引用第一人称独白，这自然而然地再次把我们带回到乔伊斯的《尤利西斯》。利奥波德·布卢姆正在自己的口袋里找一块香皂："我找的是那个。对，那个。所有的兜都翻遍了。手绢。《自由人报》。放在哪儿了呢？对啦。裤子。皮夹子。土豆。我放在哪儿了呢？"[①]

与意识呈现相关的第一个问题

尽管自由直接话语的重点是创造一种几乎直接呈现人物意识的印象，但这毕竟"仅仅"是一种惯例。对读者而言，"真正的"思想和我们刚刚提到的"原"言语一样，是不能复原的[②]。这是意识呈现中固

---

① 乔伊斯，《尤利西斯》，197 页。【中译本参见：詹姆斯·乔伊斯，《尤利西斯》（上卷），萧乾和文洁若译，南京：译林出版社，1994：338 页。——译者注】

② 梅尔·斯滕伯格使用了"直接言语谬误"（direct-speech fallacy）这一术语来描述这样的错误偏见：直接言语是言语和思想之忠实而准确的重现，"在直接言语（不像间接的以及其他种类的引语，更不像事件叙事）能重现原初说话人的言语这一前提下，它既不遵从其所必然不得不（must perforce）做的，也不遵从其所应该（ought to）做的，当然也不遵从其实际上（actually）所做的"。《视点与直接言语中之间接性》，载《语言与文体》15 卷，第 2 期（1982）：67－117 页。

有的一个重要问题。意识呈现这个术语本身就暗示了存在两个层次及两个阶段：首先是意识，其次是这一意识在叙事中的呈现。在典型的结构主义术语中，意识被视为深层结构，而它的呈现就是这种结构的浅层表现。但是我们此前曾将故事称为所谓的基础，这也适用于意识：它是一个抽象的和假设的结构，且往往是不可恢复的。我们没有办法确定布卢姆或帕蒂·约翰“真正的”想法。

建构主义的替换

这就是为什么近来意识呈现的叙事学方法抛弃了模仿的概念，转而青睐建构主义的或生产的方法。前一种方法仍保持一种原初的、真正的现实（人物的言语和思想）之感觉，在事实发生之后尽可能将其忠实地呈现出来。而后一种方法将所谓的真正的现实视为意识呈现所产生的错觉。利用大量的惯例，呈现就制造出了精确反映之印象。这种所谓的再 95
生产实际上就是一种生产。莫妮卡·弗卢德尼克（Monika Fludernik）解释道：“再生产是一种唤起的过程……呈现中的模仿主义是一种**效应**（effect），是对真实的虚构。”[1] 从这个角度来看，重点应该放在下面这样的策略和惯例上：它们给读者一种印象，即这种生产实际上是对所谓的真实现实的忠实复呈。

弗卢德尼克与典型化

弗卢德尼克用来指代这些策略的关键的也是自相矛盾的概念，是典型化（typification）[2]。为了给读者一种呈现忠实于生活的感觉，叙述者使用了大量典型的、陈词滥调般的短语和文体手段，它们据说是口语所固有的（应该被忠实地呈现出来的）：咒骂、叹息、错乱的语

---

① 莫妮卡·弗卢德尼克，《语言的虚构与虚构的语言：言语及意识的语言呈现》（伦敦：劳特利奇公司，1993），17 页、19 页。【reproduction、production 二词在此处以对举方式出现，权译为“再生产”“生产”，以明其对照关系。下文中 reproduction 一词仍将频繁出现，实指叙事作品中人物意识在特定话语中的出现方式。考虑到在中文语境中，“再生产”可能使人费解，下文一般将其译为“复呈”，一方面使其明了，另一方面与本书中常被译为“再现”或“呈现”的 representation 一词相区别。——译者注】

② 弗卢德尼克，《语言的虚构与虚构的语言》，389－433 页。

法、陈词滥调、重复等。"他说，见鬼！在那、那、那场可恶的战争中，他拯救了那么多东躲西藏、藏、藏的人，那么多东躲西藏的人。"在这句话中，咒骂和口吃制造出一种精确呈现之印象。在此存在一种悖论：一方面，这些技巧创造出了逼真的错觉，另一方面，它们是如此传统、老套，以至于不可避免地削弱、扭曲了具体现实（人物的思想和言语）。读者认识到了这些陈词滥调，并作为真实性的保证来接受它们，然而实际上它们是假的。读者仅仅获知了以作伪形式呈现出来的真实性。

最后，这一获知取决于典型化惯例的运行框架。文类即这种框架的重要例证之一：新闻报道与后现代百科全书式的小说所需的典型化是不同的。但是框架也可以更为宽泛，并指涉通过典型化被激活的一整套社会和文化惯例。在一个有关餐馆的故事中，叙述者引用了服务生的回复，背景的框架唤起了读者特定的期待，这一期待决定了读者应该把这句回复视为可信的还是不可信的。[①] 在本书第三章中，我们将更加深入地观察框架在叙事理论中的应用。

意识与说服力之呈现

除了典型化之外，叙述者还可以用一些其他手段使读者相信呈现是准确的、忠实于生活的。最常见的例子也许就是对一段记述的不同版本加以比较。在《糖豆》的开头，叙述者似乎引用了帕蒂·约翰的
96 话，她因为斯坦的预测而责骂了他："没有什么事情真正令我惊讶或讨厌，都与我无关；你真是该死的可靠！"这句话在引号中，使其看似是可信的，但是其复呈之准确性，在接下来的一句话中变得极为可疑："她或许不是那样说的，但是对斯坦而言，她的意思可以用那些话来表达，并且现在仍然可以。"[②] 因此，引用代理人就不是故事外叙述者，而是人物斯坦了。在小说的结尾，引用再次突然出现了，这次是由帕蒂·约翰聚焦的一个片段。结果证明，斯坦的复呈是非常精确的："没

① 弗卢德尼克，《语言的虚构与虚构的语言》，446－453 页。

② 博伊尔斯肯斯，《糖豆》，10 页。

有什么事情真正令我惊讶或讨厌，都与我无关，斯坦；你真是该死的可靠!”[①] 在这种情况下，引用代理人的身份不完全清楚。或许是故事外叙述者，又或许是帕蒂·约翰——她在逐字回忆她自己的话。无论如何，策略都是十分明显的：重复引用是为了说服读者相信意识之呈现是十分精确和准确的。

这个例子涉及的是直接而非间接话语，这并非偶然。由于言语通常是经过精心排序的，比起通常无序的思想之流那种推测性的精确复呈，引用它们可能更为真实也更具说服力。或许读者倾向于将引用的言语视为真实的再现，尽管他们不相信叙述者没有能力用语言呈现混乱的思想旋涡。一般来说，位于标尺之叙述一端的呈现形式似乎比模仿一端的呈现形式更为不可信，因为叙述式呈现只是粗略的转述。叙述者的干预十分强烈，致使读者不愿接受这些呈现是对人物意识的精确复呈。

意识呈现之第二个问题

这将我们带入了关于意识呈现的另一问题：叙述者与人物之间的关系。在叙述式呈现形式，即麦克黑尔标尺中的前四种意识呈现中，无法确定进行概述的那一叙述者所说的话，在多大程度上忠实复制了人物的言语和思想。毕竟，我们无法获知所谓的“原本”（original）[②]。但叙述代理人的身份是肯定的：是叙述者而不是人物，在这里说话。从自由间接话语继续前进，在麦克黑尔的最后三种意识呈现形式中，问题翻转过来了。我们对“原本”有了更好的观察。理论上而言，我们应能更好地看到人物“实际的”所思或所说。但是在自由间接话语和自由直接话语的情况中，叙述代理人变成了一个主要问题：在这两 97
种意识呈现形式中，我们听到的话是谁说出来的？

---

① 博伊尔斯肯斯，《糖豆》，70 页。

② 这一术语有点误导性，因为“原本”指的不是某件先于重现而存在的事实，而是我们用来重现“原本”事实的、创造出来的印象。“原本性”是某种策略之效果，而不是其出发点。

双音和复调

对于此问题，大多数传统回答认为，两个代理人——叙述者和人物同时说话，换言之即双音（dual voice）[①]。巴赫金将双音这一概念扩展成了多种声音的复调（polyphony of voices），他认为这种声音不是诸如人物和叙述者这样的人格化中心的产物，而是多种话语的结合。这就产生了一种混合语言，它将对单一言说者或话语的所有清晰识别都排除在外。[②] 安·班菲尔德（Ann Banfield）进一步发展了这一理论，并称在自由间接话语中不存在言说中心。具有这种话语的句子是“不可言说的”：它们不是由任何言说者说出的，而是在大量的句法标志——例如倒装（“明天他还会爱她吗？”[③]）、主语的转换（上例中的“他”原本是“我”）——基础上暗示或建构出来的。[④] 自由间接话语因此变成了班菲尔德从抽象的、乔姆斯基主义的视角加以研究的一种语言机制、一种语法进程；它不再依靠具体的、清楚可辨的中心。

弗卢德尼克的典型化在这一点上也是矛盾的。一方面，语词的典型化转变使呈现“非人格化”——在这个意义上是“不可言说的”；而同时，它们代表了言说性的人物和/或报告性的叙述者。咒骂和口吃都既是一个正在咒骂的口吃者（应该说，他是人物而不是叙述者）的典型特点，**也是**这一呈现所属的语言学框架的典型特点。就它们代表口吃者而言，它们暗示叙述者让人物讲话；然而，就它们是呈现之刻板

① 这一术语是由罗伊·帕斯卡创造的，参考《双音：自由间接言语及其在十九世纪欧洲小说中的功能》（曼彻斯特：曼彻斯特大学出版社，1977）。关于双音通道的概述，见弗卢德尼克，《语言的虚构与虚构的语言》，322-356页。

② M. M. 巴赫金，《长篇小说中的话语》，收入《对话的想象：四篇论文》，迈克尔·霍奎斯特编，凯瑞尔·爱默生和迈克尔·霍奎斯特英译（奥斯汀：得克萨斯大学出版社，1981），259-422页。

③ 该句英文原文为“Would he still love her tomorrow?”，情态动词“would”提前，故为倒装。——译者注

④ 安·班菲尔德，《不可言说的句子：小说语言中的叙述与呈现》（波士顿：劳特利奇和基根·保罗公司，1982）。

的机制而言，它们又暗示叙述者多数时候为语言学成规所接管。这样，语言、人格性、非人格性都聚集在了典型化中[①]。谁说话的问题就让路给了对语言所强加的语词之典型化转换的探讨，其既完成了同时也扭曲了主体的表述。在弗卢德尼克看来，这意味着自由间接话语的永恒问题（谁说话?）对于叙事学而言不再至关重要。

对第二个问题的结构主义解决

然而，对结构主义叙事学而言，这些解决办法是无法接受的。语言的混合形式、没有说话者的言语和个性的非人格化表达都违背了结构主义对清楚的形式和清晰的可界定中心的偏好。不过，这种偏好不 98
是十分现实，至少在当前语境中是这样。正如我们前面在讨论多利特·科恩时所提及的，自由间接话语不总是能使我们将叙述者的言语与人物的言语分开。在第一人称叙述者的情况下尤为困难，因为在那里，自由间接话语经常使得在“叙述的我”和“经验的我”之间做出区分变得不可能。如果自由直接话语中很自然地使用第一人称叙述，问题就变得尤其具有挑战性。因为在这种情况中，叙述者似乎已经完全为人物让路，所以一些叙事学家声称应该视人物为叙述者。换言之，人物谈论的是他自己，因此人物也就是同故事叙述者。另一些叙事学家则认为存在一个不可见的异故事（经常也是故事外的）叙述者，他试图通过使用自由直接话语尽可能精确地呈现人物的意识。不同理论家在这个问题上的立场不总是清楚的，他们有相互重叠的趋向，且同一个叙事学家有时会表达出截然相反的观点。为了阐明这个问题，我们将更加仔细地观察一下自由直接话语的原型形式：引用独白。

---

① 这种观点源自这样一种想法，即每种形式的个人表达，都不可避免地包括了非人格的模式：“人们甚至可以进一步认为，情感性或意识本身的语言学表达具有一种内在的预先模式（pre-patterned）性质。因此，它能够将词汇和句法的表达性，识别为一种典型化或符号化的策略，用以符号化语言学的意识之边界内的非语言学的［（自由）间接的］情感话语。”（弗卢德尼克，《语言的虚构与虚构的语言》，426 页）

引用独白

热奈特的观点

当引用独白占满整本书时，我们会说存在一个故事外、同故事叙述者，他从最高层次进行叙述并且谈论到自己。因为叙述者想要尽可能直接地呈现自己的内心世界，所以聚焦是内部的。几乎没有通过“叙述的我”所做的任何观察，因为“叙述的我”毕竟几乎是不可见的：我们的观察完全遵循着作为人物的我的经验。在《新叙事话语》(*Narrative Discourse Revisited*) 的一张图表中，热奈特似乎将引用独白的特征归结为：故事外的、同故事的，另加内部聚焦①。

然而，当将引用独白嵌入更大的叙事中时，在热奈特看来，事情就发生了变化。他引用了摩莉·布卢姆的著名独白作为例子，这个独白构成了《尤利西斯》的最后一章。摩莉·布卢姆没有处在最高层次：她是由一个故事外、异故事叙述者叙述出来的，在小说的其余部分中，利奥波德·布卢姆和斯蒂芬·迪达勒斯也是由该叙述者叙述出来的。虽然聚焦仍然是内部的，但是故事外叙述者现在也是异故事的——他不再与摩
99 莉·布卢姆重合，摩莉·布卢姆也不再是叙述者，而仅仅是个聚焦者。

到目前为止，一切似乎都合逻辑。对引用独白的两种不同阐释之差异，可以被简化为体量的不同：在第一种情况中，独白占据整个文本；在第二种情况中，独白只是文本的一部分。不过，在《叙事话语》中，热奈特指出引用独白没有一个明显的叙述者，“叙事主体由上下文维持（但被撇在一边）”②。那么，引用独白是如此模仿化的，以至于读者得到的是人物意识的直接呈现，而叙述者消失在了背景中。这正是真正令人困惑之处：引用独白起先是某个同故事叙述者之所为，然

① 热奈特将克努特·汉姆生的《饥饿》作为引用独白的例子。通过对这种独白在科恩与斯坦泽尔理论中所处的位置加以批判性讨论，他开发了一个图表，这种意识呈现在该图表中以故事外的、同故事的、内部聚焦的形式出现（《新叙事话语》，128 页）。

② 热奈特，《叙事话语》，174 页。【中译本参见：热拉尔·热奈特，《叙事话语 新叙事话语》，王文融译，北京：中国社会科学出版社，1990：118 页。——译者注】

后是某个异故事叙述者之所为，现在则变成了可能根本没有叙述者。

科恩的观点

多利特·科恩在给热拉尔·热奈特的一封信中发泄了对这种含糊不清的愤怒[①]。对科恩而言，无论引用独白是更大叙事的一部分还是独立存在，都没关系。她只对独白本身使用的呈现方式感兴趣。既然这种片段采用了第一人称，它们就是科恩所称的“自我引用独白”（self-quoted monologue）的例子；也就是说，叙述者谈及自身，因此必然是同故事的。

在给科恩的回信中，热奈特坚持认为引用独白既可以是异故事的，也可以是同故事的[②]。这取决于它出现的环境：是作为更大整体的一部分，还是作为一个独立的叙事。当然，这并没有涉及所谓的隐匿的叙述者、被抛弃的“叙事赞助者”。

查特曼的观点

西摩·查特曼在分析著名的摩莉独白时，讨论过隐匿的叙述者。他的理论没有明确地建立在热奈特的理论之上，而是概括了法国结构主义关于作为成分的独白的争论。查特曼声称，任何引用独白，都隐含着一个引用人物思想的叙述者。正如“引用”一词本身所示，一段引用独白必然需要一个引用代理人，在查特曼看来也就是“完全隐匿的叙述者”[③]。按照这种推理，无论我们是否将摩莉的独白作为独立叙事进行

---

① 科恩的信与热奈特的回复，以《关于叙事学的通信》为题被收入《无休止的故事：走向一种批判性叙事学》，安·费恩等编（普林斯顿：普林斯顿大学出版社，1992），258－266 页。

② 热奈特说：“我不是说它属于异故事而不属于同故事，我只是拒绝将它‘归于’任何一个，即说它属于一种形式而不属于另一种形式。”（《关于叙事学的通信》，264 页）

③ “例如，在《尤利西斯》的‘潘奈洛佩’一章，所有的思绪都来自摩莉·布卢姆，且都用她自己的语词（或声音）。她起到的不是叙述者的作用，她不是在事实发生之后向哪个人讲述故事，而只是在故事的当前时刻进行普通的思考。思想之流被一个完全隐匿的叙述者简单地引用了。”（查特曼《术语评论》，147 页）【中译本参见：西摩·查特曼，《术语评论：小说与电影的叙事修辞学》，徐强译，北京：中国人民大学出版社，2016：168 页。——译者注】

阅读，都无关紧要。在任何情况下，都存在一个完全隐匿的叙述者。

一个综合体？

查特曼的观点可以与热奈特和科恩两人的观点联系起来。当使用
100 第三人称文本时，查特曼的“不可见的叙述者”是异故事的。《尤利西斯》中的叙述者就是如此，当他谈论利奥波德·布卢姆、斯蒂芬·迪达勒斯和摩莉·布卢姆时，称他们为“他”、“他”和“她”。当他使用第一人称文本时，这一不可见的叙述者就是同故事的。一段引用独白，如果使用了一个实施所有谈话行为的“我”，且不存在一个可见的使用“他”或“她”的框架叙事，则这一独白就是一段同故事、第一人称叙述者的叙事。读者几乎观察不到“叙述的我”；我们几乎能直接看到“经验的我”，在这里，经验是由“拥有记忆”构成的。

查特曼的隐匿的叙述者、热奈特的异故事和同故事叙述、科恩的第一人称和第三人称语境，这三者的结合启发我们：没必要将所引用的人物之思想视为那一人物的叙述。热奈特声称，任何属于人物的记忆，都立即使人物变成了故事内叙述者[①]。我们认为，当叙述者使用“他”和“她”时，记忆是由异故事叙述者所讲述的故事；当使用第一人称时，叙述者是同故事的。

毫无疑问，这需要用一个例子解释。在《奥斯坦德的周末》中，当勃洛克走到厕所，回想起过去的聚会时，这是人物的异故事式被述记忆。如果勃洛克是整本小说的叙述者，那么小说就应该以第一人称书写，记忆也应该以同故事的方式被叙述出来。这两者之间的主要差异不是表现在被引用的思想（总是以第一人称出现）上，而是表现在框架叙事上。在《奥斯坦德的周末》中，我们读到：“最后，他想他该去厕所了。”接下来的记忆由异故事的第三人称叙述者叙述。如果它写

① 作为一个具有故事内叙事者的第二叙事的例子，热奈特提到“一个人物（无论是否在梦中）所进行的各式各样的回忆”（《叙事话语》，231 页）。【中译本参见：热拉尔·热奈特，《叙事话语 新叙事话语》，王文融译，北京：中国社会科学出版社，1990：160 页。——译者注】

的是“最后，我想我该去厕所了”，随后的记忆就是同故事式叙述了。

结论：反对

关于叙事学的争论的这一简要叙述显示，对清晰的和被普遍接受的类别之创新，仍然是一个空想的计划。由结构主义叙事学提出的任何分类都会导致边界情况与问题，它们有待解决，或许永远不会被解决。在很多情况中，结构主义被迫承认具体的故事总是打破理论界限了。然而，这并不意味着应该把这些理论建构简单废除。即便一个故事超越了理论，理论概念仍然使我们能够更加圆满地描述叙事的运行，
而且只需要用纯粹消极的术语就能做到，例如：“在《奥斯坦德的周 101
末》中，叙述者既没有坚持异故事与同故事叙述代理人的区别，也没有坚持故事外与故事内之间的等级关系。”在有些情况下，结构主义叙事学被限制于消极性的描述，对于这些情况，下一章中涉及的另外一些方法会更加有成效。

结论：支持

可是，在很多情况中，结构主义叙事学会有助于对一个叙事文本之形式和内容的详细分析。我们在讨论故事、叙事和叙述时使用过的三个图表，可以作为向导用于对小说或其他叙事的叙事学研究。它们不仅能为作为系统的文本提供全面视野，而且能提供对不借助这三张图表就无法注意到的各种细节的细微观察。

当然，系统的运用之妙存乎一心。图表必须被解释，这就为读者方面的决定留出了巨大的空间。很多时候，读者不得不做出选择，这些选择不一定是由三个图表或叙事规定好的。一个总是将自身强加到读者身上的务实的决定，一定会考虑分析的规模。如果有人想在这三个层次上深入分析文本的每个单独部分，他就会发现分析会无限扩展，并且膨胀到超越故事本身的维度。读者不得不自行决定在何处终止分析，使用什么单位（例如，章节或较短的场景），某些细节的相关度如何，等等。即便在最严密的结构主义叙事学类别中，仍然存在非系统
化的和主观性的空间，这是一切阅读体验所固有的。 102

第三章　后经典叙事学

103 像大多数理论一样，早在结构主义对叙事文本的分析达到极为细致的程度以前，叙事学就遭到了猛烈攻击。例如，当女性主义叙事理论在美国已蔚然成风的时候，法国杂志《诗学》仍在出版其关于热奈特之聚焦章节的增刊。这种同时性对学术研究来说是普遍现象，因此，一种理论是否已过保鲜期，并不总是那么容易判定的。

经典与后经典

就叙事学而言，它确实存在一个经典的结构主义时期和一个后经典时期[1]。后经典的方法在一定程度上抵抗结构主义，但与此同时，又很少能够与其彻底决裂。正如我们将会看到的，某些概念被采纳，而另一些概念则被舍弃或被改造。因此，我们对于后经典叙事学理论的探讨，并不意味着要制造一种经典叙事学已经过时的印象。经典叙

① 我们从戴维·赫尔曼处借来“后经典”一词，他为《新叙事学：叙事分析的新视角》[戴维·赫尔曼主编（哥伦布：俄亥俄州立大学出版社，1999），1－30 页] 一书撰写的导言，提供了关于叙事学晚近发展的一种卓越概观。

事学仍然存在，并且有时是以经过改造的版本存在着。大学课程通常甚至坚持使用未被改造的版本。这一方面是因为教师们能够或希望在后经典叙事学上投入的精力有限，另一方面是因为结构主义模式的有用性。后经典方法仍处于萌芽阶段，它们的洞见至今还未进入实践模式之中。大多数文学教授想要给他们的学生提供一套解读文学文本的方法论，而大量的故事和小说适合采用结构主义分析，且不会招致太多的问题。更确切地说，借助结构主义叙事学，学生们能觉察到很多文本侧面，这些侧面没有结构主义叙事学的帮助是不能被轻易发现的。此外，当这一教条的方法遭遇所谓实验性作者时，问题就可以用下列观点来解释：这些作家有意玩弄由结构主义叙事学所建立的那些叙事标准和期望。

经典问题

尽管如此，结构主义方法为一些要紧的问题所累。其中一些问题，我们已经在有关这一方法论的讨论中指出过：人格化的文本处理方法，对于明确可区分的层次（在实践中或许是不可区分的）之偏好，将文本转化成层次之叠加的等级分层思想，等等。我们认为，一般的教师 104
至少能够指出这些困难，从而使学生们的叙事学阐释得以免受其害。不过，后经典方法想要做的不仅仅是注意这些缺陷——它想要为其寻找补救的办法。

选择标准

我们将呈现其中的一些方法，但不求穷尽。我们的选择基于两方面的考虑。第一方面的考虑是该方法对于具体阐释之切要性。这可能给读者这样的印象，即我们挑选出的都是与穆瑟斯和克劳尔的文本相协调的理论。在某种程度上，这是不可避免的：一种理论之入选，通常与一个文本相关，反之亦然，一个文本之入选，通常与一种理论相关。然而，更一般而言，我们想要避开那些陷入抽象的方法。我们聚焦于那些从具体的文学文本开始并结束于具体的文学文本的方法。第二个方面的考虑涉及解释文本与语境之间关系的方法。有一点将越来越清晰，在关于语境的探讨中，我们把自己局限在对文学文本的具体阐释具有重要意义的三个方面。首先，我们将探讨意识形态是如何与文本相关的。其次，我们将关注文本唤起或然的与可能的知识所经由的方式。最后，我们将在文本与读者之间的互动方面提出一些新的观点。

在所有这三种情况下，我们都将尽力回避经典叙事学的抽象概念。例如，我们将会看到，莫妮卡·弗卢德尼克将文学故事与日常的非文学经验相结合，从而避免了像传统叙事学那样把一个叙事文本定义为我们曾称之为故事的事件序列之表现。抽象似乎是结构主义者们的“三层次”模型所固有的。显然，这样的模型能够产生强大的解释力，例如在热奈特的著作中，他的理论分析最终提供了一种关于普鲁斯特的饶有趣味的阅读。但是，抽象之迂回歪曲了实际的文本，文本是在一种理想模型功能下被解读的，这种模型尽可能地忽略了经验、意识形态和其他所谓主体性和语境性的要素。

未探索的方法

我们对阐释及与文学文本的直接联系之强调，解释了为什么我们不把注意力放在那些选择探讨语境却在过程中迷失了与文本之
105 联系的叙事学方法上。例如，经验主义叙事学就是这种情况，它专注于文本进程的心理学机制，并且几乎全部采用实证主义的方法[1]。因为大多数叙事学家未受过这种研究训练，所以对叙事学进程的经验主义研究主要是由研究心理学家[2]发展起来的。然而，研究心理学家对于文学叙事的兴趣则相当有限。这一领域内有代表性的贡献，例如理查德·格里格（Richard Gerrig）、戈登·鲍尔（Gordon Bower）和丹尼尔·莫罗（Daniel Morrow）所做出的那些贡献，似乎

① 实例参见发表于《记忆与语言杂志》《经验心理学杂志：学习、记忆和认知》《诗学》的研究报道。

② 研究心理学家（research psychologists），又称实验心理学家，与应用心理学家相对。——译者注

暗示这样一个事实：文学叙事构成了一个太过复杂的现象，以至于不能满足实证主义方法所要求的可控的检验条件[①]。在达成自然科学之消歧性特征的过程中，文学叙事学可能丧失其作为一种发展解释的工具之相关性，而这种解释在理想状况下可以保持文本复杂性之完整性。无论如何，经验主义叙事学把文本的叙事和文学维度转化为定量化的数据。在社会学叙事学中也有类似情况发生，这一类叙事学以口头故事为基础，并把这些故事与其产生和流传之社会集团联系起来[②]。

人类学叙事学（anthropological narratology）始于观察不同文化的、不同时期的、有着诸多共同特征的童话故事、传说和神话。追随结构主义理论，这种方法将这种相似性的基础定位于几乎是原型的过程和结构，例如启蒙、探索和复兴[③]。例如，勒内·基拉尔（René Girard）把故事归纳为欲望的三角结构（A对客体X有欲望，因为被赞赏的B对客体X有欲望）[④] 和替罪羊机制（scapegoat mechanism）（A被认为是一切社会混乱的罪魁祸首，并被驱逐以恢复社会秩序）[⑤]。精神分析叙事学（psychoanalytical narratology）对故事的解释或始于诸如替代和浓缩（condensation）之类的心理学过程，或始于诸如俄狄浦

① 戈登·霍华德·鲍尔和丹尼尔·G. 莫罗，《叙事理解中的精神模型》，载《科学》第247卷（1990）：44－48页；理查德·格里格，《体验叙事世界：论阅读的心理活动》（纽黑文：耶鲁大学出版社，1993）。

② 在这一方面比较重要的文章有：威廉·拉波夫和乔舒亚·瓦莱茨基，《叙事分析：个人体验的口头版本》，收入《文字与视觉论文集》，朱恩·赫尔姆编（西雅图：华盛顿大学出版社，1967），354－396页。

③ 关于人类学叙事学最好的例子见于《伟大的密码：〈圣经〉与文学》（伦敦：方舟，1981），诺思洛普·弗莱在书中把圣经隐喻和叙事程序看作（文学）叙事的起点。

④ 人（主体）的欲望不是天生的，主体的欲望来自对他人欲望的模仿，来自一个或是楷模或是竞争对手的介体。参见其《浪漫的谎言与小说的真实》，罗芃译，北京：生活·读书·新知三联书店，1998。——译者注

⑤ 勒内·基拉尔，《欺骗、欲望与小说：文学结构中的自我和他人》，伊·冯·弗莱切罗英译（巴尔的摩：约翰霍普金斯大学出版社，1965）；《替罪羊》，伊·冯·弗莱切罗英译（伦敦：阿斯隆公司，1986）；《创世以来隐秘之事》，斯蒂芬·巴恩和迈克尔·迈梯尔英译（斯坦福：斯坦福大学出版社，1987）。

斯情结（Oedipus complex）之类的无意识结构[①]。一个故事的基础可以在经过各种各样的过滤过程后最终出现于文本中的那些无意识欲望中被发现。其中的例子包括转喻性的替代（例如，从整体中抽出一部分，并排除无意识欲望中不为意识所接受的那些方面）和隐喻性的浓缩（例如，将不同的人合并为一个人物）。

以我们之见，在所有这些情况下，文学文本都从属于故事的非文学概念。文学的天性被压制，且为了支持一个抽象模式，实际的文本
106 被搁置。

网络叙事学

我们将要涉及的一种边缘性情况是网络叙事学（cybernarratology）。这一方法主要关注的是所谓“超文本”（hypertexts）；也就是说，各种各样的数字文本在网络中收集数据，这一网络有着大量（潜在无限）节点，节点又以多种（潜在无限）方式互相连接。除了语言之外，图像、声音和影像材料都可成为超文本的一部分。众所周知的例子是影像与电脑游戏、多媒体故事、交互文本以及网站。

第一特征：覆写本

这一文本类型有两个突出的方面。首先，文本的不同层面常常同时可见，例如，点击鼠标时会使另一个文本变戏法般地出现。这可能与把文本作为一个覆写本（palimpsest）[②] 的后现代主义观念相关。覆写本是一些羊皮纸，上面承载着被抹去的文本痕迹。当羊皮纸被写上了一个新的文本时，之前的文本仍然明显。这种形容曾被结构主义理论家热奈特奉为典范，并且尤其是在后现代主义文学理论中，它成了

① 对于弗洛伊德主义叙事学，见彼得·布鲁克斯的《为情节而阅读：叙事的设计和意图》（牛津：牛津大学出版社，1984）和《精神分析和故事讲述》（牛津：布莱克威尔，1994）。对于拉康主义叙事学，可见罗伯特·戴维斯编，《拉康与叙事：叙事理论中的心理分析差异》（巴尔的摩：约翰·霍普金斯大学出版社，1983）。

② palimpsest 原意为：（将原有文字擦去后）重新书写的羊皮纸；（先前文字已被拭去的）重写手稿；（由另一画家画在原画上的）覆画。——译者注

流行的观念，因为这种范式假定每一个文本都改写或覆写了其他文本[①]。超文本作为诸如网络式互文性与无止境的意义生产之类的后现代主义理想之可感的、具体的实现而大受欢迎，这一点不足为奇。

尤其是在 20 世纪 90 年代初，诸如乔治・兰道（George Landow）、杰伦・拉尼尔（Jaron Lanier）等超文本倡导者，激起了一种近乎兴奋的情绪[②]。看起来这种新的文本类型构成了一个彻底解放之开端——不仅是从纸质文本的限制中被解放出来，而且是从社会现实中被解放出来。就此而论，拉尼尔的“虚拟现实”（virtual reality）观念十分重要[③]。超文本声称其可以呈现一种不同种类的现实，在这一现实中，可实现那些在真实世界中实现的可能性很小的事情——如果不说它们不太可能甚至完全不可能的话。这些预言从未应验，并且在某些情况下，网络叙事学将它自身限制于新的术语和隐喻之设计，这些术语和隐喻虽然为叙事学话语提供了一种花哨的润色，但对理论并没有实际的贡献。[④]

依据爱斯潘・阿尔萨斯（Espen Aarseth）的观点，这种网络叙事学类型常常被归结为一场术语学的交易，在这场交易中，网络术语被

---

① 热拉尔・热奈特，《覆写本：第二度中的文学》，查纳・纽曼和克劳德・道宾斯基英译（林肯：内布拉斯加大学出版社，1998）。关于后现代主义重写行为之晚近研究，参见克里斯蒂安・莫拉鲁，《重写：克隆时代的后现代主义叙事与文化批评》（奥尔巴尼：纽约州立大学出版社，2001）。莫拉鲁在“超文本的愉悦”一章中提到了超文本叙事学（117－123 页）。

② 乔治・兰道最有影响力的著作是《超文本：当代批评理论和技术的汇流》（巴尔的摩：约翰・霍普金斯大学出版社，1992）。

③ 杰伦・拉尼尔和弗兰克・比奥卡，《一个行内人对虚拟现实的未来的看法》，载《交流》第 42 卷，第 4 期（1992）：150－172 页。玛丽-劳尔・瑞安说：“尽管虚拟现实是一个已经捕获了一般公众的想象力的术语，但是可以说由于内置矛盾之诗学感染力，科学界仍偏爱诸如人工现实（artificial reality）（人工智能之物理空间的对等物）或虚拟环境（virtual enviroment）之类的术语。该领域内的官方技术杂志《在场》（*Presence*）的副标题就是‘远程操作设备和虚拟环境’。”《作为虚拟现实的叙事：文学与电子媒介中的沉浸与互动》（巴尔的摩：约翰霍普金斯大学出版社，2001），358 页。

④ 参见玛丽-劳尔・瑞安的文章，《赛博时代的叙事学：计算机、隐喻和叙事》，收入《新叙事学》，戴维・赫尔曼编（哥伦布：俄亥俄州立大学，1999），113－141 页；和《网络空间、虚拟和文本》，收入《网络空间文本性：电脑技术和文学理论》，玛丽-劳尔・瑞安编（布鲁明顿：印第安纳大学出版社，1999），78－107 页。

“进口”到文学理论中，而文学理论中的术语也被“出口”到网络文本的研究中①。文本世界与超文本世界之间的区别被忽视了，例如，即
107 使是时间和空间这两个维度在这两个世界中也是明显不同的——这些都是后现代叙事学的重要方面，这一点绝非偶然。超文本展现的是一个可见的世界，甚至在某些应用中展现的是一个可触的世界，这一世界可以具体地呈现时间和空间；而在文学作品中，情况则并非如此。事实上，在文学文本中，时间和空间只不过是隐喻，然而，传统的叙事学假装它们是真实的——仿佛这些文本确实展现了一段时间、一个空间和一个世界。阿尔萨斯旨在纠正文学理论中的这些隐喻，并从批判超文本研究的视角出发对此加以批评②。这远远超出了为人所熟知的对结构主义者之空间三层次模型的批评，因为阿尔萨斯质疑这个世界，仿佛它在**法布拉**层面被结构主义叙事学解释的那样。为了解决这一问题，阿尔萨斯建立了一种实用的模型，在这一模型中，文本不再被设想为一个个世界，而是被设想为一些交流过程。

第二特征：读者-玩家

这将我们带向了超文本的第二大特征：经常变成玩家的读者的重要性。在大多数情况下，这种重要性借助于沉浸（immersion）和互动（interactivity）这两个概念而被理论化。正是因为他们的积极参与，活跃的读者/玩家在借助于各种电脑技术所玩的电脑游戏，或是所写的数字文本中，迷失了自我。在玛丽-劳尔·瑞安（Marie-Laure Ryan）

---

① “我希望挑战这样一种反复实践：把文学批评理论应用到一个新的经验主义领域，而看上去并不对所涉任何术语和概念加以重估。这种自我反省的缺乏将研究放入一种直接的危险中，即将文学理论词汇转变为一系列未被聚焦过的隐喻。”爱斯潘·J. 阿尔萨斯，《赛博文本：遍历文学之透视》（巴尔的摩：约翰·霍普金斯大学出版社，1997），14 页。

② “我指的是叙事文本作为一个迷宫、一个游戏或是一个想象的世界……这一观念。当它们开始影响批评家的视角和评判的时候，这些强有力的隐喻之问题在于它们导致了一个系统性误传……一个时空动态的谬误，在这种谬误中，叙事学不是被视为对一个世界的呈现，而是那一世界本身……赛博文本的研究揭示出叙事理论时空动态隐喻之缺位……在我看来，赛博文本在某种意义上适合于游戏-世界-迷宫术语学——在其被用于叙事文本的时候能够揭示其不足。”（阿尔萨斯，《赛博文本》，3－5 页。）

看来，对文学文本而言，这种沉浸和互动的结合是不可能的。文学文本迫使读者积极参与其中——用罗兰·巴特的术语来说是**文本可写性**（textes scriptibles）或者“可写性”文本（“writerly” texts）——不可避免地粉碎了来自读者的现实主义经验之效果：它们引入了距离，并引导读者更仔细地考虑文学过程，这一做法扰乱了沉浸[①]。

瑞安将沉浸与主体（读者）和客体（文本）完全合并的阅读之现象学方法联系起来，也将互动与作为游戏、作为诱导出行动的规则系统的文本之结构主义方法联系起来。作为沉浸与互动的一种结合，超文本是一个研究的客体，在这一研究中，传统上两种相对立的方法能够相遇。这暗含了“作为世界的文本”这一现象学概念与“作为游戏的文本”这一结构主义观点之间的一种和解[②]。瑞安从关于超文本的这一角度出发，丰富了文学叙事学。她在寻找适用于沉浸的叙事策略，也试图寻找以实现其相反效果为目标的策略。她还揭示了在文本中创造超文本幻觉——一种由反映与沉浸合成的短期幻觉的矛盾性尝试。 *108*
这样，网络叙事学增进了我们对文学交流和阅读过程的理解[③]。

从这一角度看，超文本以一种极端和矛盾的方式表明了文学文本对读者做了什么。在珍妮特·穆雷（Janet Murray）现已成为经典的著作《全息平台上的哈姆雷特：网络空间中的叙事之将来》（*Hamlet on the Holodeck*：*The Future of Narrative in Cyberspace*）中，她将数字叙事文本解读为读者在数字“革命”之前所面对的故事的一种极端版本。在一个陌生世界里的沉浸和互动的可能性，在数字文本类型中比在非数字文本类型中表现得更为明显。穆雷将此与超文本的第三

---

① 瑞安，《作为虚拟现实的叙事》，347－355 页。“因此，文学文本要么是自反的（self-reflexive），要么是拟真的，或者它可以经由进出这一游戏，在上述两种态度之间交替……但是它不能同时提供这两种经验。”（284 页）罗兰·巴特在《S/Z》中引入了“可写性”（writerly）这一术语，见第 4 页。

② 瑞安的《作为虚拟现实的叙事》中有关于这一综合之图表之呈现，见 192 页。

③ “批判的话语可能仍将被提出，这些话语将确保互动文本的文学史地位之安全性，但从文本中获取一些有关阅读过程之细节与关键的认知教训，已经不算太早了。”（瑞安，《作为虚拟现实的叙事》，226 页）

个特征——虚构世界易被改编——联系了起来。[①]

当它们重现在我们关于叙事分析的其他新形式的讨论中时，我们将详尽阐述此处已经触及的网络叙事学的两个方面。在可能世界理论中，除了其他问题，作为覆写本和虚拟现实的文本之复杂分层将被处理。另外，晚近所有叙事学理论几乎都在强调读者对于文本现实化之重要性。

一、后现代叙事学

第一个特征：无综合

并不存在一个被清晰定义的后现代叙事学。这一点不足为奇，只要考虑到下面这一事实："后现代主义"这一术语是如此模糊和无限制，以至于它可被用以指代多种多样的事物的巨大变化[②]。但与此同时，这恰恰成为后现代叙事学的第一个特征：它结合了经典要素与新洞见，但并不追求一种更高的综合。这种综合构成了一种"元叙事"(metanarrative)，并已成为后现代主义思想中的笑柄。[③]

马克·柯里（Mark Currie）的《后现代叙事理论》（*Postmodern Narrative Theory*）中有一个叙事学意义上"无综合的结合"的佳例[④]。柯里关于将叙事学扩展到**社会叙事学**（socio-narratology）[⑤] 的吁请，是以"一切都是叙事、都是文本"这一典型的后结构主义观点为基础的。拉康主义的精神分析表明，身份是一种语言的建构；海登·怀特（Hayden

① 珍妮特·穆雷，《全息平台上的哈姆雷特：网络空间中的叙事之将来》（纽约：自由公司，1997）。

② 可参见汉斯·博滕斯，《后现代主义观念史》（伦敦：劳特利奇公司，1995）。在这一部分，我们主要讨论与后结构主义及解构主义紧密相关的后现代主义。

③ 让-弗朗索瓦·利奥塔德，《后现代状态：关于知识的报告》，格奥夫·本宁顿和布瑞恩·马苏米英译（明尼阿波利斯：明尼苏达大学出版社，1984）。

④ 马克·柯里，《后现代叙事理论》（伦敦：麦克米兰公司，1998）。

⑤ 柯里的意思是叙事学的分析必须吸纳政治和文化语境。我们将参照女性主义叙事学阐明这一宽泛的、可接受的假定。

White）学派的历史编纂学显示，历史仅仅作为一个情节和一个故事存在；像霍米·巴巴（Homi Bhabha）之类的理论家的后殖民主义方法同样将民族国家阐释为叙事①。

在丹尼尔·潘代（Daniel Punday）看来，叙事文本与社会现实的结合在后现代叙事学中创造了一种有趣的张力。一方面，它通过给语境留出空间而打开了文本，这些语境包括社会关系及读者与作者的主观癖好。潘代认为，这使得文本更具体可感：故事被嵌入主体与客体、外物与身体的世界中②。这一嵌入削弱了叙事文本的自主性，因而也就削弱了它的力量。另一方面，文本与现实之间的结合也扩展了这一力量，因为语境因素（例如读者和身体）只能作为叙事来把握。如果这产生了一个新的整体，产生了文本故事与文本外历史之间一种新的一致性，就可能会导致文本与语境的一种“后解构主义”整合③。 *109*

这些观念对文学叙事学至少产生了两种重大影响。首先，文学文

① 参见雅克·拉康，《无意识中信之坚持》，收入《现代批评与理论》，戴维·洛奇编，简·米尔英译（伦敦：朗文公司，1988），79－106 页；海登·怀特，《元史学：19 世纪欧洲历史的想象》（巴尔的摩：约翰·霍普金斯大学出版社，1973）；霍米·巴巴编，《民族国家与叙事》（伦敦：劳特利奇公司，1989）。克里斯托弗·纳什的《文化叙事：科学、哲学和文学中的故事讲述者的运用》（伦敦：劳特利奇公司，1990）中有关于将叙事学转化为文化分析之一般方法的多种学科之概观，可参考。与此思路一致的，参见史蒂文·科恩和琳达·施利的《讲故事：对叙事虚构的理论分析》（伦敦：劳特利奇公司，1988）。

② 丹尼尔·潘代将这种嵌入视为文本的物质性，他不仅用此指涉语言，还用此指涉物质现实——如在讲述它的那些故事中被激活的物质现实。例如对于读者来说，如果一部小说中出现了一个维多利亚女人或用了一个教堂作为背景，那么这个女人与这个教堂就已被嵌入其他叙事之中了。潘代认为：“文本外客体之参照已被纳入其他叙事中了。”［《解构主义之后的叙事》（奥尔巴尼：纽约州立大学出版社，2003），143 页。］

③ 潘代谈及文本的开放性与总体性之间的张力时说：“这两种话语的特质之间的张力是后-解构主义转向叙事中的内在部分。正如我所表明的，吸引批评家转向叙事的，是叙事的含糊的解构性。评论家认为解构主义过分关注文本滑脱（textual slippage），或过分沉迷于不可逃脱的文本规律……当叙事把文本不确定性（indeterminacy）与总体性（totality）二者之间的冲突带抵表面，更重要的是当它提出这二者都可被能产性地解决时，叙事似乎就同时接受了这二者。”（《解构主义之后的叙事》，7 页。）正如潘代反复提到的（25－26 页），这种张力也是内在于结构主义文本本身的。他所谓的后-解构主义叙事理论，实际上是“松散的解构主义”（140 页）；它证明了对某种解构主义的天衣无缝的贴合，这种解构主义不是将现实视为文本，而是将现实视为现实与文本之间的连续张力。只有潘代这种对重新整合和新的总体性的强调，才可以勉强被称为后-解构主义。

本研究不再限于它所谓的从本质上来讲的文学方面了。它还涉及——而且理所应当地，正如我们在本章所概述的——在经典叙事学中被排除的元素：意识形态、传记和社会地位等。其次，叙事概念已变得如此宽泛，以至于任何事情都可成为叙事文本，而且差不多任何呈现形式都具有某种叙事性质。电影、海湾战争、新闻和资本主义经济（仅举几例），都被认为是叙事结构。

第二个特征：没有等级分层

这一理论的缺点在于它没有固定的方法论，因而也就非常依赖于个别叙事学家的洞见和品质。与经典叙事学相比，情况更是如此，这也就将我们引向了后现代叙事学的第二个特征。叙事理论同样类似于一个故事，而这抹杀了叙事文本与叙事学之间的边界。这一特征适应了层次（文本）与元层次（文本分析）之间典型的后现代结合，以及对等级分层的摒弃。例如，安德鲁·吉布森（Andrew Gibson）赞成这样一种后现代理论，这种理论不再坚持等级性地划分出诸如故事、叙事和叙述之类独立的层次。一个叙事文本不像一幢有着界限分明的楼层的屋子，而更像由多样性的叙事元素组成的水平的、常常杂乱的聚合物。**为了支持"叙事性偏侧"**（narrative laterality）**的发展**，经典叙事学家将自身凌驾于文本，并把文本分割为不同层次之态度是遭到拒斥的。[①]

后现代方法论

很明显，文本与解释之间的典型区别不能保留，并且其所推论的
110 元层次之客观地位是一种幻觉。但是层次之间的后现代结合可能会将叙事学转为虚构之事。柯里正确地指出，诸如雅克·德里达（Jacques Derrida）和保罗·德·曼（Paul de Man）这样的后结构主义者的文学分析，经常是十分个人化的虚构，并不包含任何清晰的、可应用的方法[②]。然而，寻找模糊性，寻找文本在何处驳斥了它自己，以及文本

① 吉布森，《走向一种后现代叙事理论》，212－235页。

② 柯里，《后现代叙事理论》，54－61页。

所假定的二元论在何处转向它自身，可能勉强被视为一种方法论。

一名后现代叙事学家可能会将他对《翼马》的分析建基于故事中对意识的模糊呈现之上：有时我们不明白是谁在想或说出什么样的句子。结构主义者会试图通过调查其他文本元素来做出判断，而后现代主义者认为问题的不可决断性对任何一个故事都是至关重要的，对这个故事尤其如此：它显示了两个主人公之间的差异是多么无关紧要。无论你是遵照马术教练的严格方法还是女骑手的随心所欲的方法，“随便怎样吧。只要你能起飞”。马术教练不仅与诸如鞭子及课程之类花式骑马的符号有关，还与自由和飘逸之能指有关。他探讨了“一股不同寻常的风”和“这种神圣的感受”。马术教练与女骑手之间的对比被削弱了，原因是马术教练本人身上也有着女骑手的某些特质。

在《地图》中，可以用一种相类似的方法探索“盲目”与“全视”之间的模糊关系。在文本层次上，尽管窗帘是放下的，但还是存在着放下窗帘的商店与仍然显露的地图之间的对立。但男孩以这样的方式看到的东西（“满桌子全是**新鲜事**”），很快就失去了价值：地图开始被填满，不值得再看了（“或许会有这么一天，我将把地图从墙上取下来”）。由此提及“一张空白的荷兰地图”——那些按理说提供新视界的东西，实际上本身就是一种盲目的形式。一个后现代主义者也毫无疑虑地将这种视界推断为元层次。首先，对于叙述层本身来说，年长的第一人称叙述者假装比年轻时的自己所知和所见更多，但实际上他的叙述与那个男孩的骑行之旅陷入了同样的幻想中。他认为他能描绘事物，能按照其本来的样子看见和评述他的少年时期。其次，在阐释这一元层次上：后现代或解构主义的阅读同样是一种“经由盲目性建立起来的视界”，这种盲目性除了包括对其他事务而言的盲目性，还包括对故事的很多其他方面而言的盲目性，以及对个人的出发点本身不可避免的盲点而言的盲目性。[①] 111

---

① 保罗·德·曼，《盲点与洞见：当代修辞学批评论文集》（伦敦：梅休因公司，1971）。

第三个特征：怪异性

上述简短分析说明了后现代叙事学的第三个特征：它首先将注意力集中在任何不适应于一个整饬系统的事物上，集中在任何破坏其自身的事物上。因循着米歇尔·福柯（Michel Foucault）和德里达，吉布森谈论了“怪物”——一个在任何结构中都抗拒分类的聚合体[①]。被经典叙事学排除在外的东西变成了注意的中心。经典叙事学将叙事精简、条理化，其后现代变体则偏爱拒绝服从结构主义叙事学理论原则的“野蛮化叙事”规律[②]。

怪异的时间

这一“怪物”长什么模样呢？它的哪一点不适应于经典范式，却在后现代模式中找到了一席之地？首先是非线性时间（non-linear time）。后现代叙事分析展示了一种对难以确定日期的或背离过去、现在、未来之分野的文本段落之偏好。他们更偏好混沌的时间旋涡，而非结构主义范式中的被驯化了的时间。因此，他们拒绝被普遍接受的时间框架观念——**法布拉**或故事，而代之以如下假定：任何文学文本都是由诸多不同的时间框架和尺度纵横交错而成的。

厄休拉·K. 海泽（Ursula K. Heise）用“时序分裂”（chronoschism）这一术语来描述该情况，特指“不同时间尺度的不可比性”[③]。然而，尽管不同时间尺度可能是不可比较的，但在后现代的时间体验中，它们却同时出现。一方面，存在着快速和显微时间——十亿分之一秒，即所谓的真实时间之即时性，它不仅以电脑技术为特征，还以经济学上的商品分配为特征。另一方面，存在宇宙学上的慢速和绵延时间，该学科可推测数百万年和宇宙大爆炸。这两个时间维度以不同

① 吉布森，《走向一种后现代叙事理论》，236－274页。

② 柯里，《后现代叙事理论》，113页。这种对脱轨的理论关注，符合通常被称为后现代叙事策略之典型的那种具体的去监管化叙事。参见迈克尔·罗默，《讲故事：后现代主义与传统叙事学之失效》（波士顿：罗曼与利特尔菲尔德公司，1995）。

③ 厄休拉·K. 海泽，《时序分裂：时间、叙事和后现代主义》（剑桥：剑桥大学出版社，1997），40页。

的方式互相交叉，并导致它无法建立一个基本的和规范的时间尺度。[1]互相对立的时间在无法摆脱和矛盾的“现在”中合并了，这种“现在”即海泽所称的“超-现在”、约瑟夫·弗兰切塞（Joseph Francese）所称的“持续现在”[2]。出于同样的心态，潘代将后现代时间描绘成一种不带现代主义者之矛盾整合倾向的、凝聚和异构的同时性[3]。

结构主义者力图通过结合诸如**法布拉**、聚焦者或叙述者之类的固定参照点，将一个文学文本中的各种时间尺度系统化，而后现代叙事学则主要聚焦于使这种系统化变得不可能的文本之时间要素上。这暗 112
示着后现代叙事学家不相信一个首要的、“真实的”时间能够被重构，也不相信存在一个稳定主体能为那一时间提供意义与方向。[4]相反，他们指出故事永远不是对过去的重构，因为首先不存在“真实”事件，然后也不存在叙事的重复[5]。那些通过回忆重构他们自身的叙述者，最终得到的不是他们的“真实”或“原本”的自我，而是关于他们自身的另一种建构、另一个故事。

在《地图》中，过去仅作为一种借口而被重构。在前四段中，其稳固性很明显地由时间标志暗示出来，直到男孩拿到了地图。每一段都始于一个精确的时间背景：“每个星期天，基督教商店总是把窗帘放下来”“这家书店也会在星期天放下窗帘，将自己与外界分隔开”“星期一下午，我来到书店”，以及“那个星期六下午一点半，我把那份地图买回了家”。在这之后，时间标志变得模糊，揭示了映射之幻觉。地图使一

① 海泽，《时序分裂》，23－47 页。

② 海泽，《时序分裂》，26 页；约瑟夫·弗兰切塞，《叙述的后现代时间与空间》（奥尔巴尼：纽约州立大学出版社，1997 年），107－109 页。

③ 在探讨“同时和异质的时间性”时，潘代提及了利奥塔德等人（《解构主义之后的叙事》，54 页）。

④ 吉布森，《走向一种后现代叙事理论》，179－184 页。

⑤ 后现代叙事学遵循德里达，认为重复先于符号，因此并非首先存在一个抽象符号（例如，一个音位），然后它在无休止的重复中被接近和组织。可参见雅克·德里达，《声音与现象，及其他有关胡塞尔符号理论的论文》，大卫·B. 阿利森英译（埃文斯顿 IL：西北大学出版社，1973）。在美国解构主义的文学理论中，这种重复的观点由 J. 希利斯·米勒所发展，见《虚构与重复：七部英语长篇小说》（牛津：巴兹尔·布莱克韦尔，1982）。

切事物变得朦胧。彼时与现在之间的距离也变得隐晦了：最后一段在骑行时刻、一段时间之后的某个不明确的时刻（“那么一天”）和当下的时间（“我也不再有保存它的必要了”）之间来回穿梭。这里不存在名副其实的重构。

分析的时间

不同时间尺度之“矛盾的同时性”不限于文学文本。它是语境的一部分，或者更确切地说，它仅出现于与该语境的交互中。该语境不仅指涉结合最多样化的时间尺度的社会现实，也指涉实际阅读经验。叙事学家在阅读和分析一个文本时，在每一段中都能发现其他段落的痕迹，一如他们自己的时间概念痕迹。传统叙事学对一个故事或一部长篇小说中的单一时间演进所做的重构，是一种极端的简化，它看不到自己的背景。它在大量的阅读之后建立起来，早先的阅读与每一次新的阅读都产生共鸣。这种共鸣扰乱了线性的演进，因为叙事学家头脑中会带着对之前或之后段落的印象来阅读每一段。[①] 因此，各种各样的同时性和“超现在”也在分析层面上发挥作用。由此可见，叙事文本的“真实”时间
113 演进永不能被重构，当然也不能经由一个传统的直接发展方式来重构。

怪异的因果 & 怪异的空间

线性时间的瓦解也牵涉一个影响深远的因果关系的相对化，这个因果关系与两个时刻、原因和结果的线性承继密切相关。空间背景以同样的方式被相对化了。时间的线性概念将演进视为两点或更多点之间的一条直线，换句话说，将演进视为可清晰界定的空间中的运动。从该角度来看，经典叙事学用人格化、近乎需要固定的中心和校准的欧几里得术语来呈现文本空间。除此之外，后现代叙事学是根据一个不断运动的、没有既成中心的空间产生的。[②] 空间是运动，“从一个空

① 潘代，《解构主义之后的叙事》，113－115 页。

② 这一观点可追溯到德里达的“撒播”（dissemination）概念（意义的空间散布），它是“延异”（differance）（意义之无休止的延迟归属）中所固有的性质。参见雅克・德里达，《延异》，收入《哲学的边缘》，艾伦・巴斯译（芝加哥：芝加哥大学出版社，1982），1－28 页。

间到另一个空间的持续转换”①。不同时间尺度的这种混乱，在非中心化网络、迷宫或根茎中有它的空间对应物②。

在后现代主义的叙事空间描述中，“多样性”（multiplicity）和“变形”（metamorphosis）这两个术语一次又一次地突然冒出来。例如，弗兰切塞将后现代主义空间描述为“多元透视主义”（multiperspectivism）与“流动”（flux）③。潘代把“空间多样性”（spatial multiplicity）与“相异性”（alterity）联系起来④。“变形”这一术语指的是这样一个事实：空间永远不能依据它自身的特征和坐标来定义，因为定义依赖于对其他空间的参照。潘代认为，一个特定叙事段落的空间不能被简化成背景描述。相反，它应该被看作一种纠葛，因为这一背景指涉其他叙事段落之背景，指涉读者的空间概念，指涉附属于社会现实的那一叙事。⑤

后现代叙事学家没有为了放置故事中的事件而建立时间轴和空间轴。他们认为放置的行为是一种误解，理由是其文本与人类日常生活现实的人格化因素和参照性联系。《地图》和《翼马》的读者很少在空间背景中获得稳固的立足点。他们重建的空间不断改变，并且拒斥明确的和不变的呈现。这些种类的呈现与其说属于叙事文本本身，不如说属于经典的结构主义叙事学。

不过对后现代叙事学家来说，“文本本身”同样是遥不可及的。尽管很多组织化的时空可能是一个结构主义的构造，但后现代理论家的动态的和多元透视的时空也不过是一个构造。后现代理论家的出发点

① 潘代将后现代主义空间描述为“从一个空间到另一个空间的进行中的转化”（《解构主义之后的叙事》，76页）。他依据的是爱德华·索加的名著《后现代地理学：重申批判性社会理论中的空间》（伦敦．维索公司，1989），222-248页。

② 根茎是一个地下茎，它生出侧枝，从而产生了一个没有中心、没有固定起点的网络。参见吉勒斯·德勒兹和费利克斯·加塔利，《导论：根茎》，收入《千高原》，布赖恩·马苏米英译（明尼阿波利斯：明尼苏达大学出版社，1987），3-25页。关于其在后现代叙事解释中的应用，可参见潘代，《解构主义之后的叙事》，129-130页。

③ 弗兰切塞，《叙述的后现代时间和空间》，107页、155页。

④ 潘代，《解构主义之后的叙事》，39页。

⑤ 潘代，《解构主义之后的叙事》，80-81页。

114 和偏好自然而然地渲染了其分析。然而，区别是存在的。结构主义者们寻找所谓的客观分析，寻找文本本身所暗示的解释。这就是为什么他们会贬抑叙事学家的主观偏好、成见和观点。而后现代叙事学家们在可能的限度内尽量使自己的出发点明晰。我们使用**出发点**（point of departure）这一术语，是因为它表明这一偏见经常借由空间意象而达到理论化：它关乎叙事学家的位置，亦即他分析叙事所开始的地点。

分析的空间

在这一点上，潘代探讨了叙事学家的被置性（situatedness）问题。这不是一个固定点，而是一种交互（interaction）。一个叙事文本的分析在与文本相关的文学套路（如背景模式和叙事策略）与阐释习惯之间产生一种互动。在空间-时间层次上，这种交互将文本背景与文本外的空间及时间联系在一起，这被称为“现场”（site）[①]。一个读者在文本与现场之间不断摇摆，也正因此，他永远不能按时空背景在叙事本身中的存在样态去把握它。[②] 不可避免地，分析行为总是被叙事渲染，这些叙事先于被分析文本，并且以文学套路和阐释习惯的形式发出共鸣。

因此，时间和空间并非文学文本的切要特征：它们是在文本与语境之间的边界上的构造物。这一语境经常被识别为后现代主义（post-modernity），而且通常能在社会学和经济学的分析中展现它的诸特征。[③] 例如，这种碎片化的和多元透视主义的后现代主义时间-空间，就与当代晚期资本主义的生产方式有关系。戴维·哈维（David Harvey）从生产、分配和消费的增长机制角度研究了后现代叙事时间-空间[④]，由此，追随了诸如弗雷德里克·詹姆逊（Fredric Jameson）、让·

① 在德里达的作为地理和物理空间的“修辞手段和物理现场”观点影响下，潘代发展了这一想法（《解构主义之后的叙事》，33页）。

② 潘代，《解构主义之后的叙事》，128－131页。

③ 巴里·斯马特，《后现代性》（伦敦：劳特利奇公司，1993）。

④ 戴维·哈维，《后现代状况：对文化变革起源的探索》（牛津：布莱克威尔公司，1989），155－158页。

布迪厄（Jean Baudrillard）和让-弗朗索瓦·利奥塔德（Jean-Francois Lyotard）等作者的脚步[①]。这种后现代文本的语境化（contextualizations）和文本分析经常指出：传统的时间-空间立足点正在消失。这既缘于像互联网这样的非真实的时间-空间越来越重要，也缘于物崇拜日渐增长，这些物在生产过程中失去了其明确的位置，并作为独立的实体（self-contained entities）被消费。

怪异的意释

让我们回到文学文本。到目前为止，怪异特征覆盖了所有关乎传统所称的叙事内容的东西：时间、空间和因果逻辑。怪异的第二个方面与叙述相关，并关乎“非意释性”（non-paraphrasability）。经典叙事学假设，叙事要素能被意释和翻译成理论术语，同时又不破坏对文本至关重要之物。对于后现代叙事学来说，任何意释都必然会导致某种混乱。这与我们之前的观察相一致：后现代叙事学如此紧密地固守着故事，以至于对“成为叙事自身”形成威胁。 115

怪异的意象

对意释的这种不信任关联到另一核心的后现代关切：对意象亦即隐喻和转喻的密切注意。隐喻从来都不能用别的话说出来，它拒斥任何一种意释。因此，后结构主义者们把较多的注意力放在了隐喻上[②]。有一个例子为人所熟知，即拉康（Lacan）对于取自埃德加·爱伦·坡的《贝蕾妮丝》（Berenice）的一个隐喻的分析。主人公埃加尤斯

① 利奥塔德，《后现代状态》；让·布迪厄，《消费者社会：神话和结构》（加利福尼亚州千橡市：塞奇公司，1998）；弗雷德里克·詹姆逊，《后现代主义或晚期资本主义的文化逻辑》（达勒姆：杜克大学出版社，1991）。潘代为这些理论做了一个简短的总结，并把它们与后现代的时间-空间联系起来（《解构主义之后的叙事》，87－106页）。

② 雅克·德里达，《白色神话》，载《新文学史》第6期（1974）：527－564页；保罗·德·曼，《阅读的寓言：罗素、尼采、里尔克和普鲁斯特的人物语言》（纽黑文：耶鲁大学出版社，1979）；哈罗德·布鲁姆，《误读之地图》（纽约：牛津大学出版社，1975）。关于解构主义对隐喻的关注之简要概括，参见文森特·B.利奇，《解构主义批评：进阶引论》（伦敦：哈钦森公司，1983），45－54页。

(Egaeus) 坚信贝蕾妮丝的牙齿就是思想。[1] 牙齿与思想之间的这种隐喻性的关联永远不能被意释或者被详尽无遗地描述出来。然而，这一种隐喻对故事来说是至关重要的，它显示了主人公的痴迷（固有**思想**）如何引导他挖掘出显然已死去的贝蕾妮丝并拔下她的牙齿。故事的动态性和特殊性取决于其意象，更准确地说取决于隐喻与转喻之间的交互作用。在精神分析学中，牙齿被转喻性地与阴道联系起来（作为身体的组成部分，它们在字面上也是同一整体之组成部分），而思想则被转喻性地与恐惧和妄想联系起来。由此，牙齿与思想之间的隐喻性的联系，经由一个转喻的转换，指向阴道和恐惧，也就是指向阉割焦虑(castration anxiety)，反过来，阉割焦虑本身又是一种身体与思想的隐喻性结合。[2]

《翼马》的中心隐喻是缪斯变成了马——珀伽索斯。问题在于马如何能“起飞”，缪斯如何能提升人类。借由花式骑马能够实现吗？借由穿上合适的服装就能实现吗？或是在马感觉想要起飞的任何时候，出人意料、突然地发生？整个故事是一个与马相关的展开的图像：马裤、马背骑行、“旋转木马”、骑士等。结构主义的方式力求将这些意象归类，以便得到关于所提问题的一个明确回答。相反，后现代叙事学则在阻止任何明确答案的情况下显示了意象如何起作用，如何丰富彼此。这仍是一个开放性的问题：存在一条正确的路径以达到目标——升到空中吗？

116 这种开放性在马术教练与女骑手之间的讨论中显露出来。问题基于转喻式意象而提出，这一意象呈现的是更大整体的某些部分。例如，据说胯部宽松的马裤（作为女骑手的部分）对于达到目标来说是必要的。有关骑士和其他背景信息的书是马术课程的组成部分，将取代

① 埃德加·爱伦·坡，《贝蕾妮丝》，收入《小说选》，朱利安·西蒙斯编（牛津和纽约：牛津大学出版社，1982)，18－25页。也可参见上文提到的拉康的文章《无意识中信之坚持》。

② 玛丽·博纳帕特，《埃德加·爱伦·坡的生平与作品：精神分析的阐释》，约翰·罗德克英译（伦敦：伊马戈公司，1949)，213－219页。

胖女士的马裤的脂肪是身体的一部分。这些要素均以一种比喻的或间接的方式指涉正确的方法。但它们也拉慢了故事与课程的进展速度。这一效果借由一个新的隐喻表达出来："这些马像乌龟一样来回转着圈。"

故事的结尾将隐喻与转喻相结合，使人更深刻地理解与洞察。"现在，她终于明白了：马裤是马的双翼，马又将双翼赋予了你。"马裤本是女骑手的转喻的一部分，却变成了马翼的隐喻。继而，马翼成为女骑手的一部分，允许她飞升到空中。换句话说，隐喻与转喻的互换使飞起成为可能。这又可以作为一个关于写作本身的陈述来依次阅读：灵感——通过代表着缪斯的翼马珀伽索斯隐喻性地表达了出来——是由一个意象引向另一个意象的过程。这引起了一种流动，一种创造性的冲动。在文本中，这正是马和女骑手共同飞升到空中的那一时刻，而不是在马术教练的严格方法与女骑手的随心所欲的方法之间的综合与选择的一刻："随便怎样吧。只要你能起飞。"

关于《地图》同样可用类似观点来看，它建立了用一套多变的相关意象绘制地图这一核心隐喻：空白地图、被覆盖的陆地、日益拥挤的无法再标注什么了的地图。《地图》同样没有明确的结论，取而代之的是一种不协调：男孩绘制的道路越多，它们对他的意义就越少。某事物一旦被绘制上去，对它的兴趣就停止了；真正有趣的事情不会出现在地图上，也不会以这种直截了当的方式再现。

在这两个案例中，隐喻并不创造一种对立两端之间的辩证的综合或一种更高的一体化。与此相反，它是永不能被解决的"文化的精神分裂症"（cultural schizophrenia）之突出标志[①]。它连接了不同领域，却未曾协调过它们，因而也就与被视为"晚期资本主义的文化逻辑"[②]

① 马克·柯里在《后现代叙事理论》中使用了"文化的精神分裂症"这一术语，96-113页。他的分析基于两本著作：吉勒斯·德勒兹和费利克斯·加塔利，《反俄狄浦斯：资本主义和精神分裂症》，罗伯特·赫尔利、马克·西姆和海伦·R. 莱恩英译（明尼阿波利斯：明尼苏达大学出版社，1983）；德勒兹和加塔利，《千高原》。

② 詹姆逊，《后现代主义或晚期资本主义的文化逻辑》，1-54页。

之典型的矛盾相合拍。因此，隐喻迈开了从文本分析到语境分析
117 的步伐。隐喻的各部分之间的各种交互性本身是无限的。它甚至通过与文本中的其他隐喻之间的相互作用，以及通过与语境的联系，而变得无穷无尽。因此，叙事学分析总是保持着未完成的状态。

经典叙事学的痕迹

后现代分析仍然使用经典术语的程度因作者而异。怀抱一点善意，我们可以依稀看到从近乎完全摒弃到改编并谨慎接受这样一个连续统。这一标尺的左端被后现代叙事学中好斗的一类占据了，它们把像**聚焦者**（focalizer）和**异故事**（heterodiegesis）这样的经典术语都淘汰了，却启用了一个新的术语库来指称文本的意象、矛盾和更广泛的文化含义。吉布森的理论就是其中一例，它明确且集中地解释了经典概念何以行不通并引入了自己的一套术语。对经典理论反对稍少的则是马克·柯里，他继续不加澄清地使用大量基本的经典概念，同时又明确地反对这些概念背后的预设。

在标尺的右端，我们发现了温和的后现代叙事学家们，如帕特里克·奥尼尔（Patrick O'Neill），他继续使用热奈特、巴尔和里蒙-凯南的几乎所有的基本概念，并且使这些概念更加灵活，以更好地适应典型的后现代关切，如不稳定性以及矛盾性文本因素之间的悖论性结合。奥尼尔用第四层次即**文本性**（textuality）强化了故事、叙事与叙述这套经典三和弦（the classical triad），他将叙事文本与它的交流语境联系起来，亦即把作者与读者联系起来。[①] 他使用**可能世界理论**（possible worlds theory）（稍后我们将对此细加讨论）和基本的（rudimentary）游戏理论来研究这四个层次。文学文本和叙事学都是这样的游戏：它们在构拟出规则的同时，又使自己的规定相对化了。这一点主要发生在不同规则与玩家的对峙中：文本永远都不是一个单一的游戏，

① 帕特里克·奥尼尔，《话语的虚构：叙事理论解读》（多伦多：多伦多大学出版社，1994），23－26页、107－131页。

且永远不能由一个单一主体来完成。这就是奥尼尔为什么用一些指涉复合实体（composite entities）的概念取代单边的结构主义概念术语。例如，他用被他称为**复合话语**（compound discourse）的一个综合的、复调的叙述的概念，取代了“叙述者”概念。[①]

经典与后现代的融合

我们认为，完全排斥结构主义术语是弊大于利的。虽然诸如**聚焦**（focalization）与**意识呈现**（consciousness representation）这样的术语可能导致大量的问题，但与此同时，它们也澄清了一些原本模糊不清的东西。此外，认为由像吉布森这样的叙事学家提出的新概念逃离了此种陷阱，那只是一种幻觉。当吉布森探讨文本的偏利性（laterality）与怪异性时，他仍然在使用一些背叛文本空间概念的理念。虽然空间概念化的做法已为后现代主义者所抛弃，但偏利性显然仍是一个空间概念。此外，吉布森沦为了人格化观点的牺牲品，因为他将怪物视为非人类。实际上，这些术语是隐喻的，因此，它们也利用了学者们注定要学习的过程。这完全不是逃离结构主义陷阱的方式。不仅如此，新术语的引入并不总是导向对叙事文本的截然不同的阐释。有些时候，吉布森恰恰恢复使用了他力求避免的结构主义的术语和方法论[②]。到目前为止，后现代叙事学的词汇和方法论并未得到足够的系统化，以保证完全放弃结构主义的实践。经典的系统性与后现代主义的相对性的结合，目前看来是最好的方法。 *118*

① 奥尼尔，《话语的虚构》，58页。

② 因此，吉布森对斯蒂文森和贝克特的解读有时仍是非常传统的。当处理《化身博士》时，吉布森谈到“第一人称叙事中的第三人称叙述者的声音”。他的结论是，“另一个对立面已经瓦解了：在叙述者与故事之间的对立，我与他之间的对立。”（《走向一种后现代叙事理论》，140页）。这样的解读完全符合热奈特的理论。吉布森分析了贝克特作品中的“怪兽”，他在很大程度上将其简化为对身体之文本形象的经典解读。他认为贝克特对残缺及衰老的身体的偏爱是对作为传统的“政治解剖学”的攻击（262页），但是这一说法也无非就是说：贝克特的作品中的身体偏离了主流的身体形象。

二、叙事学与意识形态

（一）伦理学

经典遗产

不能说结构主义无视文学文本中呈现出的意识形态和价值。相反，格雷马斯的结构主义符号学总是关注与文本之组织捆绑在一起的意识形态对立面和偏好。即使意识形态采取中立的方式——也就是说，仅仅作为一种世界观和人类观——它也无可争辩地包含着一个层级结构，因而就包含着一套偏好。① 格雷马斯式的分析能够阐明这些偏好。例如，在一个特定的叙述中，女性可能总被联系到光明和美善，而男性可能总被联系到黑暗和虚假。

不过，这样的结构主义方法截然不同于当代的意识形态分析。第一，结构主义者们经常将意识形态简化为文本中内在呈现出的一个代码、一个系统，因而也就贬低了读者的地位。与此相对立，当代的方法则强调了读者的重要性。第二，对意识形态的关注几乎在热奈特式的
119 的叙事学中完全缺席。

让我们从第二点开始讨论。热奈特想要用技术的方法区分聚焦的类型，因而他不重视主体概念的历史发展，而正是后者确定了这些类型和来自读者的反应。多重聚焦（multiple focalization）可能暗示了主体在文本中被表现为碎片的或成分复杂的实体，并且这可能与在社会及历史语境中的人类的特定观点相关。在经典叙事学中，很少有或者几乎没有这种洞察力的空间。甚至连第一眼看上去似乎是价值自由的时间结构，也可能是负载着意识形态的。如果托马斯·品钦

① 大卫·霍克斯的《意识形态》（伦敦：劳特利奇公司，1996）中有关于意识形态的各种定义的一个很好的概述，可参见。

(Thomas Pynchon) 在《万有引力之虹》(*Gravity's Rainbow*) 中通过用现实的时间顺序激发自信，同时又通过精心隐藏不可能性而破坏这一自信，从而扯了读者的后腿，那么他就把一整套世界观弄混乱了。热奈特建立了他的简洁的时间分类，但是几乎没有注意到它们的意识形态维度及内容。他将它们的具体意义限制在了它们在普鲁斯特作品中的功能上。

至于第一点——将意识形态简化为符号代码 (semiotic code) ——我们可以从罗兰·巴特的观点谈起。在他看来，一个故事包含着直接或间接指涉社会价值、规范和信念的代码[1]。文化代码就是一例，它联系起所有指涉科学、知识和观念的社会维度的文本要素。由此，文本要素可以从某人的精神分析知识出发而组织起来，这一知识可能导向所有指涉俄狄浦斯情结的碎片之联结。然而，在巴特的具体分析中，读者消失了，被处理的只有代码。

同样的情况也发生在菲利普·哈蒙 (Philippe Hamon) 之意识形态的结构主义研究中[2]。读者的作用被最小化，而文本的急迫性被最大化。意识形态被作为"意识形态-效果" (the ideology-effect) 来研究，但是这种效果并不被构想为读者的作用。与此相反，哈蒙说整个过程的标准面貌源于文本中固有的形式特征。[3] 文本看上去像是一个形式的包裹，里面充满了规范准则——就像信封中的信纸。哈蒙十分注意意识的表现：人物思考与言说的方式，显示了一个文本所展现和推行的价值与规范[4]。显然，这些价值并非独立于虚拟的价值尺度及读者的阐释，但是哈蒙并未关注这两个方面中的任何一个。 120

---

① 巴特，《S/Z》，18－20 页。

② 菲利普·哈蒙，《文本与意识形态：文学作品中的价值观、等级及评估》（巴黎：法国大学出版社，1984）。

③ 哈蒙，《文本与意识形态》，20 页。

④ 哈蒙从更一般的意义上谈论了文本意识形态效果赖以形成的四个关键领域：人物的凝视、语言、作品和伦理（哈蒙，《文本与意识形态》，19－22 页）。

遗产的拓展?

为了将这两个可读性方面用结构主义思想模式校准，人们做了很多努力。利斯贝特・科塔尔斯・阿尔泰斯（Liesbeth Korthals Altes）所做的工作就是一个佳例。[①] 她研究了法国作家米歇尔・托尼尔（Michel Tournier）的小说《食人魔》（*The Ogre*）中的意识形态，并尽力将格雷马斯式语义与阐释学对读者的关注协调起来。她的术语与哈蒙的非常相似。她讨论了文本的“价值-效果”（the value-effect），在她看来，这种效果是由文本本身控制的。这发生在三个层次上。前两个是众所周知的叙事与叙述这两个结构主义层面。关于叙事的分析，科塔尔斯・阿尔泰斯使用了格雷马斯的人物行动分析；至于叙述分析，她建基于米哈伊尔・巴赫金的著作。对手后者我们将会简要谈到。第三个层次，即阅读，看起来像结构主义的拓展，但是把阅读作为文本驱动的程序，这一做法在此同样使得下列事实明晰起来：文本本身做了所有的工作。读者只是被文本系统安排。在后来的著作中，科塔尔斯・阿尔泰斯从对保罗・利科（Paul Ricœur）[②] 的著作的批判性阅读开始，更多地注意了读者的贡献。

一个类似的想要拓展经典结构主义的尝试，可以在文森特・儒弗（Vincent Jouve）的著作中发现，他将哈蒙与科塔尔斯・阿尔泰斯的观点结合了起来[③]。他同样研究了“价值-效果”，认为文本本身有能力创造甚至推行那一效果。像科塔尔斯・阿尔泰斯一样，儒弗从三个层面上研究了作品展现与推行的价值。在叙事层面上，他同样运用了格雷马斯的人物行动语法。他更多地注意了由事件演进和最终结局所推

---

① 利斯贝特・科塔尔斯・阿尔泰斯，《以小说救赎？米歇尔・图尼尔的〈奥涅斯之王〉的感性、价值和叙事》（Le salut par la fiction? Sens，valeurs et narrativité dans “Le Roi des Aulnes” de Michel Tournier）[阿姆斯特丹：罗德比（Rodopi），1992]。

② 利斯贝特・科塔尔斯・阿尔泰斯，《文学理论的伦理转折：僵局或开放》（Le tournant éthique dans la théorie littéraire：impasse ou ouverture），载《文学研究》（*Etudes littéraires*）第31卷，第3期（1999）：39－56页。

③ 文森特・儒弗，《价值观诗学》（Poétique des valeurs）（巴黎：法国大学出版社，2001）。

行的道德准则。这一层面上的道德是通过情节体现出来的，情节不能从人物中脱离出来，而所有的人物都是意识形态的载体。聚焦也承受了沉重的意识形态的负荷，这丝毫不足为奇，因为它在字面意义和比喻意义上都涉及一个立场、一种态度。

在叙述层面，儒弗表明：意识的呈现及叙述者不可避免地透露出一定的偏好和价值判断。在对人物思想和感觉的呈现中，这些价值显著地出现在对词语、语法的选择中，出现在面向其他人物的模糊的或明确的定位中。儒弗借助隐含作者来探讨叙述者的意识形态——隐含作者这一概念在热奈特的经典叙事学中缺席，但适应了儒弗拓展文本的努力。此外，隐含作者的建构能够提供一个终极参照，它对于像儒弗这样的结构主义者来说仍然是必不可少的。但自相矛盾的是，为了维护某个有序的结构，儒弗使用了一个问题重重的和非结构主义的概念。 *121*

儒弗的第三层面比隐含作者更宽泛，他将其描述为读者层面，但在实践上其仍是一个文本领域。他以令人联想起科塔尔斯·阿尔泰斯的方式，谈论了文本操控的阅读程序。他宣称这一程序出现于向读者讲话的过程（在该过程中，读者将自己的身份确定为“受述者”）中，以及各种副文本性（paratextual）的和互文本性（intertextual）的因素（如副标题、序言和对其他文本的引用）中。在与科塔尔斯·阿尔泰斯的策略相似的运动中，借助理论家米歇尔·皮卡德（Michel Picard）的理论，儒弗在他的第三层面中引入了读者——皮卡德对下列两种阅读做出了区分：第一种是保持孤立的；在第二种中，读者则对人物和行动感同身受。[①] 对于被我们视为驱动力的文本来说，这种对读者之期待与态度的参考，仍然是次要的。

经典与后经典之间的转换

或许，对文本的这种强调终究不是一个坏主意。对意识形态的关

① 儒弗，《价值观诗学》，143－148页。

注可能会损坏叙事学实际的适用性和效应性。由对关注点的选择而引发的历史上的和地理上的改良，可能会导致大量不可避免地限制了适用性并且不总是引向更好的系统化的选择。对于那些不想放弃这种系统化的叙事学家来说，在经典的方法论与后经典的意识形态阐释学之间取中庸之道是至关重要的。

这意味着，首先，有人揭示了文本之意识形态包袱并全面地看待它。其次，有人预测了这种包袱对于自身理论的重要性。米哈伊尔·巴赫金的研究在这一方向上迈出了极佳的一步。他将长篇小说视为一个复调文类，他的关于陀思妥耶夫斯基的研究显示，陀思妥耶夫斯基的每一部长篇小说都是由语体风格和语言形式构成的一种组织，每一种组织都包含一种特定的意识形态[①]。巴赫金尤为关注声音，或者用结构主义术语来说，关注叙述这一层次。文学理论不得不反省这样一个事实：一个文学文本面对的是文本诸层次和意识形态，这意味着理论也必须是多声部的或者说是复调的。在稍后将简要讨论的某些经典
122 方法中，理论的复调被视为一个伦理问题，一种对于独裁主义的意识形态的单声道和一言堂的抵抗。

在巴赫金的研究形成的潮流中，鲍里斯·乌斯宾斯基（Boris Uspensky）将注意力集中于作为意识形态载体的叙述者和人物身上[②]。例如，乌斯宾斯基提出，一个讨喜的人物可能被设计成一个正确的或良好的价值体系之范例；但是他随即补充说，情况也不是必然如此。一种特定的叙事技巧——在本例中指人物的讨喜的呈现——并不总是具有连续的意识形态意义。在一个故事中，讨喜的人物确实是某种积极的价值体系的载体，而在另一个故事中，讨喜性则可能包含各种各样的消极价值。此外，读者能够抵抗这种类型的意识形态操控，这一

① 巴赫金，《长篇小说中的话语》及《陀思妥耶夫斯基诗学问题》，卡里尔·爱默生编译（明尼阿波利斯：明尼苏达大学出版社，1984）。后者的俄文原著初版于1929年。

② 鲍里斯·乌斯宾斯基，《结构诗学：艺术文体之结构与分解形式之类型学》，苏珊·威蒂格和瓦伦蒂娜·扎瓦林译（伯克利：加利福尼亚大学出版社，1973）。俄文原著初版于1970年，据作者修改稿英译。

点显而易见。叙述者也可能预见到这种抵抗：人物可能展现矛盾的意识形态，或者他的意识形态可能与他的行动相反。结果，在叙事技巧X与意识形态意义Y之间识别出一种清晰的、令人信服的关系，变得不可能了。

后经典读者

这暗示着叙事文本本身不再是价值的载体——正如结构主义者们所希望的那样——并且它们对读者来说，也不再是一个令人信服的程序性语言。文本丧失了其不容置疑的能力。它们不再位于把读者贬至一个低位的层级关系之顶端。现在它们融入了一个对等交流方之间的水平互动中：此处的对等交流方是文本和读者。后经典伦理叙事学使用了一个区别于经典叙事学的参考框架。在这个框架中，中心的角色不再只是文本这一个因素，而是互动关系。问题不再是文学的伦理学，而成为所谓的阅读的伦理学，原因正在这里。

再三出现于这一结合中的两个参考框架分别是修辞学和语用学。修辞学将故事视为一种运用各种技巧来说服读者的努力。这些技巧本身不再像在结构主义中那样凭借其自身进行分析，而是据它们相对于读者的定位和对读者产生的影响来研究。一个不可靠的叙述者可能有不同的意图：也许他也想要使读者同样不可靠，或者他可能想要诱惑读者或使读者好奇。只有当这些效果被考虑在内的时候，叙事策略之本质、意义和功能才清晰起来。像结构主义者那样将自身局限在叙述者与虚构世界之间的关系中已经不够了。现在，读者的世界起着关键性作用。这直接引向了语用学，它把文本作为一种与发送者、信息、 123
接收者之间进行交流的形式来研究。这三个要素的经典层级被抛弃了。接收者与其他两个要素同样重要：接收者对于信息的建构是必不可少的，对于发送者的建构也是一样。是读者解析出了叙述者的形象，也许还包括其他发送者——如隐含作者的形象。

有很多重要的叙事学家在这种修辞学和语用学的框架下寻找叙事文本的意识形态效果，罗斯·钱伯斯（Ross Chambers）、詹姆斯·费伦（James Phelan）和彼得·拉比诺维茨（Peter Rabinowitz）是其中的几位。在他们的著作中，他们经常从人物和叙述者出发。例如，费伦研究海明威（Hemingway）对小说《永别了，武器》（*A Farewell to Arms*）中的人物之一凯瑟琳·巴克莱（Catherine Barkley）的描绘背后那可疑的、模糊的、近乎性别歧视的意识形态①。在他的专著《作为修辞的叙事》中，他将注意力集中在叙述者和时间结构上，从而扩展了他的研究领域②。遵循巴赫金的观点，他不是把叙事文本视为据称以令人信服的方式对读者说话的一场单一声音的独白，而是将其视为一种声音的交流，在其中，读者在以一个声音为参照权衡另一个声音的过程中发挥了积极作用。在阅读一个故事的时候，读者听到了各种各样的叙事代理人——既有故事之内的，也有故事之外的——的声音，并试图从这一复调中提炼出一个和谐的整体。这恰恰是读者积极参与到故事中的方式。在这一积极的过程中，伦理价值得以塑形。因为复调，这些价值观念经常是模糊的，且无法在善与恶之间做简单的区分。

罗斯·钱伯斯将文本与读者之间的交互看作一种诱惑的方式。叙事技巧的目的就是诱惑读者，读者使这些技巧适应他自身的欲望。文本只有通过诱惑与欲望之间的交易才变得具有可读性，叙事策略和人物塑造在这一过程起到了决定性的作用。在这一交易中，文本获得了它的价值，读者则通过对诱惑策略做出恰当回应来假定他对于文本的责任。怎样才算是恰当回应在故事中被部分地主题化了，故事经由人物和叙述者指示出好的听众或读者是什么样子的。例如，钱伯斯认为，福楼拜的《一颗简单的心》（*Un cœur simple*）中的人物全

---

① 詹姆斯·费伦，《叙事话语、文学人物与意识形态》，收入《解读叙事：形式、伦理、意识形态》，詹姆斯·费伦编（哥伦布：俄亥俄州立大学出版社，1989），132－146 页。

② 詹姆斯·费伦，《作为修辞的叙事：技巧、读者、伦理、意识形态》（哥伦布：俄亥俄州立大学出版社，1996）。对海明威的讨论，见 59－104 页。在其早期著作中，费伦也强调了时间演进和人物塑造，见《解读人、解读情节：性格、进程与叙事阐释》（芝加哥：芝加哥大学出版社，1989）。

福（Félicité），对读者来说是一个角色模型①。但是“恰当”回应在一定程度上也由读者自身定义的恰当所决定。 124

彼得·拉比诺维茨不是将文本与读者之间的交互作用作为一种诱惑和欲望的游戏，而是将其作为一种制定规则和遵循规则的游戏来研究。他区分了四种阅读规则②。首先是**注意**（notice）之规则，即一个读者只能将注意力集中于文本的某些方面，其他的方面则经常被简单地忽略了。其次是**含义**（signification）之规则，它通常被读者用于为吸引他注意力的某些方面设定一种（可能是象征性的）意义，例如，将人物作为有特定心理学侧影的真实的人予以阐释，从而把这些方面与读者的日常经验联系起来。再次，读者也使用**布局**（configuration）之规则，将不同的文本碎片联系起来。这创造了既不专属于文本，也不是完全为读者期待所决定的模式，它是两者相融合的结果。最后，读者运用**一致性**（coherence）之规则，以将文本转化为一个连贯的整体，但这给悖论和偏离（paradoxes and deviations）留了余地。

无论读者与文本之间的交互是被看作复调的对话、诱惑和欲望的游戏，还是被看作制定规则和遵循规则的过程，它终究涉及读者与文本之间的交互。拉比诺维茨的规则只有在与读者所使用的规则相一致的意义上才在文本中起作用；钱伯斯所描述的文本的诱惑只有在符合读者的欲望的时候才能成功；文本的复调也只能被愿意倾听的读者听到。划出明确的界限是不可能的，但是可以说，后经典叙事学家总体上把读者看得与文本同等重要，而其经典叙事学的前辈们至少偏爱文本胜过读者，甚至轻易地忽略读者。

很多关于文本与读者之间的伦理交互作用的叙事学研究，对叙述者和人物投以很多注意，这一点不足为奇。首先，这种偏好与拓展的结构主义方法（儒弗、科塔尔斯·阿尔泰斯）以及巴赫金的研究一脉

① 罗斯·钱伯斯，《故事与情境：叙事诱惑与虚构的力量》（明尼阿波利斯：明尼苏达大学出版社，1984），146 页。

② 彼得·拉比诺维茨，《解读之前：叙事惯例和阐释的政治》（哥伦比亚：俄亥俄州立大学出版社，1987）。对这四条规则的总结，见 42－46 页。

相承。其次，叙述者和人物是最重要的人格化叙事要素。鉴于伦理判断几乎总是适用于人，也鉴于修辞学和语用学方法聚焦于文本与人之间的关系，这些人格化的实体是首选的出发点——当然，这并不是说
125 对其他叙事要素无须关注。

作为人的文本

一方面，结构主义叙事学把将文本的人格化的方法视为一个错误——即使它本身就犯了这个错误。另一方面，后经典叙事学则认为文本的确有人的特征，并且它经常将文学故事与人和人之间的日常交流相比较。对阅读的伦理学这一个例而言，文本与人之间的联系有时被赋予了如此字面化的意义，以至于文本被当作一个人来对待了。

在《我们所交的朋友》（*The Company We Keep*）中可以发现这方面最著名、最有影响力的一个例子。在书中，韦恩·布斯将他早期的以文本为基础的叙事学，拓展到了阅读伦理学。在布斯看来，故事的叙述者将自身作为一个潜在朋友呈现给读者。故事是“来自未来朋友的礼物”[①]。叙述者“声称为我们提供一些丰富我们生活的时刻”[②]。当读者发现叙述者辜负了这些期待时，可能会感到失望。故事的价值和伦理维度的形成，取决于叙述者在多大程度上遵守了他与读者的友谊之承诺。在此可以再次看到：价值的判断不是单向度的。文本并不强制，但是读者也并非完全自由。在读者的判断中，他能够调整和改变他的先在的标准。无论如何，他不仅评判故事，而且评判他自己对故事的评判能力：“我们评判我们自己，一如我们评判对象一样。”[③]

评判之严苛性和精确性，依赖于友谊之性质。布斯区分了不同种类的友谊，由此也就区分了不同种类的书。他为此使用了七条评判标准，其中包括数量（quantity）（比起一年只见一次的朋友，你对经常

---

① 韦恩·布斯，《我们所交的朋友：小说的伦理》（伯克利：加利福尼亚大学出版社，1998），175 页。

② 布斯，《我们所交的朋友》，176 页。

③ 布斯，《我们所交的朋友》，178 页。

见到的朋友的要求更为严苛，评判得更到位）和亲密性（intimacy）（关系越亲密，要求越高，评判也会越精确）。[①] 文本的价值和阅读不能与友谊分离：好的读者就像好朋友一样，正如好书也像好朋友一样。

在亚当·纽顿（Adam Newton）的《叙事伦理》（*Narrative Ethics*）一书中，可以发现类似的文本人格化的问题。纽顿受到了伊曼努尔·列维纳斯（Emmanuel Levinas）哲学的启示，后者将他人的存在视为对自我的诉求。叙事文本同样对读者提出诉求："像人一样，文本呈现它们自己、暴露它们自己；它们向我发出的声明不是始于我将自己投身于它们的那一刻，而是始于我发现这声明之前。"[②] 纽顿从以下三个层面研究了伦理诉求：叙述、叙事和读者的阐释。这完全符合我们在科塔尔斯·阿尔泰斯和儒弗那里所发现的拓展的结构主义方法。他们同样也在叙事和叙述这两个令人熟悉的层面之外拓展出了第三个领域，即读者和阅读行为这一领域。 *126*

与其他两个叙事学家一样，纽顿坚持文本的几乎强制的力量。他写了"文学的必要方面"，并认为一个符合伦理的或好的阅读只有在读者注意到那一必要性时才成为可能[③]。只有这样，读者的反应才是合理的；只有这样，"作为责任的回应"才起作用[④]。纽顿将这一回应当作文本与读者之间的对话，从而置于巴赫金的传统中，这种对话正是文本本身之复调性在对话性特征上的反映。[⑤]

作为律法的文本

这促使我们思考很多以读者为中心的方法之奇特的模糊性。一方面，它们强调读者的重要性；另一方面，它们又经常借助于那些一般被认为是文本本身之一部分，且一般被认为会作为不可抗拒的实体起作用的特征。它们似乎担心如果文本的力量被拒绝，阅读的伦理就会

① 布斯，《我们所交的朋友》，179－201页。
② 亚当·扎卡里·纽顿，《叙事伦理》（剑桥：哈佛大学出版社，1995），22页。
③ 纽顿，《叙事伦理》，22页。
④ 纽顿，《叙事伦理》，21页。
⑤ 纽顿，《叙事伦理》，47－50页。

陷入主观性读者的伦理之中。就连像约翰·希利斯·米勒（John Hillis Miller）这样的解构主义者也写下了据说是由文本给出的律法。但是他的方法已经为偏离这一律法留下了余地，而且可能因此被作为对刚刚讨论过的模糊性的一种理论性的系统化。

作为违禁的伦理

米勒认为，一方面，一个文学文本形塑了“这样的律法”[1]，并且阅读行为应遵守这一律法；另一方面，读者永远不能完全掌握这一律法。这暗示着两件事情。第一，每一种力求使某一文学文类之伦理律法明晰的努力，都扭曲了这一律法。每一个接近律法的阅读性尝试都构成了对律法的偏离：“在阅读行为中，这一律法迫使读者在阅读的过程中背叛或者偏离文本，以一种只有通过文本的方式才能抵达的更高的需求的名义。”[2] 第二，这一律法不像信封中的一封信或一条消息那样处于文本“之内”。律法不断逃脱故事的构想。它从不直接地或者按字面意思地呈现，而只是作为一种说话的方式，比喻性地存在在那儿。或者更好的说法是，律法是一种只能通过故事的修辞格才能进入的修辞格[3]。

127 叙事伦理必须将注意力集中在文本的隐喻和转喻的研究上，原因就在这里。故事虽然不去真正说出律法是什么，但是会以明喻的方式来谈论它。读者必须尊重这些明喻，而不应该将它们翻译成简单的文字描述，例如：“实际上，穆瑟斯想说的是，我们不需要遵循规则。”与此同时，这种对修辞手法的尊重将总是成为一种背叛：如果一个人不想翻译比喻性语言，这个人就只能设法以其他的、新的形象来掌握它。结果是：阅读行为变成一个无休无止地展开的、不断更新的形象。

① J. 希利斯·米勒，《阅读的伦理：康德、德·曼、艾略特、特罗洛普、詹姆斯和本雅明》（纽约：哥伦比亚大学出版社，1987），20 页。

② 米勒，《阅读的伦理》，120 页。

③ “但是，即使康德不能准确地告诉你律法是什么、它在哪里或它来自哪里，他也可以告诉你它与什么是类似的……这样的律法如此……为隐喻或某种其他形式的类似所取代。”（米勒，《阅读的伦理》，20 页）。

一种无法停止的喻辞之流（stream of tropes）被置于运动之中，正是这一潮流，形塑了公平对待文本的阅读。阅读成为一种“搞清楚它”之形式，一种修辞手法之发展。[①]

伦理与道德

对米勒来说，一个好的、伦理性的阅读是无止境的和未确定的。在每一次进入律法的努力中，这一阅读都远离伦理。这正是为什么伦理从未获得道德或教训的简单性。伦理通过保持未确定性而区别于道德。它摇摆于律法与违禁之间，进入与背离之间。这种不确定性使得文本具有文学性，并使得阅读具有伦理性而不是道德性。就像文本本身一样，阅读行为必然是形象的无限展开。阅读永远不会结束，并且在这一意义上，文本是不可读的。这就是为什么米勒将“文本的不可读性”视为“阅读的真正伦理”之突出特征。[②]

伦理与穆瑟斯

在米勒看来，阅读伦理与后现代对修辞手法的关注相联系。正如我们在讨论后现代叙事学时所论证的，《翼马》充满了意象，故事在字面意义和比喻意义上都拒绝采取一个明确的立场。其中的许多形象唤起力量，正如花式骑马这一中心隐喻。马术教练试图训练那个女骑手，女骑手则试图训练那匹马。故事的结尾显示，没有人能够真正掌权。马术教练没有能够使女骑手顺从于他，女骑手也没有成功地训练好马。但是她照样飞升到空中，或者用一个更好的说法，那恰恰是她飞升到空中的原因。拜这种不确定性（“随便怎样吧”）所赐，目标已然达成了。

或许这种对使用权力的拒绝是完成事情的最好方式。这样一来，它确实是花式骑马了。花式骑马被明确地用作生活的一个隐喻：“真正的花式骑马，正如现实生活一样，与竞速没有丝毫关系。”重要的不是

① 米勒，《阅读的伦理》，23 页。
② 米勒，《阅读的伦理》，38－39 页。

128 速度，而是你通过骑马而得到的“感觉”。目标不是尽可能快地到达，而是你走的路。目标具有不确定性，既不在这儿，也不在那儿。文本的伦理方面存在于形象与观察点的不断交替中，存在于对选择单一观察点的拒绝之中。一种叙事学阅读之伦理方面，存在于这些形象的展开方面，存在于不确定性的迹象之中。

这里仍存在着经典叙事学的容身之所。毫无疑问，刚刚讨论过的不确定性因故事的多变的聚焦和自由间接言语而加强了。自由间接言语有时使得我们不可能指认出是谁在说话：是马术教练、女骑手还是叙述者。就此而言，故事外叙述者的不可见性同样可以被视为放弃他的全知和道德说教的权力的一种方式。他既不想要花式骑马，也不想要使用权力。最后，他将既不干涉、不站队也不制定道德准则。

然而，读者能够忽略这种不确定性，而把这一结尾当作一种近乎马基雅维利[①]主义的（Machiavellian）道德：只要你达成目标了，怎样达成的就无关紧要了。对米勒来说，这将使伦理简化为道德。它也会使叙事摆脱在各种各样的观点和形象之间摇摆不定的局面，但是文本中并不存在任何能够阻止读者进行说教性阐释的因素。形象、聚焦、自由间接言语和不可见的叙述者——它们中的任何一个都不能强迫读者。几乎每一个从事伦理阅读的叙事学家都赞同布斯所说的：“现在我认为，在一个特定的技巧——无论它是开放的还是闭合的——与一个特定的伦理（以及美学）效果之间的系统化关联，总是可疑的。”[②]

---

① 马基雅维利（1469—1527）是意大利政治家、历史学家，他主张为了达到目的可以不择手段。马基雅维利主义因之成为不择手段的权谋之代名词。——译者注

② 布斯，《我们所交的朋友》，75页。关于这一点，米勒探讨了“毫无根据的假设”(baseless positing)（《阅读的伦理》，55页）。读者的价值判断不依赖由文本叙事程序构成的基础；它是一种创造自己根基的判断。罗斯·钱伯斯也说，叙事策略之权威并未比读者为认识那一权威所做的准备走得更远（《故事与情境》，213-214页）。具体的叙事策略与具体的道德立场之间没有直接联系。这不仅源自读者，也源自文本本身。具体的策略只能通过绕道于它作为一部分所置身的整个文本来起作用。詹姆斯·费伦说，“意识形态与叙述技巧的特定元素之间的关系，总是由该元素与叙事之其余部分的关系来调控”（《解读人、解读情节》，145页）。

伦理与克劳尔

上文我们关于穆瑟斯的故事中花式骑马这一意象所谈到的，同样适用于克劳尔的故事中地图这一意象。该文本同样以一个权力的意象和一个生活的隐喻为中心。男孩想要绘制他的生活，但他发现这样做之后，他对生活的绘制却停止了。故事借由骑车之旅的意象阐明了这一点，骑车之旅可以被类比于穆瑟斯的骑马之旅。只要男孩去过了某个地方并在地图上标记了这个地方，旅行就变得毫无意义了。目标已经达成，旅行遂成多余的了。“有一些路（越来越多的路）我骑行过两次，甚至更多次。但是这都不算什么。曾经路过便会永远铭记于心，这是我的地图告诉我的。”

《翼马》显示了摇摆不定和“永在路上”的无休止运动能够通向成
功。故事显示了，在不使用任何权力的情况下，你能获得什么。与此 129
相反，《地图》说明了当你想要使用权力的时候，摇摆不定的无休止运动如何停止。然后，就连权力都变得毫无意义了。一旦地图用过它的权力，它就变得无趣了。一旦一切都被标在了地图上，第一人称叙述者就会把地图从墙上取下来：“到那时，地图就失去了意义。我也不再有保存它的必要了。”这一结尾几乎与穆瑟斯故事的结尾相反，但两个故事都表明，“价值”（在这里指花式骑马和地图）存在于“实现这一价值的路上”，而不在于“达成目标”。

遵循米勒的观点，我们把修辞手法作为说明文本开放性的潜在出发点而加以强调。这种开放性被认为构成了文本及其阐释之价值。然而，很多形式的叙事伦理选择了与上文所论文本中的人格化中心之趣味相联系的一个不同的出发点。我们正在特别考虑不可靠叙述者的问题，布斯将其视为一个“伪装者”而不是朋友[1]，而钱伯斯将其看作不可避免的危险诱惑战略之一部分[2]。在纽顿的方法中，不可靠性适合“权力关系之形塑”，在他看来，这种形塑作为对读者的一种诉求，

---

① 布斯，《我们所交的朋友》，169－200 页。

② 钱伯斯，《故事与情境》，50－72 页。

是内在于叙述当中的①。

伦理与不可靠性

詹姆斯·费伦和玛丽·帕特里西娅·马丁（Mary Patricia Martin）从不可靠的故事内第一人称叙述者出发，得出关于读者之“伦理定位”的结论②。这样一个叙述者之不可靠性，是由其作为人物和叙述者的双重角色所引发的。作为人物，他很可能给人以“可靠的人”这样的印象，而作为叙述者，他则可能是不可靠的。这种模糊性在文本中常常悬而未决，甚至玉成了该文本的价值③。读者往往不能判断叙述者究竟是否可靠，或者从伦理角度来说他究竟是好的还是坏的。倘若读者想要得出一个结论，他就不得不激活他自身的伦理价值和欲望④。

与米勒一样对开放性抱有偏好的人将会称此为一种道德的而非伦理的阅读。如果说莫妮卡·弗卢德尼克所说的“不可靠叙述是叙事虚构文本之本质特征”是正确的，那么这种类型的阅读更应被视为一种理解小说之核心的失败⑤。如果回到经典叙事学的三个层次，那么我们可以将道德化的阅读描绘成关于故事的一种评价，它独立于叙事和叙述。例如，一部小说可以因其所描述的事件（例如，福楼拜《包法

① 纽顿，《叙事伦理》，58 页。

② 玛丽·帕特里西娅·马丁和詹姆斯·费伦，《“韦茅斯”的教训：同故事、不可靠性，伦理与〈长日留痕〉》，收入《新叙事学》，戴维·赫尔曼主编（哥伦布：俄亥俄州立大学出版社，1999），88 - 109 页。他们在第 88 页首次提及了“道德定位”这一术语，并在 100 - 104 页加以解释。费伦也在《作为修辞的叙事》一书中讨论了不可靠叙述者，105 - 118 页。

③ “那么，更一般的结论是，同故事叙述允许人物角色与叙述者角色之间缺乏完全一致性，当这种缺乏服务于叙事之更大的目的，且当这种缺乏仅在不一致性运行后才显出时。”（马丁和费伦，《“韦茅斯”的教训》，93 页）。

④ “因为同故事叙述阻碍了我们获得来自石黑（Ishiguro）的绝对性信号，所以它将把场景消歧的责任转移给有血有肉的读者，我们如何履行责任的决定性因素是我们个人的道德观念，因为它们与我们对作为特定语境下的特定人物的‘第一人称叙述者’之理解相互作用。”（马丁和费伦，《“韦茅斯”的教训》，103 页）。

⑤ 莫妮卡·弗卢德尼克，《虚构对非虚构：叙事学的差异》，收入《20 世纪的叙事与叙事学：威廉·菲格尔纪念文集》，豪尔赫·黑尔比希编（海德堡：卡尔·温特大学，2001），85 - 103 页。弗卢德尼克写道：“只有在虚构叙事中，我们才有不可靠的真实情况。只有在虚构叙事中，我们才假设叙述者的矛盾有不可告人的目的，这告诉我们作者的意图。既然我们不能核查出作者的意图，那么该命题将仍然是读者一方的假设。”（100 页）

利夫人》中的通奸行为）或者行动元角色的卑劣的特征（例如，女性人物的负面特征）而被拒绝。这涉及对属于**法布拉**的一部分，因而处于**休热特**文学组织之外的一些要素的评价。换句话说，这关乎漠视文本中的叙事和虚构人物——弗卢德尼克所定义的虚构性——的诸评判。在这种情况下，一种特定的意识形态（例如，政治正确的）将与另一种意识形态（例如，政治不正确的）背道而驰。这就很难再与叙事伦理有任何关系了。 130

（二）性别

叙事伦理还不是在当代叙事理论中与意识形态相关的发展中最著名实例。毫无疑问，女性主义叙事学有资格主张这一地位。自 20 世纪 80 年代以来，它一直一方面研究叙事文本与叙事学理论之间的关系，另一方面研究叙事文本与性（sex）、性别（gender）及性取向（sexual orientation）之间的关系。“性”是生物学上的一个术语，用来区分男人与女人，而“性别”指的是性的社会建构。通常，这种建构与性取向有关。传统的男人和女人角色的建构，包括一种异性恋（heterosexual）偏好。性别不能与性、性特征（sexuality）断开联系，即使它并不与它们一致。

经典的排除

女性主义叙事学表明，性别、性和性特征在叙事文本的建构与阐释中发挥着重要作用，而经典叙事学则排除了这三方面。正如苏珊·兰瑟在她那篇颇有影响的文章《走向女性主义叙事学》（Toward a Feminist Narratology）中所指出的，这种排除与被封为神圣的叙事学家们的性别以及他们所使用的文本息息相关①。其中不但包含着男性理论家（斯坦泽尔、热奈特、查特曼和普林斯），而且常常包含男性作家。诸多来自经典叙事学理论的所谓通用概念与诸多据称是文学文本之普遍特征，实际上，

---

① 苏珊·斯尼亚德·兰瑟，《走向女性主义叙事学》，载《文体》第 20 卷，第 3 期（1986）：341－363 页。

是一个特定时期的典型代表——对于叙事学来说这通常是指结构主义，对于文学来说主要是小说包括现代主义小说及之前的小说——一种特定的文化和一个特定的男性占主导地位的人群。

叙事学既不是通用的也不是中性的。它染有它运行于其间的语境
131 之色彩，这一语境由一系列的因素，如社会地位、性、年龄、经济和专业地位、身体状况和受教育水平构成。每一个叙事学概念都带有这种语境的痕迹，而女性主义理论家们认为，这些痕迹就其表达的那一语境之权利关系而言是具有意识形态性的。例如，结构主义者分类、调查和掌控的欲望，是典型的西方男性知识观的表达。更普遍地，兰瑟在她的权威性著作《虚构的权威》（*Fictions of Authority*）中说："即使是最广泛、且明显的叙事元素，也在意识形态上被掌控，在社会中变化多样，且以未被认可的方式对性别差异非常敏感。"[①] 通过关注更普遍的、更具意识形态性的语境，女性主义叙事学就成为作为几乎所有后经典叙事学形式的特征的扩展之组成部分。诸如罗宾·沃霍尔（Robyn Warhol）和凯西·梅泽伊（Kathy Mezei）这样的女性主义叙事学家联合形成了"语境主义叙事学"，这补充和纠正了经典叙事学[②]。

女性主义排除？

显然，绘制一个文本和理论的完整语境是不可能的。继阿尔都塞（Althusser）之后，法国社会学家布迪厄（Bourdieu）探讨了语境因素之"超越决定"（overdetermination/surdétermination）[③] 问题：人类

① 苏珊·斯尼亚德·兰瑟，《虚构的权威：女性作家与叙事声音》（纽约，伊萨卡：康奈尔大学出版社，1992），23页。

② 罗宾·沃霍尔，《歉疚的追求：女性主义叙事学对文化研究的贡献》，收入《新叙事学》，赫尔曼主编（哥伦布：俄亥俄州立大学出版社，1999），341－355页；《模糊的话语：女性主义叙事学与英国女作家》，凯西·梅泽伊编（查珀尔希尔：北卡莱罗纳州大学出版社，1996），4－5页。

③ overdetermination，历来翻译为"多元决定"。此处译为"超越决定"，系从俞吾金说，详见俞吾金，《究竟如何理解并翻译阿尔都塞的重要术语 overdetermination/overdetermined?》，载《当代国外马克思主义评论（9）》（2011年）。——译者注

受诸多的因素影响，对这些因素的认识却是不全面的，更不用说使它们系统化了。① 这一“无知”可能导致自由的假象，或导致这样一种感觉：一个人能够选择某一特定因素作为最重要的因素。而实际上，没有哪个单一因素能够在不影响整个网络的情况下起作用。性别在一个年老的富有白人大学教师身上发挥的作用与在一个年轻的贫穷亚洲移民身上发挥的作用不同——更不用说外表和健康状况。即便女性主义叙事学常在理论上认识到这一点，但许多具体的文本分析并没有注意到整个网络，而仅倾向于性、性别和性特征之聚集。在那些分析中，似乎做一个女人是一种自主的功能，这一功能构成对文本和理论的最重要的影响。例如，兰瑟认为，女性主义叙事学无法在意识形态与叙事形式之间找到明确的相关性；后来才声称在性别与文类之间存在着因果关系②。

在对女性主义叙事学的一篇晚近评价中，露丝·佩奇（Ruth Page）声称“在性别与叙事形式之间提出不容争辩的联系，这是不可能的”③。在她看来，形式依赖于诸如内容、功能和语境等很多因素。
对某一因素的选择，会不可避免地牵涉到一种意识形态偏见。甚至即 132
使谈及直接处理诸如分娩（birth）之类与性别有关的那些主题的叙事，佩奇也认为叙事策略并不由说话者的性别决定。她拒绝接受女性主义的“说话者的性别能够解释叙事的形式”这一假设。④ 这与我们关于叙事伦理的讨论中的限制有关：在正式的文本性因素与语境的、意识形态性因素之间，不存在不可抗拒的或因果性的联系。一个特定

---

① 皮埃尔·布迪厄，《区别：品味判断的社会批判》，理查德·奈斯译（伦敦：劳特利奇公司，1984），101－114页。

② 兰瑟首先说：“与表现性内容和社会历史之间的关系比起来，文学形式与社会历史之间的关系更加不确定。即使是一种完全唯物主义的诗学也很难在社会意识形态和叙事形式之间建立明确的对应关系。尽管如此，我认为其他人能够建立或反驳的关于因果关系之冒险推断，是很丰富的。”（《虚构的权威》，23页）。稍后，兰瑟的读者见证了这样一个因果推断：兰瑟谴责了伊恩·瓦特对小说的传统处理方式忽视了“性别与类型之间的因果关系”（37页）。

③ 露丝·E. 佩奇，《女性主义叙事学？性别与叙事性的文学及语言学透视》，载《语言与文学》第12卷，第1期（2003）：43－56页。

④ 佩奇，《女性主义叙事学？》53页。

的叙事策略既不是某种特定的意识形态立场之直接后果，也并不直接导致某个特定的意识形态阅读。

普遍性

然而，这一限制并未破坏女性主义方法，因为它不假装设计一个一般的和普遍有效的框架。它恰当地强调了一个为传统理论所忽略的因素，因而它并不能算是一种新的超理论（supertheory）。沃霍尔明确地抛弃了“叙事学要呈现普遍概念”这一结构主义的幻想。恰恰因为女性主义叙事学感兴趣的恰巧是持续变化的语境，以及不断更新的男人与女人之间差异之建构，所以她拒绝任何一成不变的宏观理论。[①]南希·米勒（Nancy Miller）说女性主义文本批评相信“定位的诗学”（poetics of location）：她意识到每一个文本——无论是文学的还是理论上的——都位于一个特定的语境中。[②]

这种由女性主义叙事学家自身所创造的限制，在阅读真正的叙事分析的时候最好被牢记于心。虽然这看起来像是以一种过分简单化和普泛化的方式处理“典型女性”和“典型男性”，但是根据这种限制，此种论断获得了它的语境化价值。特莱莎·德·劳雷蒂斯（Teresa de Lauretis）强调女性主义文学理论不用“女人”（woman）这一基本概念工作[③]。用玛利亚·布鲁尔（Mária Brewer）的话来说就是：“女人的话语与难以形容的或无法言说的女性本质没有一点关系。”[④] 也不存在本质上的女性叙事形式。如果说兰瑟认为，从历史意义来讲，与男性所使用的叙事形式相比，女性作家使用的叙事形式对公共领域的导向较少，那么她并不企求一种普遍的规律或具体化的女性写作。她尝

① 沃霍尔，《歉疚的追求》，342 页。

② 南希·K. 米勒，《顺从改变：解读女性主义写作》（纽约：哥伦比亚大学出版社，1998），4－5 页。

③ 特莱莎·德·劳雷蒂斯编，《女性主义研究/批评研究》（伦敦：麦克米兰公司，1986），9 页。

④ 玛利亚·米尼克·布鲁尔，《解绑舌头：从叙事经济到女性写作》，载《现代语言札记》第 99 卷，第 5 期（1984）：1141－1161 页。

试将这种写作与特定的18世纪背景联系起来，在这一语境中，书信和日记被视为女性文类，而演讲和小说被视为男性文类。[①] 兰瑟不止一次地告诫读者，她没有提出一种真正的、正统的且本质上是女性的写作和阅读方式[②]。 133

女性主义叙事学转向

或许这一限制在一定程度上也是女性主义叙事学自身转向的结果。乍一看似乎经常是性别引导着文本，但同时相反的情况也已发生。沃霍尔认为，第一批女性主义叙事学家将性别作为一个先于文本而存在的范畴加以接受，而晚近的方法则认为叙事文本塑造了性别[③]。在萨利·罗宾逊（Sally Robinson）的研究《使主体性别化》（*Engendering the Subject*）中，可以发现一个佳例，它开宗明义的一句话是："我关心的是性别是如何通过叙事过程，而不是如何先于叙事过程产生的。"[④] 更一般地说，文本不再被认为是一种特定意识形态之反映，而是它的建构。显然，这种建构是不自由的，受到语境的影响。这导致了叙事技巧与意识形态之间的一种近乎辩证的关系。正如兰瑟所言，叙事技巧与其说是意识形态的产物，不如说是意识形态本身[⑤]。

这些对限制和转向的介绍性评论并不意味着对女性主义叙事学成果的贬低。相反，可能再没有什么其他的后经典叙事理论分析、影响并改良了叙事学如此多的方面。[⑥] 作为通向文本的一种实用主义方法，女性主义研究聚力于文本的发送者（作者）、信息（叙事形式）和接收者（读者）。在所有这些领域中，我们的注意力集中于结构主义方法通常忽略的，此处假定为有主导动机地位的方面：经验和欲望、为权力

---

① 兰瑟，《走向女性主义叙事学》，353－354页。

② 兰瑟，《虚构的权威》，8页、35页。

③ "对于十年前的女性主义叙事学家来说，性别是先于文本而存在的范畴，是一个实体，它形塑文本的生产与接受。"（沃霍尔，《歉疚的追求》，347页）。

④ 萨利·罗宾逊，《使主体性别化：当代女性小说中的性别与自我表征》（奥尔巴尼：纽约州立大学出版社，1991），4页。

⑤ 兰瑟，《虚构的权威》，5页。

⑥ 兰瑟，《走向女性主义叙事学》，341页。

而斗争、模糊性、肉体。我们将在不同的实用叙事学领域处理这些要点。

模糊性与斗争

女性主义分析中最引人注目的模式，可能是抵抗与复杂性的结合。女性作者、叙事策略和读者常被作为与久已存在的男性传统之斗争中的关键角色。在这场斗争中，女人通常使用男性武器并将其加以转化。这一举动不但使这些武器（如传统的叙述者）模糊化，而且使女性战斗者模糊化。她们被期望吸引和改造男性对应物。简单来说，这种模式归根到底是，首先，主张一种相对的断言（男人对女人），其次，将对立两端合并入其中一个端点，也就是女性这一端。许多女性主义分析将男性一端与非模糊性关联起来：清晰描画好的传统、追求和身份。
134 相反，女性一端的特征是模糊性：模糊的传统、隐蔽的（因为被压制）追求和越轨的身份。“女性”与“模糊性”之间的这种联系已常出现在标题中，例如在凯西·梅泽伊编的《模糊的话语》（*Ambiguous Discourse*）一书中。

性别与作者

桑德拉·吉尔伯特（Sandra Gilbert）和苏珊·古芭（Susan Gubar）的《阁楼上的疯女人》（*The Madwoman in the Attic*）一书是关于19世纪女性作家的较早和有影响力的研究。她们的分析清晰地描绘了斗争性和模糊性之机制的特点。其所论述的作家应该借由对男性当权派的共同斗争而联合起来，“一种共同的、女性的冲动，目的在于通过战略性地重新定义自我、艺术和社会，努力摆脱社会和文学的限制”[①]。在作者这

---

① 桑德拉·吉尔伯特和苏珊·古芭，《阁楼上的疯女人：女性作家与19世纪文学想象》（纽黑文：耶鲁大学出版社，1979），Ⅲ。从20世纪80年代末开始，吉尔伯特与古芭写作了由三本书组成的系列著作——《没有男人之地》，在反抗“性别之战”的同一背景下探讨了20世纪的女性作家。见桑德拉·吉尔伯特和苏珊·古芭，《没有男人之地：语词之战》（纽黑文：耶鲁大学出版社，1988）；《没有男人之地：二十世纪女作家的地位：性别变迁》（纽黑文：耶鲁大学出版社，1991）；《没有男人之地：二十世纪女作家的地位：前线来信》（纽黑文：耶鲁大学出版社，1994）。

一层面上，这场斗争算得上是与家长式的传统之间的对决，后者（从词源上讲也是同样）将作者等同于家长，一个人类版本的“上帝”，我们的“天父”。这一传统作为一种秩序起作用：女人被用一面镜子呈现出来，在镜中她不得不认清她自己。她不得不使自己服从于男人已为她创造的形象——一个服从的“天使”的形象，用她的创造力服务于男人，更明确地说，是服务于男人的生殖。抗拒这一点的女人是“怪物”。她展示出诸如自信、侵略性等男性的特点。女性作家就是这样一个“怪物”——一个变态的混血儿、男人婆，与我们上面所讨论的后现代主义“怪物”没有什么不同。

对女性作家来说，这种模糊的地位是经验与传统之间的斗争。除了男性的“天使”和“怪物”的刻板印象之外，男性叙事传统从未将声音借予女性经验。一个想要写作的女人必须接受这样一个结论，即不存在有威望的叙事形式或文类，使她在其中能够表达她的主观体验。她可能投入边缘文类，例如儿童读物和童话故事当中，而不是投入真正的文学作品——长篇小说之中。如果无论怎样她都要写小说，那么她要在“作者身份之焦虑”（anxiety of authorship）以外写作——这一焦虑乃布鲁姆的“影响的焦虑”之女性版本[1]。一个想要成为作家的男人敬畏并转换他的伟大的范型与影响源。他与某些作者进行斗争。一个想要写作的女人则与在传统看来她所不具备也不能盗用的创造力进行斗争。

女性作者对这一恐惧的解决之道在于各种各样的模糊化策略，例如反讽、戏仿、自嘲、换名（乔治·艾略特和乔治·桑是最著名的例 135
子）、隐藏的意义与秘密的信息。吉尔伯特和古芭强调在她们描绘的文学策略中，“欺骗是必不可少的”（the duplicity that is essential）[2]。诸种男性文学惯例，通过各种各样的迂回方式，被用于甚至滥用于表达女性经验。在表面的顺从背后，愤怒在郁积；在惯例之应用背后，破

① 吉尔伯特和古芭，《阁楼上的疯女人》，49－52页。

② 吉尔伯特和古芭，《阁楼上的疯女人》，73页。

坏在潜伏。“天使”的背后藏着“怪物”。据称，在诸如简·奥斯汀(Jane Austen)、夏洛蒂·勃朗特（Charlotte Brontë）和乔治·艾略特(George Eliot）等作家的小说中，很多女性人物被认为误入歧途，她们苦闷地模仿男人关于那些不顺从于刻板印象的女人之想象。在吉尔伯特和古芭看来，这些“疯女人”是女性作者的文学替身：“她们的反叛冲动不是投射到她们的女主角身上，而是投射到疯狂或怪异的女人身上……通过这一点，女性作者将其自我之分立，及其对父权社会结构既接受又拒绝的渴望，予以戏剧化。（疯女人）通常在某种意义上是作者的替身，是她自己的焦虑和愤怒之映像。”①

人类与现实

一方面，传统的文学理论把人物与作者之间的这种直接联系当作一种幼稚、一种对虚构与现实的混淆、一种文学性的误判与简化而加以排斥。另一方面，女性主义叙事学涵容了这种所谓的指涉论（referentialism）和拟人论（anthropomorphism）。它在文本中寻找对社会现实与作者主体经验的指涉，这与结构主义者把文本视为一个独立运作的符号体系恰成对立。这种对作者个性的强调也将女性主义叙事学从后结构主义方法中区分出来，后者宣告了作者的“死亡”及文学文本的非人格化②。女性主义叙事学与叙事伦理共享其拟人论，后者同样极为关注文学交流之代理人（作者和读者）和文学文本的人格化方面。正如我们在关于叙事伦理的探讨中所看到的，这对意识形态方法来说并不奇怪。

关于这一点，兰瑟谈及用作为“模仿”的文本，来替代作为“符

① 吉尔伯特和古芭，《阁楼上的疯女人》，78页。南希·米勒拒绝了在人物与作者之间的这一直接联系：“我希望大家明白，我并不是说要将一个女主人公解读为作者的替身。”（《顺从改变》，39页）

② 因此，南希·米勒反对罗兰·巴特关于“作者已死”的著名观点。见《改变主体：作者身份、写作和读者》，收入《女性主义研究/批评研究》，德·劳雷蒂斯编（伦敦：麦克米兰公司，1986），102-120页（特别是104-107页）。

号”的文本①。“模仿”被认为比在传统叙事学中有更加宽泛的意义。在传统意义上，模仿指向一个文本过程，而在女性主义叙事学中，它成为一个政治策略、一种通过模仿和操纵而呈现传统叙事艺术之权威的努力。这种对传统的含糊的盗用是一种形式的模仿，卢斯·伊利格瑞（Luce Irigaray）将它描绘成一种无礼的模仿、一种戏谑的重复， *136*
而塔妮亚·莫德尔斯基（Tania Modleski）将其概括为“在受压迫的群体之中的一种悠久的策略，这一群体似乎经常默认压迫者对它的观点，由此产生了一种双重意义——同一种语言或行为既证实了压迫者对被压迫者的刻板印象，同时又为知情者提供了一种秉持异议和赋权的视野”②。就模仿在传统上被视为一种反映这一点而言，该观点与吉尔伯特和古芭的思想联系在一起，暗示着女性作者需要穿透反映男性刻板印象的那面玻璃。③

性别与读者

女性读者遭遇了与女性作家的遭遇相似的某种模仿、斗争和模糊性。莫德尔斯基不接受这样的读者理论，即把女性主义阐释想象为对既存男性文学的补充而不是对该种文学之批评。在她看来，在这一批评中，存在一种对权力的欲望。这一欲望可能既模仿既存的阅读策略，也转化这些策略，尤其是通过把它们与女性经验联系起来。然而，虽然这种经验只不过是一种对男性阅读传统的假说，但它是朝向女性主义阅读的一个令人信服的出发点。再一次地，男性解释传统与女性经验的结合导致了就下列意义而言的模糊性：阅读同时暗含着认同与拒绝。女性阅读的独异性（singularity）恰恰就在这种模糊性之中，这也正是女性读者夺取权力的地方。对文本的阐释是获得关于文本的权

① 兰瑟，《走向女性主义叙事学》，343－344页。

② 塔妮亚·莫德尔斯基，《女性主义与阐释的力量：批判性解读》，收入《女性主义研究/批评研究》，德·劳雷蒂斯编（伦敦：麦克米兰公司，1986），121－138页（特别是128－129页）。莫德尔斯基提及卢斯·伊利格瑞，《此性非一》，凯瑟琳·波特和卡罗林·伯克英译（纽约，伊萨卡：康奈尔大学出版社，1985）。

③ 吉尔伯特和古芭，《阁楼上的疯女人》，16－17页。

力的一种努力尝试。传统希望这样一种阅读变得毫不含糊，与此相反，女性主义阅读将这种对模糊性的承认视为对女性地位的承认，因而也就是“女性赋权”的一种形式。①

男性文本与女性文本之间的差异，也增加了女性阅读本身的双重性。男性标准扭曲了女性经验，并通过扭曲使此种经验为女性读者所感知到。这样的文本唤起了一种消极的阅读和一种积极的阅读：就该阅读抵抗男性标准来说，它是消极的；就该阅读抵抗作为通达真实经验之途径而言，它是积极的。关于这一点，帕特罗奇尼奥·施韦卡特（Patrocinio Schweickart）讨论了“双重解释学”②。解读女性文本的关键点与其说是抵抗，不如说是拥护，是具有三个关键特征的一种移情式阅读。首先，读者是一个富有同情心的见证人，“一个为女性作家辩
137 护的证人”；其次，读者将文本与文本所置身其间的语境联系起来；最后，读者认识到自己的主观性是通往文本客观性的必由之路③。一方面，由于女性主义读者的存在，男性文本引发了反抗——读者想要控制文本。另一方面，一个女性文本则引发了“主体间的交流”，在其中，读者与作者、文本和语境的主体性相融合，使后面这三者都染上了性别色彩。男性的距离模式与女性对话模式——“阅读的对话模式”相对立。④

性别与人物

这一女性主义阅读模式把大量注意力放在作为性别意识形态载体

---

① 莫德尔斯基，《女性主义与阐释的力量》，136页。

② “一个是消极的解释学，它揭示‘文本’与父权制意识形态的合谋，一个是积极的解释学，它恢复了乌托邦时刻——真正的核心，并且他们从中汲取了大部分的情感力量。”（28页）［帕特罗奇尼奥·P. 施韦卡特，《解读我们自己：走向女性主义的阅读理论》，收入《性别言说》，伊莱恩·肖瓦尔特编（纽约：劳特利奇公司，1989），17-44页。］

③ 施韦卡特，《解读我们自己》，30-31页。更一般而言，这种同情的解读必须加强女性的融合：“女性文本的女性主义解读受‘结合’、恢复或表述等需要激发。它们涉及同样的东西——语境和惯例，正是语境和惯例，将女性作家互相联系起来，与女性读者及批评家联系起来，也与更大的女性社会联系起来。”（32页）

④ 施韦卡特，《解读我们自己》，39页。

的人物身上。不但女性或男性人物的形象被仔细检查，在人物呈现上所使用的叙事技巧也被仔细检查。南希·米勒的《女主人公的文本》是这方面一个早期的例子。她在书中分析了18世纪英国和法国长篇小说中的女性人物。她把结构主义对叙事序列的聚焦与女性主义对女性生活故事的兴趣结合起来。在她所研究的小说中，叙事序列是由“失态的逻辑”（logic of the faux pas）驱动的：女人的生活是一条不安全之路，它可能由一个错误的选择而引发灾难。[①] 因此，女人是一种极易受伤害的生物，这种易受伤害性与她的性欲望有关。两种基本的叙事发展是可能的：一类是心满意足的，它能导致女性融入社会中；另一类是烦躁不安的，它能导致灾难。

自启蒙主义以来的小说经常选择书信体。在米勒看来，男人在信中所使用的修辞是一种双杀（double play）形式。一方面，男人想要引诱他的女性收信人，这就吸引了女人所谓的危险的性欲望。另一方面，他想让她服从父权秩序，这一秩序使女性的欲望服从于家庭的和平。女人面对男人的矛盾策略，有着摇摆不定的反应，叙事就为这种摇摆不定的反应所形塑。但结局——无论积极还是消极——必须消除疑虑。

在许多关于女人的圣经故事中，可以发现有关不确定性和解脱的类似故事。在《致命的爱》（*Lethal Love*）中，米克·巴尔致力于补偿热奈特式叙事学中该主题的缺席[②]。她的做法是研究圣经故事是如何理解女性主体的。她将这种理解称为一种搭配，一种在身体与道德之间的语词表达方式上的联系。在这些故事中，女人的身体被表现为不纯洁、不完美。它预示一种匮乏。这马上就被解释为一种道德

---

① 南希·K. 米勒，《女主人公的文本：英法小说解读》（纽约：哥伦比亚大学出版社，1980），1722－1782页。

② 米克·巴尔，《女人的想象力：叙事学批评风险下的〈旧约〉》（巴黎：尼泽，1986），15页。英译本系其完全修改本（压缩了理论部分）《致命的爱：圣经爱情故事的女性主义文学解读》（布鲁明顿：印第安纳大学出版社，1987）。此处所提及的页面未被译出。

138 危险。[①] 巴尔强调，圣经不是一个纯粹父权的文本，它并非简单地反对男性相对于女性之从属地位而言的权威地位。男性主体常常是不安全的、无力的。此外，正是这种不确定性，在女性叙事建构中被外在化（externalized）和涵容化（incorporated）。在关于亚当与夏娃的创世故事中，母亲位置被分配给女人，这最终抵消了女人的不纯洁性与男人的不确定性。这种位置驯化了身体，将女人融入教育的过程中，并缓和了男人的不确定性。这是一个签盖了夏娃名字的位置，“正如她的配偶所言，她的名字意谓‘众生之母’”。

男性刻板印象与女性主体之间的这种对立，是女性人物研究始终存在的主题。在上文提及的著作《使主体性别化》中，萨利·罗宾逊指出多丽丝·莱辛（Doris Lessing）、安哥拉·卡特（Angela Carter）和加瑞尔·琼斯（Garyl Jones）的作品展现了与经典模式完全不相符的女人及不能被简化为对经典模式的逆转或拒绝的女人。这些作者创造了复杂的、常常是矛盾的形象以破坏女人的主导形象。借由各种叙事策略，这些文本抵制了在一定时期主导某种文化的那种同质化的女人形象。[②]

性别与叙述

对叙述者的性别研究，同样以模糊性和冲突性为特征。在苏珊·兰瑟看来，女性声音是复调的。在某一层面上，它看起来是遵循男性修辞的；但在另一层面上，它又破坏了男性修辞。正如在关于叙事伦理的讨论中一样，兰瑟征引了巴赫金的复调概念。它本被认为是文学文本的一个普遍特征，现在则被视为一个典型的女性特征。兰瑟认为：“复调在女性叙述和其他被支配人群的叙述中更为显著，更为重要。”[③] 女性声音徘徊在附属与权威之间、私人与公共之间。文学文本的这种不确定性和模糊性，被很多后经典方法强调为文学的一个普遍特征，在女

① 巴尔，《致命的爱》，111页。
② 巴尔，《致命的爱》，128页。
③ 兰瑟，《走向女性主义叙事学》，350页。

性主义著作中则被阐释为可能为男性叙述者所使用的女性气质的一个特征。①

权威

这些叙事策略也适用于女性主义叙事学想要关注的矛盾中固有的权力斗争。兰瑟将每一个叙述都视为一种"对松散权威的探求"，很明显，这种探求是模糊的：一方面，权力之争是一种男性欲望，另一方面，它企求推翻男人的统治。② 这一企求是通过暴露传统的男性修辞技巧实现的，这一技巧将权力给予说话者。根据兰瑟的观点，这就是女性叙述者经常展现出高度自我意识的原因。在其他理论中，这种自我意识被视为文学性的普遍特征（小说被认为总是元小说的一种形式）；在女性主义理论中，这种自我意识则被视为女性叙述的一个标志。男性权威的虚构性就被暴露了，而女性叙述也以这种方式试图获得自己的权威③。 *139*

不可靠叙述

从这模糊的尝试到将权威赋予叙述，兰瑟讨论了三种基本的叙述形式。首先是**作者式声音**（authorial voice），它们大多是异故事的、故事外的、自我意识的和指向公共领域的。这是男性叙述者的陈词滥调。他的性别通常并没有被明确标出，但是读者就是会假设叙述者是一个男人。占用这一位置的女性叙述者会面对十分严重的后果。读者可能会因自己的期待与实际不符而感到十分失望，以至于他可能将女性叙述者视为不可靠叙述者④。我们再次看到，不可靠性不是源于文本本身（并且肯定不是来自与"隐含读者"之类问题重重的概念有相

① 兰瑟，《虚构的权威》，8页、35页。

② 兰瑟：《虚构的权威》，7页。

③ 兰瑟：《虚构的权威》，8页。

④ 苏珊·斯尼亚德·兰瑟，《性别化叙事：属性、欲望与性别叙事学》，载《叙事》第3卷（1995）：85-94页。关于不可靠的女性异故事叙述者的讨论，见88页。兰瑟有《性别化叙事学：走向一种叙述声音的性别诗学》一文，收入《超越界限：语境中的叙事学》，沃尔特·格伦茨威格和安德烈亚斯·索尔巴赫编（图宾根：君特·纳尔，1999），167-183页。关于不可靠性的讨论，见178页。

似性的某物），而是来自读者的期待模式。事实证明，性别在这些模式中发挥着十分重要的作用。

个人的声音（personal voice）是兰瑟从性别角度研究的第二种叙述者。它指的是各种形式的自故事叙述。因为它是个人的，所以读者经常视其为不太客观的、更亲密的或私人的。而且，这种声音如果属于一个女人，就很容易被视为与女人一体的——它违反了律法，因为律法规定，在男人绝对可以谈论的话题上，女人必须保持沉默[1]。仅仅是违反了沉默的规定，就可能将权威交付给此处的女性声音。此外，这些个人叙述中的女性形象可能与主流女性形象发生冲突。最后，这一叙述可以阐明是哪一个与性别有关的假设构成了下列信念的基础：这些个人叙述——当然是在女性个人叙述的情况中——是不具备任何一般有效性的小规模的、主观的报告。这种对传统的自觉的暴露，可以将其在与权威之斗争中转化为武器。

140 最后是**集体的声音**（communal voice），兰瑟认为这是边缘的、被压制的群体所特有的，"所以"（therefore）是女性的[2]。这种叙述类型没有结构主义的定义。兰瑟用这一术语指代"一种实践，在这一实践中，叙事权威被投入一个可定义的团体（a definable community）中，并通过多重的、相互认定的声音，或通过某个得到团队授权的个体的声音，以文本形式记录下来（textually inscribed）"[3]。恰恰是因为女性的和集体的方面，该叙事策略成为抵抗男性和个体的作者式叙述模式的最自然的形式。它有助于"女性身体政治（body politic）"[4] ——对立于个体的男性政治的集体的女性主义政治——的建构。正如我们将在后面见到的，"身体政治"这一术语也有直接的身体上的隐含意义，这一意义在女性主义话语中发挥着重要作用。

---

① 能够谈论的事情，不仅依赖性与性别，而且依赖性偏好。因此谈论异性恋比谈论同性恋容易（兰瑟，《性别化叙事》，91 页）。

② 兰瑟，《虚构的权威》，21 - 22 页。

③ 兰瑟，《虚构的权威》，21 页。

④ 兰瑟，《虚构的权威》，22 页。

性别与受述者

集体经常与女性联系在一起，而与主要是男性的个体相冲突。罗宾·沃霍尔在《性别介入》(*Gendered Interventions*)中表示，在受述者层次，女性叙事策略同样比男性声音更多地定向于实现团结性和集体性[①]。在对维多利亚时期小说的研究中，沃霍尔专注于那些直接面向受述者述说的片段。在这些片段中，男性作者（威廉·萨克雷、查尔斯·金斯利、查尔斯·狄更斯、安东尼·特罗洛普）试图将读者与事件拉开距离，而女性作者（乔治·艾略特、伊丽莎白·加斯凯尔、哈利特·比奇尔·斯托弗）则试图将读者卷入事件之中。沃霍尔认识到读者总会与说给受述者听的建议保持距离，但无论如何，她的证据相当令人信服地显示出，在19世纪中期，用英语写作的女性作家比男性作家更乐于说教。她们比男性作家更强烈地渴求改变世界。乔治·艾略特的散文清楚地表现出，她将说教的性情视为现实主义计划的内在部分，这一点显然证实了沃霍尔的假设。[②]

易装

沃霍尔轻而易举地举出了作为易装（cross-dressing）之表达的反例：男性的意识形态伪装成女性的叙事策略，或者相反[③]。这也许是一个非常轻率的解释方法，因为这样的解释没有完全说明下面这种可能性：她的语料库中的文本之典范化是由社会建构的女性气质概念导致的，该概念首重关怀与情感。根据沃霍尔的观点，这些价值是维多利亚时代女作家一直想要传达给她们的读者的。然而，这些价值以及沃霍尔的观点本身都不是中性的：它们自身不仅依赖“女性气质”这一社会概念，而且依赖一个具体的典范化进程，该过程决定了谁是所谓的维多利亚时代作家之代表。沃霍尔的语料库或许太小了，以至于 *141*

① 罗宾·沃霍尔，《性别介入：维多利亚时期长篇小说中的叙事话语》(新布伦瑞克：罗格斯大学出版社，1989)。

② 吕克·赫尔曼，《现实主义诸概念》(哥伦比亚：Camden House，1996)，19－23页。

③ 沃霍尔，《性别介入》，18页。

无法证明她所提出的一般化。然而，她的研究试图将性别的影响与植根于历史知识的叙事学的解释相联系，这不失为一个有创造性的尝试。

性别与文类

根据女性主义叙事学的观点，文类惯例（genre conventions）的使用同样带有性别的色彩。女性作家、叙述者和人物有时会利用这些文类模式，来宣称传统上与之相联系的权威。通过这样做，她们不仅削弱了传统上依附于某些文类的男性之权威，而且改革了文类惯例。萨利·罗宾逊将多丽丝·莱辛的玛莎·奎斯特小说四部曲阐释为女性对教育小说（Bildungsroman）中所描述的男性自我认识标准的操控。莱辛似乎选择了传统的教育小说，这一文类反映了“男性”目标导向的体系，诸如进步、职业和声誉等元素在其中处于核心位置。在四部曲的开头，玛莎似乎遵循着这种所谓的自我实现之形式。但是她与这一体系相互冲突，所以她的经典追求失败了。她的故事逐步地偏离了内在于该文类的男性价值观。玛莎没有发现功效，反倒发现了“运动的缺席”。[①] 拜这一缺席所赐，她得出了对自己的模棱两可的情势的关键性结论。作为第二次世界大战前后的中非白人殖民女性，一方面，她是“男性”体系的一部分，在这一体系中，教化（Bildung）被定义为文明和进步；另一方面，她渐渐意识到这一所谓的进步是一种幻觉。

性别与情节

个性（personality）的发展只是叙事文本中众多潜在情节之一。不过，考虑到目标导向的进化、自我扩张以及支配环境的欲望，这种个性的发展可以作为传统叙事学所称的情节之典型例子发挥作用。根据玛丽亚·布鲁尔的观点，这些传统的情节定义具有强烈的男性欲望特征，这种欲望是面向独立的、个人的发展和控制的，而且大多是在

① 罗宾逊，《使主体性别化》，20 页。

充满冒险、承诺和计划的故事中表达出来的[①]。从这一角度看，许多女性故事似乎根本没有情节。据称这些故事是对平安无事的生活的静止的沉思和描述。女性主义叙事学对这一指控的回应是，叙述本身就是情节，是冒险和欲望的藏身之处。交流不仅提供了叙述的形式，而且提供了内容和情节。[②] 只有从男性的、大男子主义的视角出发，这些文本才会以“无情节”或有“弱情节”的理由被丢弃。 142

露丝·佩奇将“女性情节”和“弱叙事性”的识别置于正典化（canonization）的进程中。这一正典的标准偏爱男性文本和情节。[③] 同时她指出，性别之外的其他一些因素也能起作用，女性作家同样可以展开设计良好的情节，男性叙述同样经常是无情节的。在她看来，男性情节与女性情节之间的二元对立是站不住脚的。

性别与欲望

将情节解释为欲望的一种形式，这只是女性主义叙事学将欲望引入理论中的多种途径之一。写作、讲故事和阅读不能与欲望的诸多面——例如交流的欲望、理解的欲望以及权威的欲望——相分离。兰瑟明确地将欲望的引入阐释为针对结构主义所谓的激进而科学的方法之批判。欲望是多种多样的，因而与对固定的、普遍的分类之经典探索背道而驰。欲望是不纯粹的，它不喜欢匀整的结构主义分类。欲望是不可捉摸的，它不能简化为理论能够告诉我们的那个样子。[④]

然而，女性主义叙事学试图将欲望引入理论之中。早期，特莱莎·德·劳雷蒂斯在她的论文《叙事中的欲望》（Desire in Narrative）中

① 布鲁尔的依据是安妮·勒克莱尔（Annie Leclerc），后者将“冒险故事”视为“一般叙事的一种模式”（布鲁尔，《解绑舌头》，1150 页）。这种故事的语言是“男性欲望之话语，它通过对冒险、计划、事业和征服的叙事，来讲述自身”（1151 页），而且总是“作为分离和驾驭之欲望的话语”（1153 页）。

② 兰瑟，《走向女性主义叙事学》，357 页。

③ 佩奇，《女性主义叙事学?》，46 页。

④ 兰瑟，《性别化叙事》，93 页；兰瑟，《性别化叙事学》，180－181 页。

对此贡献颇多[①]。她指责结构主义者将叙述仅仅视为一种产品、一个实体，而不是一个过程、一种运动。作为一种产品，叙事文本就被简化为建立叙述和聚焦等大厦的体系。如果将叙事文本视为一个过程，那么叙事文本就是主体试图进行自我设计的发展过程。这一主体不是像格雷马斯的行动元模式中的主体角色那样的抽象分类，而是一个扎根于历史和心理语境中的现实的人（actual person）。在这一语境中，性别发挥着至关重要的作用。一方面，故事表达的是受性别强烈影响
143 的欲望；另一方面，故事精心地生产了这一欲望。从这一意义上而言，欲望的主体是由其创作的故事所创造的。这是“创生成的主体，我们可以说，它恰恰是由它在叙事文类中的创生过程生成的”[②]。

欲望的动态是通过叙事发展实现的，后者经常由某种探求组成。德・劳雷蒂斯分析了叙事发展中不同的结构主义方法——如普罗普、洛特曼和杰拉德的著作——并且将其与弗洛伊德主义关于主体发展的观点联系起来，后者也包含叙事元素。根据弗洛伊德的观点，儿童经过一系列的阶段发育为成年人，在这些阶段里，俄狄浦斯情结的冲突标志着根本性的转变。德・劳雷蒂斯认为，俄狄浦斯作为一个神话人物是叙事英雄的典范：他想要认识、想要统治。女人同时以障碍（用斯芬克斯之谜对俄狄浦斯加以考验）和客体（俄狄浦斯想要拥有斯芬克斯的知识，并最终渴求他的母亲）的形象出现。女人是必要的弯路，是男孩转变为男人过程中的转折阶段。虚构作品中的英雄和精神分析中的儿童都有这种男性欲望：越过边界，占据并主导女人的空间。

欲望与差异

既然俄狄浦斯情结的变迁是“所有叙事的典范”[③]，那么叙事发展不能不与以下两者间的矛盾相联系：一方面是作为主动主体的男性英

① 这篇文章构成了特莱莎・德・劳雷蒂斯《艾丽丝不会：女性主义、符号学、电影》（伦敦：麦克米兰公司，1984）之第五章（103－157页）。

② 德・劳雷蒂斯，《艾丽丝不会》，106页。另见罗宾逊，《使主体性别化》。

③ “俄狄浦斯故事……实际上是所有叙事的范例。”（德・劳雷蒂斯，《艾丽丝不会》，112页）另见：“所有的叙事都被所谓的俄狄浦斯逻辑覆盖。”（125页）

雄，另一方面是作为被动客体的女性障碍。叙事是这两极之间无休止的运动。叙事创造差异，连接差异，再造差异。所以，“叙事作品……是对差异的绘制，具体而言，首先也是最重要的一点，是将性别差异绘制到每一个文本中”[①]。对讲述、生活和阅读故事的渴求，都必须从绘制差异的角度看待。故事诱惑读者认同主体——男人。对于女性读者而言，这一诱惑导致了模糊的身份认同：一方面是对男性欲望的认同，另一方面是对其女性对等物的认同。这一“双重身份认同”（double identification）[②] 是我们在女性主义叙事学中多次遇到的推理形式的典型例子：首先，在男女之间设立了对立；其次，女性表现出的是她们自己包藏下了这一对立，这意味着女性是模棱两可的。

就双重身份认同包括对男性欲望的认同而言，女性使自己臣服于男性叙事模型。这样她可以渴望以男性化的方式被渴望着。但是她将这一点与女性作为客体和障碍的地位联系在了一起，就此而言，她削 *144*
弱了作为主体和抱负之代理人的男性地位。在关于叙事形式的女性主义讨论中，我们也多次指出了这一模糊性：一方面存在同谋和顺服，另一方面存在抵抗和削弱。根据德·劳雷蒂斯的观点，叙事学既不应该解决模糊性，也不该忽视它，而仅仅应该绘制它。

欲望、语言与身体

在叙事文本中，这一“绘制”贯穿于翻译欲望和身体的语言之中。俄狄浦斯情结的叙事同时将意识形态形式赋予了两者。它们指出欲望、性感区或危险区的位置，例如美杜莎神话中可以杀死英雄的那一凝视。只有通过这种翻译，女性的身体似乎才能真正得以定义。似乎直到现在女性才获得了自身的本质。“于是，女性的本质，就是话语的产物”，该话语是由“男性的快感”驱动的。[③] 这里同样也是女人受到了引诱；她受邀使用并展现那一话语——从字面意义上说是使那一话语具体化。

① 德·劳雷蒂斯，《艾丽丝不会》，121 页。
② 德·劳雷蒂斯，《艾丽丝不会》，143 页。
③ 德·劳雷蒂斯，《艾丽丝不会》，149 页。

对身体的叙事表达是女性主义叙事学最明显的程序要点之一。或者，如特莱莎·德·劳雷蒂斯十分激进地指出的："那些桩柱，对于女人来说，深深植根于她们的身体。"身体不仅是欲望和性差异的基座，也是"表现视觉艺术、医学科学、资本主义媒体产业的最高目标"①。

传统的叙事语言所提供的身体呈现，不符合女性经验。她被迫寻找自己的语言。许多女性主义研究称这一语言为"施为的"（performative），因为它并不翻译一个给定的身份，而是生产一种永远不会彻底完成或固定的主体性。② 被埃莲娜·西克苏（Hélène Cixous）奉为经典的**女性写作**（écriture féminine）这一术语应该赋予女性身体一种声音，这一声音应该抵消女性身体中抽象和顺服的男性语言③。

传统的（精神分析的）观点视语言为一个设置边界并由此分隔和规划身体的过程。只有这样，人类才能获得一个身份。孩子可能生活在一个与环境无限共生的关系中；由于有了语言，这种共生为一个清晰勾勒出的身份所取代。**女性写作**拒绝这种二分法和进化：它想要成为一种越界和肉身性（corporeality）的语言，在这一语言中，身份不是固定的，而是一直被探寻的。这种探寻是永不停止的欲望运动。在
145 这一意义上，女性主义的主体是"流浪"的，逃避了传统的男性的分类④。身体也是这样，不能被限制于定义之中。

叙事学的语言——更普遍而言，文学批评的语言——不能不将这一动态的肉身性和主体性考虑在内，因此它必须远离结构主义者和后结构主义者的僵化的、非人格的和抽象的话语。用南希·米勒的话来

---

① 德·劳雷蒂斯，《女性主义研究/批评研究》，12页。

② 布鲁尔，《解绑舌头》，1157－1159页。

③ 埃莲娜·西克苏，《美杜莎的笑声》，基斯·科恩和宝拉·科恩英译，载《符号》（*Signs*）第1卷，第4期（1976）：875－893页。

④ 罗西·布拉伊多蒂，《漂泊的主体：当今女性主义理论中的化身与性别差异》（纽约：哥伦比亚大学出版社，1994）。传统的"男性"理论认为，欲望是有限地关注于可触碰且可被拥有的客体的。因此，无限的"女性"欲望就是一种任性的混合形式。参见特莱莎·德·劳雷蒂斯，《爱的实践：女同性恋者的性征与任性的欲望》（布鲁明顿：印第安纳大学出版社，1994）。

说，理论必须找到“重新体现作者”的方式[1]。对肉身的理论关注，绝对不能导向以掌握和主导一切为目标的传统话语之新版本。相反，它必须表明自身对其赖以存在的语境——包括它的偏好、前身、背景——之依赖。对于叙事学家而言，这意味着他不能不将自己的故事考虑进去。就此而论，罗西·布拉伊多蒂（Rosi Braidotti）说：“我想实践一套关于我自己的身体化谱系学的叙述。”[2] 根据米勒的观点，女性主义分析是存在局限性的；它既居于文本之中，又由文本定位，但是它拒绝安定下来。这就使得一般理论不受人欢迎，并将我们带回了对女性主义叙事学的讨论的起点。

女性主义与穆瑟斯

穆瑟斯的故事与上文讨论的多个女性主义关注点相联系。其中一个例子是，文中有一位女性主人公，她具有抵抗和模糊性的特征。虽然女骑手抵抗专制的马术教练，但是她想让自己拥有力量，更具体地说，是想要拥有飞翔的力量。马术教练这一人物也比首次阅读时暗示出的更加模糊。乍一看，马术教练专制的行为唤起了压迫女人的男人这一陈腐形象。这一形象通过荷兰语 pikeur 的含义之一——“玩弄女性的人”——得到加强。在任何情况下，马术教练都是专制的人物形象，他想要女骑手穿真正的马裤，但是对于他相当坚决地表达出来的这一希望，他的学生却有自己的想法。

然而，对这一情景的刻画没有考虑到一种事实，即马术教练可能是一个女人。这个人物从来没有被称为“他”。在荷兰语中，即便一位官员是女性，也用阳性的词语表示，这是目前的一种做法，或许该文本的叙述者遵循了这一做法。在这种情况中，可能连一个女性词汇都没有，因为 pikeuse 似乎不是正确的荷兰语单词。如果马术教练是女性，那么她描绘女骑手们还未经历过的神圣感觉的语词暗示她自己是

① 米勒，《顺从改变》，14 页。米勒也谈到“使客观性、写作以及文学理论三者间的关系重新物质化”（16 页）。

② 布拉伊多蒂，《漂泊的主体》，6 页。

一位已经经历过这种感觉的过来人。马术教练有可能是女性这一事实，
146 有其他重要结果。它揭露了“马术教练必须是男性”这一“自发的”假设，由此揭穿了过时的偏见的投射，以及男女之间关系的等级制度——由穆瑟斯描绘的马鞭唤起——的思想。对于这个文本而言，这一解读并不牵强，因为文本中穿特定的裤子就是一种中心主题。在荷兰语中，de broek dragen（穿裤子），说的就是女人控制自己的丈夫。

而且，我们万万不能忘记，在故事的结尾，女骑手“明白了”为什么最好穿一条真正的马裤。马术教练的性别无法最终确实的事实使得对结局产生了至少两种解读。在传统的理解中，马术教练是个男人，他的话被证明是正确的，这就证实，甚至加强了他的权力地位。然而，当提到“穿裤子”时，一种新的阅读成为可能，即：穆瑟斯同时削弱了这一权力。在不那么直接的阐释中，马术教练是一名女性，她可能只是为了给女孩展示穿真正马裤的愉悦才建立自己的权威。这一愉悦感甚至可能被视为与男性相关的权力之隐喻。在这一语境中，穿着适当的裤子骑马以及赋予骑手的翅膀，甚至可能引发色情的解读：女人“骑”在男人身上，并以这种主导位置达到性高潮。虽然这可能有点别出心裁，但是人物塑造和聚焦确实鼓励读者以女性叙事学的方式阐释这一故事。对这一鼓励的接受将《翼马》变成了关于性和权力的文本，尤其变成了关于由这些主题间的相互作用所激发出的传统形象的文本。

这一女性主义解读将人物和主题放到了透视视野之中，同时，也将它们放到了模糊的叙述和由苏珊·兰瑟提出的与复调的女性叙述相关联的意识呈现之中。这不仅与自由间接言语的使用相关，而且，后者有时会使得人们难以将叙述者的声音与人物的声音区分开。这里还有女骑手的声音，这一声音作为反讽的回声，将马术教练的话转变成了问题。无论在字面意义还是在比喻意义上，这一转变都质疑了权威
147 的话语。这一质疑一直持续到故事的最后几行。“这是一种想法，还是正是那种感觉?”这一问题后紧跟着一个新问题，这次没有问号了：

“随便怎样吧。”没有问号暗示这一“回应-问题”就是结论：人们不应该寻找问题的明确答案。问题**即**答案。对故事的不确定性的回答——它是纪律还是游戏，是想法还是感觉？——在于对这一不确定性的接受。正是这一接受导致了越界，进而起飞。这既是女骑手的欲望，也是马术教练的欲望，它不仅架起了人物之间的桥梁，也架起了诸如纪律与游戏、想法与感觉等对立面之间的桥梁。

女性主义与克劳尔

《地图》同样涉及女性人物和权威的问题。书店里的帕尔曼太太穿着短裤。她的名字似乎带有她的男性特质的双重符号：**paal**（pole，棍）很容易被视为生殖器的象征，“男人”（man）是她名字的一部分。通过将书店描述成客厅，她在家里的掌控地位也反讽式地被暗示出来了：“它的面积与一间起居室的大小不相上下。”这就将传统的男性特质转移到了女人身上。但是很明显，在接下来的虚构世界中，它并未暗示对既存的陈规旧习的削弱。村民（或顾客）接受一个事实：文学的偏好在很大程度上取决于读者的性别。人们“要一本轻小说，送给十七岁的姑娘”。

村庄似乎也珍视其他的意识形态陈规旧习。基督教的意识形态将星期天变成了休息日。商店关门了，放下了窗帘，“与外界分隔开”。尽管如此，第一人称叙述者还是被允许看到了地图，由此打破了典型的封闭的世界。它召唤他“骑”遍地图上的所有地方。这一欲望更具有个人主义色彩，相对于穆瑟斯的翼马的欲望，即架起桥梁的欲望，它更多的是针对精通。“最让我激动的是这一想法：**行遍各地**是有意义的。我也期望我能够身体力行，走遍全球。无处不在……”虽然这一自我没有像穆瑟斯的故事一样挣脱地球，但是它覆盖并统治了全球。身体变成了权力的工具，用来通过骑行来征服地球。

一旦这一征服发生，一切就都已被绘制出来，地图对叙述者而言就“失去意义”了。他的欲望得到了满足，从而消失了。这与穆瑟斯笔下的女骑手间的对比十分鲜明，她非但没有消失在自己的飞行中， *148*

反而活在其中。做个不太恰当的类比，人们可以将克劳尔的第一人称叙述者之个人主义的、目标导向的和有限的渴望，视为所谓的男性欲望的例证，而穆瑟斯笔下女骑手的越轨的和无限的欲望，则可以被称为女性化的欲望。

聚焦和叙述可以与这两种欲望类型联系起来。在克劳尔的文本中，故事以回顾的形式讲述。就像它所表达的欲望一样，被述的时段绝对结束了。叙述者与男孩之间有时间距离，它自身就暗示着叙述者将自己与儿童期的欲望分离开了。穆瑟斯的文本特征是同时叙述，而且热切盼望着“你起飞”的时刻，无论是在感知上、叙述上还是在关于所谈论的欲望上，都没有距离。克劳尔的故事让人感到是在建立界限和间断，而穆瑟斯的故事可以说是在建立桥梁，穿越界限。

通过例证，我们有意识地以极端的方式强调这两个故事的对立。这当然是一种简单化，这一简单化冒着风险提出了关于“男性欲望”和“女性叙事形式”的本质主义主张。然而，这一解读也显示出，性别确实发挥着作用，即便是在并不明显涉及男女间关系的故事中。毫无疑问，这一作用在直接解决这些关系的故事中能够被更好地、更简单地描述[①]，但是很难说运用女性主义解读必须依靠性别在情节中之重要性。这不是一个客观的标准。在一定程度上，读者可以自己确定性别对于阐释的重要程度，这一确定将不可避免地受到读者对**文本外**性别问题之重视程度的影响。即便是在乍一看与性别没有多大关系的文本中，读者也可能在寻找这一意识形态的问题。毫无疑问，读者将会“发现”许多事情。在文本中发现的意识形态受读者依附其上的文本外意识形态的影响，反之亦然：这一“外部”意识形态也受到阅读文本之行为的影响。实际上，意识形态只有在受文本触发时才发挥作用。仅仅通过说文
149 学在客观上包含性别方面的内容，读者是无法走出解释的循环的。

① 在此方面我们与露丝·佩奇的观点一致，她曾说：“如果说叙事形式与性别有什么关联，那么当故事表现与性别问题紧密联系时，这种关联会更为显著。”上述论断将会越来越有说服力（佩奇，《女性主义叙事学?》，52页）。

三、叙事学与可能世界

相对而言，“可能世界”（possible worlds）这一概念是近来才被引入叙事学的，这一概念源自模态逻辑学（modal logic）。该学科研究命题的可能性、不可能性、偶然性或必要性。尤其是托马斯·帕维尔（Thomas Pavel）[1]、卢伯米尔·多勒泽尔（Lubomir Doležel）[2] 和玛丽-劳尔·瑞安[3]曾经指出，这个概念对文学理论而言是无用的。我们以《文学理论中的可能世界》（*Possible Worlds in Literary Theory*）开始，在此书中，露丝·罗南（Ruth Ronen）讨论了这一概念的多种用法，展示了它对文学文本分析有何益处[4]。为了以更具体的方式描绘文学文本中的模态结构之特征，我们将依靠多勒泽尔。最后我们将讨论可能世界理论的一个具体应用——戴维·赫尔曼（David Herman）在假定聚焦方面的研究[5]。

正如我们在网络叙事学中讨论的一样，“可能世界”的概念可以与“虚拟现实”（virtual reality）联系在一起，后者经常出现在超文本的研究中。根据瑞安的观点，虚拟性（virtuality）有三种意义。第一，这一术语可以用作“虚幻”（illusory）的同义词。虚拟现实是给我们一种真实的错觉的虚假现实。第二，这个概念指的是计算机科技。虚拟现实是由科技激发出的世界，如万维网。第三，虚拟性可与可能性

---

① 托马斯·帕维尔在此领域最重要的著作，是《虚构的世界》（剑桥：哈佛大学出版社，1986）。

② 例如，可参见多勒泽尔的《叙事模式》，载《文学符号学学刊》第 5 卷，第 1 期（1976）：5－15 页；《外延与内涵的叙事世界》，载《诗学》第 8 卷（1979）：193－212 页。更为晚近的、包容万象的处理是《异宇宙：虚构作品与可能世界》（巴尔的摩：约翰·霍普金斯大学出版社，1998）。

③ 玛丽-劳尔·瑞安，《可能世界、人工智能与叙事理论》（布鲁明顿：印第安纳大学出版社，1994）。

④ 露丝·罗南，《文学理论中的可能世界》（剑桥：哈佛大学出版社，1994）。

⑤ 戴维·赫尔曼，《假定聚焦》，载《叙事》第 2 卷，第 3 期（1994）：230－253 页。

(possibility) 及潜能 (potentiality) 同义。在该种阅读中，虚拟现实变成了一个潜在的或可能的世界，由此网络叙事学可以与模态逻辑及由它引出的可能世界中的叙事学联系起来[①]。正像网络叙事学将文本世界视为由不同层次的虚拟现实组成的覆写本一样，可能世界的理论将世界设想为潜在现实与既存现实的混合复合体。

真实与现实

从柏拉图到伯特兰·罗素，关于真实的传统理论，都是通过观察其与世界中的情形之一致性来判断命题的真实价值的。因此，虚构文本中的命题无论如何都不具备真实价值。然而，文学文本的确经常指涉现实。为了阐明这类指涉的特征，哲学家约翰·赛尔 (John Searle) 将虚构言语行为描述为：使它们看似指涉现实。它们不用达到标准的言语行为之全部要求。通过这种方式，赛尔为文学文本提升了惯常的真实规则，并由此在一定意义上恢复了该种文本类型[②]。

150 在语用学理论中，真实不再被视为语言与世界之联系的结果。此外，真实也不再被视为一切皆是或一切皆非的问题。对读者或听者而言，陈述是可以接受的，也是有道理的，从这个意义上而言，它们就是真实的。根据这一理论，一个命题无论如何都可能是真实的，即便命题的所指并不存在。对于一个有可能真实的话语 (utterance)，所指的事态不必存在于现实之中。即便不知道事态是否真实，也可以将话语视为真实的。这就取决于该话语在什么程度上被判断为在其语境中运行良好。如果话语“发挥作用”，就可以将其作为真实的。长篇小说中的话语，如果有助于该书具有合理性或让人印象深刻，就可被视为

① 关于虚拟性的三种意义的讨论，参见瑞安，《作为虚拟现实的叙事》，25－74页。她把皮埃尔·雷维的观点作为与网络叙事学及模态逻辑学有关的理论实例，后者将模态操纵者的转变（例如从“可能性”到“现实”）视为虚拟现实和/或现实化之过程（35－39页）。瑞安在《作为虚拟现实的叙事》中讨论了可能世界理论，见99－105页。

② 关于指示性言语行为的讨论，参见约翰·赛尔，《言语行为：论语言哲学》（剑桥：哈佛大学出版社，1969)，72－96页。苏珊·兰瑟在“附录：言语理论与虚构话语的地位”中涉及了这一观点（《叙事行为》，283－294页）。

真实的。它们在自己的语境中十分完美地发挥作用，那就足够了。

真实与虚构性

上述真实的概念，与当前反模仿的虚构理论完美契合，后者认为虚构作品创造了自己的不着边际的世界，该世界中的命题既可以是真实的，也可以是虚假的。内部标准足以做出决定。虽然由文学文本激发出的世界可能会偏离现实，但这并不意味着它是一个不真实的世界。当然，这种关于虚构性的视角，也并不暗示着文学与文本外的现实毫不相关。虚构文本的运行，总是与非虚构文本相关联，因此，它们可以告诉我们许多关于所谓的现实性文本以及所谓的现实的事情。例如，历史小说与历史编纂学之间的关系可以告诉我们很多关于处理往昔（所谓文本外的现实）的方法。

现实与可能性

“可能世界”这一概念的使用，根植于真实之语用学理论，并充实了与之伴生的“虚构性”概念。可能世界的理论始于一个简单的观察，即某些情况本应有不同的发展，或简单来说，世界本可以不同。关于现实（actuality）发送给这些可能世界的指令，存在很多不同的观点，但是所有使用这一概念的哲学家都同意，非现实（non-actual）可能性可以构成一个可以形成一致的话语的完美一致的体系。

正如玛丽-劳尔·瑞安指出的，三元模态经常被用来呈现可能世界的现实（actuality）[①]。可能世界的理论将现实（reality）视为一个由三个不同层次或曰三个世界组成的宇宙（universe）。其中心是现实（actual）世界、既存事态。可能世界像卫星一样环绕这一中心，在外围我们发现了不可能世界。卫星与外围的区别在于它们与中心的所谓可达性（accessibility）关系。可能世界可以通往现存世界：它们可以在某一时刻成为真实的。对于如何确定这一点，不同的理论家有不同的看法，但是逻辑规律和时间规律经常被用作确定文学世界能否进入真 151

① 本段参照了瑞安，《作为虚拟现实的叙事》，99－105页。

实世界（real world）的标准。一个不遵守逻辑排中律的世界（例如，一个人物同时是已死的和活着的）被称为外围世界或不可能世界。根据这一观点，像老人突然变成了孩子的故事同样也会创造出一个不可能世界。

这种方法将虚构小说视为可能世界或不可能世界——如同我们所知的模态选项之一。虚构小说作为可能世界构成了一个自治的、封闭的体系，这一事实意味着既可以毫无问题地将其比作另一可能世界（例如梦），也可以通过参考其他存在论体系（它所基于的现实世界）来对其进行描述。很多文学理论家遵循翁贝尔托·埃科的观点，倾向于将现存世界解释为一种文化建构[①]。于是虚构性就被视为以下两个体系间相互作用之结果：一是文学文本建构的体系，二是在关于现存世界的知识的形成中读者及作者可资利用的体系。长篇小说所创造的世界被称为虚构的，是因为它被看作既存事态的一种替代性选择。

可能世界的优势

对叙事学而言，这一理论最普遍的优势是它呈现了这样一个以哲学为基础的框架：它将叙事文本视为拥有自己的规律，同时又与语境相关的体系。在经典的侦探小说中，一个被谋杀的人物死而复生是不可能的。在这个例子中，对“可能”的定义与人类现实（reality）经验中被视为可能的事情高度契合。在非经典的侦探小说，如亚特·琼斯特拉（Atte Jongstra）的《M 公寓》（*The House M*）中，这样的死而复生是完全可能的[②]。我们谈论的谋杀也是反复发生的。在这本小说中可能发生的事情，显然偏离了日常现实中的可能性。

模态

除了这种普遍的、以语境为中心的意义之外，可能世界理论也使

① 例如，可参见翁贝尔托·埃科，《读者的角色：文本符号学探索》（布鲁明顿：印第安纳大学出版社，1979）中“法布拉中的讲师”一章，200－260 页。

② 亚特·琼斯特拉，《M 公寓 演说家回忆录》（*Het huis M. Memoires van een spreker*）（阿姆斯特丹：接触公司，1993）。

得将文学文本中的叙事世界设想为一个可能世界之集合成为可能。故事之建构和进化被视为这些世界之间的互动。单一文本中的每一个可能世界，原则上都是通过诸如概率（probability）、可能性（possibility）或必要性等具体模式加以定义的。《地图》中的男孩将把所有地点绘制到地图上，以及游遍各地等的欲望视为可能性。对于成年叙述者而言，这种渴望构成了不可能世界的一部分，这一渴望的失败也是一种必然。不同可能世界之间的互动看上去对于人物和故事的发展至关重要。 *152*

诸世界间的互动及其关系，因故事不同而各不相同。在自然主义文本中，“何者为可能的”很有可能要屈服于“何者为必然的”：梦与不可改变的现实之间的碰撞。在威廉·布莱克曼的小说中，这种等级经常会被推翻，因为相对于可实现的现实，主人公们更偏爱不可能实现的梦。强制的现实是恐怖的，可能性会导致灾难，只有不可能才是有趣的。《拆迁》（*The Wreckage of Things*）中的主人公力争不可能发生的时间暂停。他的村庄的毁坏涉及一个模态陈述：“杜因道普（Duindorp）将被拆除，我把它视为一场灾难。因而，它就是可能的。”[①] 现实是这一毁坏的结果——即衰退和死亡——“使得一切都致命的真实”[②]。不同的模态无尽地交替，永无一个最终的胜利或解决方案。所以布莱克曼小说中虚构世界间的互动，没有产生在克劳尔或自然主义者作品中出现的完结。被提供给读者的，是一个没有明确的情节或清晰的结尾的故事。可能世界的无尽的交替是这个看似没有方向的故事之基础，尽管故事的目的是尽可能地推迟必然的结局以及真实的毁坏。

真势模态

为了研究小说的叙事或虚构世界中不同种类的模态，多勒泽尔开

① 威廉·布莱克曼，《拆迁》（*De sloop der dingen*）（阿姆斯特丹：探求出版社，2000），118页。

② 布莱克曼，《拆迁》，85页。

发了一个四维体系[1]，并分别用三个条目来描述每一个维度的特征。首先，叙事世界可以从**真势模态**（alethic modality）角度加以描述。真势一词源自希腊语单词 aletheia，后者原意是“事实”。真势模态指的是在自然或逻辑规律下一切必然的、可能的或者不可能的事物。必然性、可能性和不可能性组成了真势模态的关键标准。

这方面最清楚的例子莫过于因果关系和时空特异性。在虚构的世
153 界中，人可以违反自然规律而飞，因而构成了一个超自然世界。从物理上讲，这种世界是不可能存在的。然而，它可以在逻辑上完满自洽，就此而言，它在逻辑上是可能的。只有当这个超自然世界中的逻辑规律也被违反时，该世界才会在逻辑上变得不可能。一个人可以飞的童话，不一定是一个逻辑不可能世界。而且，就真势而言，很多中间形式也都是可能的。处在自然与超自然世界之间的就是中间世界——例如梦和幻觉——这可以用十分合逻辑和自然的方式进行解释，例如因服用毒品而产生幻觉时。有些事情在某个世界中对某个人物而言是不可能的，而在另一个世界中对另一个人物而言或许就是可能的。这种情况在定义英雄时发挥着十分重要的作用，英雄多半是有能力做其他人物没办法做到的事情的人。

义务模态

叙事世界中的第二种模态形式与准则有关。在一个虚构世界中，有些事情是被禁止的，另一些是被强制的，还有一些则是被允许的。禁止、强制和允许是**义务模态**（denotic modality）中的三个基本构件。根据多勒泽尔的观点，义务的行动标志是叙事性最丰富的资源[2]。一个行动——例如一趟旅行——它本身以及通过它自身呈现的是完全中性的，但是从义务上而言，它可能违反了会触发整个反作用体系的禁令。诸如考验、启动和跌落等典型的叙事模式，都可以从这种模态的角度加以分析。

---

① 多勒泽尔，《异宇宙》，113－132 页。

② 多勒泽尔，《异宇宙》，121 页。

当然，这些准则在故事进程中可能会变化，而人物在这种变化中会发挥重要作用。他们的重要性和地位，甚至经常取决于他们对主导准则之转变所做的贡献。英雄会通过推行允许之事和强制之事来展现他的权力。准则的世界在不断地发展，因为准则是持续的斗争之根本。个人准则与普遍准则的斗争形成了诸如被禁止的激情，或从沉闷的环境中解放出来等固定的叙事模式之基础。

价值论模态

第三种可以用来描述虚构世界的模式是**价值论模态**（axiological modality），即道德评判。其同样有三种可能性：好的、坏的或无所谓的。主体（人物）与他们的环境之间存在持续的互动。某人物所认为的好的
事情从环境角度来说，也可能是坏的。就像义务模态一样，价值论模态 154
也构成了叙事行为十分重要的资源。在多数情况下，价值论模态通过渴望或厌恶的迂回而导向行动。传统的英雄会渴望好的事情，这种渴望将促使他投入行动。一个奉行虚无主义的人物似乎受无所谓的驱动：他发现自己所处环境的价值不好也不坏，他不在意这些价值。

认识模态

虚构世界的第四个也是最后一个模态是**认识模态**（epistemic modality），它由三种可能性构成：知识、无知和信仰。信仰指的是人物的预设，它不基于故事中的真实事态。在多数情况下，知识在人物中的分配是不均匀的，这就构成了叙事行为的重要来源。侦探就是这类人物最好的例子，他从最初的无知到掌握知识。阴谋家得以存在，则有赖于受害者的无知。误解和错误的预设是诸如过失喜剧之类的典型叙事模式之基础。更普遍而言，知识、无知以及信仰之间的互动是探索、欺骗和失望等叙事模式的中心。

互动

故事中的行动可以被简单地作为上述四种模态间的互动加以研究。例如，可能的事情会是被禁止的和坏的。只要这种可能性没有渗入人物的意识和知识，就没有什么问题。但是，当人物得知这一可能性并

开始将这种可能性视为有价值的或好的时，各种叙事的可能性就会意外发生。面对精确构想出的禁令，人物可能会意识到某件与该禁令相关的事情，这就可能矛盾地导致违反该禁令。这一方面的极端例子可以在下面这句允诺中找到："你可以得到埋在此树之下的宝藏，但是你不能在挖这宝藏时想到大灰狼。"如果没有这个禁令，听者在意识中可能绝不会想到一头狼，也就绝不会违反这一禁令。

模态与情节

这四种模态之间的互动可以解释叙事发展和情节的多个方面。这样，功能主义的情节概念就可以得到改进。经典叙事学通常从关于结局的知识入手确立叙事结构。因此，这一结构往往会通过引用在虚构
155 世界中实际发生过的事件来加以描述。然而，没有真正发生的事情（例如梦和计划）对叙事结构而言常常是至关重要的。如果将叙事文本视为可能世界间的互动，所谓的非事件（non-event）就来到了前台。在这种解释中，各种模态就被纳入考虑范围中，它们虽然没有作为真实事件出现在故事中，但是对本书第二章中描述过的故事的意义而言却非常重要①。不能忽略某一情境的持续的不可能性，因为它也许对在那一时段内可能发生的事情甚至真实的事情至关重要。《包法利夫人》的情节在很大程度上是由主要人物未获满足的欲望推动的，因此可能世界与她发现自己置身的实际情境之间的矛盾，必然是对福楼拜叙事结构的叙事学阐释的一部分。

可能世界与读者

露丝·罗南表示，一些文学理论家比另一些人在更隐喻的方式上使用可能世界这一概念。对戴维·赫尔曼而言，可能世界归根到底就是读者用来解释叙事文本中（有问题的）因素的那一语境，这样这些因素才会变得有意义、可接受，由此也才成为极有可能的。在路易·

---

① 克洛德·布雷蒙在叙事学早期阶段就已经注意到了这些方面，但是在罗南看来，他仍过分强调了具体叙事发展中的真实选择之可能性。参见布雷蒙，《叙事的逻辑》一书及《叙事可能性的逻辑》一文，后者载于《新文学史》第 11 卷，第 3 期（1980）：387－411 页。

费伦（Louis Ferron）的小说《费奇腾沃德石匠》（*The Fichtenwald Stonecutter/De keisnijder van Fichtenwald*）的开头，人物弗莱德连将环境视为平静而舒适的，而读者很快就意识到这是一个集中营。读者对这些集中营的认识将逐渐揭露弗莱德连不无疑问的观察是一个谎言。[1] 戴维·赫尔曼举了一个例子，是关于布鲁塞尔的一段陈述。文本中的某人物说布鲁塞尔有很多有趣的博物馆，这并不必然意味着人物在声称比利时的首都有很多有趣的博物馆。然而，一个知道布鲁塞尔是比利时的首都的读者或许会这样理解这句话，因此他会创造一个可能世界，并且他所创造的可能世界或许大大偏离了人物的可能世界。每一个读者都有不同的知识，会建构自己的可能世界。[2]

可能世界与聚焦

在可能世界的建构中，聚焦发挥着重要作用：弗莱德连误导性的观察，对读者的理解十分重要。某种类型的聚焦隐含着某种程度的（不）确定性和（不）可能性。如果对集中营的观察是来自可靠叙述者的诉说，而不是来自像弗莱德连这种谎话连篇的人物，那么读者就会觉得这种观察更加可信。或许他会得出结论说，小说中的其他事情会 156
比在他的世界中更加可能发生。当读者将小说非现实的世界接受为真实的或可能的时，玛丽-劳尔·瑞安提出了“再定中心”（recentering）。通常，现实世界是以“我”为中心的世界；“我”不能移到现实世界之外，因此“我”不能仅仅将其视为一种可能性[3]。如果一个读者被自己所读的文本说服了——或者为它着迷不已——那么他就放弃了自己作为局外人的位置，而将自己放在了叙事世界的中心，叙事世界也因此从（不）可能变为真实。文本聚焦是导致读者视点变化的因素之一。[4]

---

① 路易·费伦，《费奇腾沃德石匠》（阿姆斯特丹：忙碌的蜜蜂公司，1976）。

② 赫尔曼，《假定聚焦》，234－235 页。

③ “现实世界是我讲话的世界，是我沉浸其中的世界；而非真实之可能世界（nonfactual possible worlds）则是我从外部加以观察的世界。”（瑞安，《作为虚拟现实的叙事》，101 页）

④ 瑞安，《作为虚拟现实的叙事》，103－105 页。

假定的聚焦

但是这种“再定中心”不总是导致将文本世界作为真实的并长期或永久地接受。在很多情况中，一次“再定中心”紧接着另一次，就像是一个聚焦紧接着另一个聚焦那样。关于所呈现世界之真实性，并不总是能达成一个明确的结论。根据被述内容的不同，叙事文本表现出了不同程度的确定性，有时无法在看似现实的文本与被认为是可能世界的文本之间画出清楚的分界线。这肯定是戴维·赫尔曼所说的**假定的聚焦**（hypothetical focalization）的例子。这个术语指的是观察之可能中心。像是石头和书这样无生命的东西，在埃德加·爱伦·坡的作品《厄舍古屋的倒塌》（*The Fall of the House of Usher*）中变成了经验的中心。在伊杰兰德的作品《美妙之景》中，作者让一只松鼠标本讲述并观察这个故事。由死去的动物编造、讲述的故事，变成了主人公萨尔曼（Zaalman）生活中的现实，作为动物标本剥制师，正是萨尔曼准备了这只动物。假设的观察不总是与非现实的观察者捆在一起，也可以通过条件结构建构起来，例如拉什迪（Rushdie）的作品《哈龙与故事海》（*Haroun and the Sea of Stories*）：“奥妮塔小姐站在楼上的阳台，像果冻一样颤抖不已；如果不是外面一直在下雨，哈龙就会察觉到她正在哭。”①

戴维·赫尔曼通过把结构主义的聚焦类型置于一个连续统中，而将可能世界与聚焦结合起来。一端是对所交流之事的完全的确定性，另一端是完全的疑惑性。外部聚焦暗示着一段可以被读者解释为确定性的标志的距离。读者可能是错的，例如，当一个不确定的或不可靠的叙述者使用所谓的全知感知时，内部聚焦则向着疑惑性的一端移动。在固定的内部聚焦者的情况中，态度和观点多半根植于单一的可能世界，这就会在读者中引起一种不确定性的感觉，尤其是当人物的观察

157 与读者认为是正常的事情不相符的时候。然而，一个固定的观察中心，

① 萨尔曼·拉什迪，《哈龙与故事海》（伦敦：格兰塔公司，1990），21页。

相对于变化的和多重的内部聚焦，通常会引起更少的疑惑。这些聚焦类型分别产生了一对或一整套可能世界，它们互相之间经常没有任何清晰的一致性和系统性。

戴维·赫尔曼将假定的聚焦置于最接近疑惑性的一端。在这种类型中，观察者的存在是不确定的，这就不可避免地会引起对于他的观察的疑惑。然而，在我们看来，读者也可以将这种类型看作为叙述者引入新的因素而不会引起对其价值的怀疑的一种非常传统的方法。18世纪的小说中充满了全知叙述者，他们时不时地通过介绍关于自己的陈述有所保留的地方，使他们的全知更加可信。重复使用如“或许”（perhaps）和“大概”（probably）这样的词，给读者留下了可信的而不是可疑的印象。假定的聚焦同样可以创造出这样的印象。由另一个自我、替身或幻影观察到的那些片段，会强化而非削弱主要人物的经验。

可能世界与穆瑟斯

《翼马》勾勒了一个人类可以骑马飞翔的虚构世界。在这个虚构的世界中，这个特征是一种不被质疑的可能性。由故事提出的问题与其说是“人类能骑马飞到空中去吗?”，不如说是“马裤能产生这种形式的超然吗?”。而这正是女骑手与马术教练之间的斗争焦点。冲突首先涉及的不是人可以飞翔的世界到底是真实的还是虚假的，而是实现这一世界所经由的方式。马术教练从来没有否认人可以骑马飞到空中，只是否认未经必要的训练就能起飞这件事的可能性。

马裤在这个自我训练中扮演着关键的角色。对于裤子重要性的讨论，是通过贴近口头对话的变换式聚焦强调的。马术教练坚信马裤的功用，女骑手则认为马裤太浮夸了（至少在文本的第一部分）。两个人物形象（figure）之间的区别可以用多勒泽尔的模态进行描述。在价值论模态上，马术教练认为马裤是好的，但是女骑手不这么想。在义务模态上，马术教练坚持穿马裤是必须的，但是女骑手却不这么觉得。从真势模态来说，根据马术教练的观点，马裤是必要的，但是在女骑手

看来却不是。最后，这场战役移到了该维度的第三极。从价值论模态
158 而言，“无所谓”一极胜出了——人们是否穿这种马裤不重要。在义务模态上，“允许”一极胜出了——马裤可以穿，但是“一条简单的紧身直筒牛仔裤”也同样可以。从真势模态而言，马裤是可能的事情之一部分，而不属于必然的事情。从这三个维度转换的角度看解决方法，故事最终还是选择了最大的开放性之可能：“胜利”的一方，是“可能的”“允许的”“无所谓的”。这样，两个人物间的斗争展现出在这个故事的虚构世界中，很多事情都是可能的——或许比读者认为真实的世界中的要多。

还有第四个模态——认识模态。从这一维度看去，故事始于两个人物之间的斗争：一个是马术教练，他假装知道事情应该如何做；一个是女骑手，她显然什么都不知道，并不断地问问题。最后，女骑手虽然确实知道了事情是如何运作的（“她终于明白了”），但是她的认识结果是一种无知。她一点儿都不知道想法或感觉是否处于险境，但是她确实知道那些都不重要。她的知识不等于屈从于马术教练提供的视界——后者似乎知道一切——并能够在想法和感觉中做出选择（“最重要的是感觉”）。女骑手的知识是由接受某种无知构成的。

从各方面考虑，穆瑟斯故事的晦涩性，可以从把通常的几种模态结合起来的角度加以解释：有知识的和无知的；好的和无所谓的；强制的和允许的；必然的和可能的。这种结合使得各种事情在故事中变得可能，也解释了为什么许多因素都升到了空中——既是字面意义上的，同样也是隐喻意义上的。围绕什么是可能的、什么是不可能的发生的冲突，导致了结合而非挑选和抉择。

关于这一冲突的“斗争”，并非不同的可能世界的不明朗的态度或抽象的展陈。可能性一点儿都不是完全自由的或神授的。它们在权威的语境中发生并推行。马术教练之所以处于权威的地位，或许是因为
159 他的年龄（无论如何，他都比女骑手年长），又或许是因为他的经验和知识。这两个人物的可能世界，受到了马术教练地位的强烈影响。

在文本的第一部分，两个人物不仅对于马裤的态度不同，而且对于权威观点的态度不同。马术教练认为自己的权威是不言而喻的。这通过他极度的自信显露出来，带着这股自信，他试图说服自己的学生穿上马裤："如果她能记得……马术教练将会十分高兴"相反，学生非但没有被马术教练的推荐打动，反而感到疑惑，这种情况发生的一部分原因可能是年轻人不满年长者的权力。马术教练越固执地坚持自己的观点，越表现得高人一等，女骑手就变得越不在乎。他们二人对于何者为可能之事、何者为不可能之事的观点似乎永远不会一致。结局不是马术教练的权威主义的态度与女骑手反权威主义的态度之间斗争的最终结果。极有可能的是两种态度都能使人起飞。在权威的层面，所有的可能性都保持开放，故事拒绝将一种可能性提升为"真实"的事态。

简而言之，我们可以说，在大多数情况下，经典叙事学将自己限制在了真实的事态中。它几乎专门将注意力集中在了事件、人物和场景等所谓的叙事世界事实的基本构件中。非事实永远不可以通过具体的方法接近。可能世界叙事学提供了一个理论框架，在这一框架中，对非事实可以以具体的方式加以分析，也就是说，将其当作各种模态间的互动来加以分析。

可能世界与克劳尔

在《地图》中，标题的对象自成一个世界。它打开了近乎无限的可能性，这种可能性与由限制和禁令主导的村庄这个世界相对立。在村庄世界，买一本书都有机械的和礼节上的规矩，并且在星期天购买地图也是被禁止的。星期一，男孩也不能买到那张地图："我带的钱不够，只能等到星期六再来买。"在村庄世界中，强制和不允许是至关重要的模态。义务模态将所有其他的事情推到了背景之中。 160

地图将第一人称叙述者的经历增强到了这样的程度——他拿自己真实的经验去适应它。他想使自己的世界与地图一致，首先是在村庄范围内，随后是"一张空白的荷兰地图"。无论在实际中还是在隐喻中，他都越过了村庄的边界。义务模态在此不是十分重要，因为男孩看似对违反禁令不感兴趣。他是为认识之欲望——对知识的追求——所驱动的。他想要了解这个世界，并将它绘制成地图。于是，地图变成了“满桌子全是**新鲜事**”。这个世界事实上是一个外部世界，是一个村庄领土之外的领域。男孩的目标是将外部世界融入一个体系、一张地图。这是他认为的好的事情。在价值论层面，人们可以说“好”与“知识”相联系，这种知识随后变成了绘制地图的问题。

第一人称叙述者不总是以相同的方式感知到两个可能世界——地图与他想参观的地方——的重叠。当男孩讲述自己的故事时，地图失去了它的意义，他的世界也不再被定位于与这张地图一致。叙述者几乎将外部世界完全引入了一个体系中，这恰恰是那一世界失去了其吸引力的原因。外部世界的内部化仅仅是年幼的“经验的我”暂时追求的欲望。地图导致他的视野与知识之拓展。然而，一旦他更容易地到更远的目的地旅行，一旦梦想中的拓展开始属于他的现实世界，年轻男孩的梦想就开始凋零。知识不再由“好”定义，而是由“无所谓”定义：“到那时，地图就失去了意义。”

在这一阐释中，与叙事情境保持联系是十分重要的。当第一人称叙述者讲述自己的故事时，他早已经历了自己视野拓展的整个历程，这毫无疑问为他拓展之前的世界之呈现增色不少。例如，他的注意力在基督教商店的窗帘上，这一点就直接地与自由相联系，而这正是他的核心主题之一。括注引用的对帕尔曼夫妻的评价暗示了由闲言碎语推动的生活常态。他们与顾客日常的互动表明了激情匮乏。年轻男孩的现实世界明显地被回溯扭曲了，也就是说，被成年叙述者的现实世界扭曲了。用严格的叙事学术语来表述问题的实质，那就是：他作为
161 村庄中的年轻成员之聚焦，是由他作为成年人的聚焦决定的。可以将地图的可能世界以及他拓展领域的欲望，视为预想之结果，成年的第一人称叙述者在记忆中屈服于这一预想。

四、叙事学与读者

读者与结构主义

我们关于《翼马》的女性主义解读，很大程度上依赖于读者愿意接受下列事实：马术教练可能是一个女人。在对《地图》的女性主义解读和模态阐释中，我们利用了基督教意识形态的特定观点，而这一意识形态可能并非所有人都认同。叙事学解读因读者而异，最前沿的叙事学类型在理论建构中将阐释的变体考虑了进去。虽然在结构主义叙事学中，读者被正式排除在外，但是这些抽象类别和类型在实际中无论怎样运用，都暗中涉及它们对读者的影响。延迟和加速，全知和可靠性，都只能根据读者的印象加以把握。这不是巧合：虽然结构主义者可能孤立了文本，但是他们仍然采用众所周知的发送者、信息、接收者三元交流模式，很明显，读者在该交流模式中扮演着核心角色。

读者与接受理论

自20世纪60年代末以来，沃尔夫冈·伊瑟尔和汉斯·罗伯特·姚斯（Hans Robert Jauss）各自发展了**接受美学**（reception esthetics）和**接受史**（reception history）——两个理论第一次以系统的方式将读者包括在了文学批评中[①]。姚斯想要重写文学史，他将文学史视为文学文本证实或打破期待模式的诸路径之序列。伊瑟尔则想要设计一种理论，从总体上来描述文学文本的效果。一开始，他假设文本将读者推向某种解读方向。与隐含作者——这一概念由韦恩·布斯提出，我们在第一章中曾多处论及——相仿，伊瑟尔选择了稍微有点误导性的术

① 参见汉斯·罗伯特·姚斯，《走向接受美学》，提摩西·巴赫提英译（明尼阿波利斯：明尼苏达大学出版社，1982），其中有一篇开创性文章，题为《文学史作为对文学理论的挑战》（最初是1967年发表的演说）；伊瑟尔，《隐含读者》；沃尔夫冈·伊瑟尔，《阅读行为：审美反应理论》，W. 伊瑟尔英译（巴尔的摩：约翰·霍普金斯大学出版社，1978）。

语“隐含读者”，用于描述扮演文本推动者角色的读者。伊瑟尔认为，这一角色发展中的转折点是一些“空白”，这些空白产生于下面这一事实：文本永远不能完全达到读者根据自身现实经验所怀有的期待[①]。
162 空白不仅源自文本与所经历的现实之不完美重叠，而且源自文本的结构。例如，它们可以产生于故事中的意外转折，或者叙述或聚焦中的突然变化。

里蒙-凯南在《叙事虚构作品》一书的最后一章讨论了伊瑟尔的理论，这是有原因的。她十分清楚地意识到叙事学必须更系统地将读者考虑在内。当她写那本教科书时，伊瑟尔的研究提供了这方面的自然补充。里蒙-凯南也注意到了其他以读者为定位的方法，如心理学和符号学。[②] 2002 年，她在给自己现在已成经典的那本书添加的后记中，更着重地强调了这些方法的重要性。她感激由后经典叙事学带来的扩展，后者不再把分析限于文学本身，而且关注到语境。里蒙-凯南认为，这一扩展很大程度上归功于多样的以读者为定位的方法[③]。

读者与认知范例

自接受美学以来，读者已经通过多种不同的方式被融入了叙事学，尤其是认知范式的语境中。认知范式在人文科学中占有重要位置，强调信息的处理。[④] “认知”（cognitive）和“信息”（information）两个词可能会造成这样一种印象：在阅读经验中占主导地位的心理透视

---

① 伊瑟尔此处同意罗曼·英加登，后者认为文本包含“未定点”（place of indeterminacy），因为就完整度与具体性而言，任何描述都无法与现实相比。一张被描述出来的桌子不能从所有方向被观察，一个被描述出来的事件也不能立即被看到。因此，许多事情在文本中仍不清晰、不具体。读者总是只能看到整体的几个方面。参见罗曼·英加登，《文学艺术作品》，乔治·G. 格拉博维奇英译（埃文斯顿：西北大学出版社，1973）。德文版出版于 1931 年。

② 里蒙-凯南，《叙事虚构作品》，117－129 页。

③ “部分地受社会科学中的建构主义理论之影响，叙事这一概念已经被扩展为命名一种感知、组织以及建构意义的方式，一种不同于——但是绝不低于——逻辑思维或论述思维的认知模式。”（里蒙-凯南，《叙事虚构作品》，146 页。）

④ 爱尔如德·伊布思，《叙事学的认知转向》，载《今日诗学》第 11 卷，第 2 期（1990）：411－418 页。

(mental perspective) 存在争议，但是情况未必如此。例如，理查德·格里格和维克多·内尔（Victor Nell）等心理学家研究情绪认同（emotional identification）和深远沉浸（farreaching immersion），它们给了读者一种自己被文本吸引入迷的印象[①]。在他们的经验主义测试中，在这一范式中工作的叙事学家们大多将自己限制在了对文本的具体阐释之中，但是在我们看来，这不会减少他们所做贡献的价值。

一些认知方法与认知心理学十分相近，并采用了后者的一些实证主义假设。皮特·狄克逊（Peter Dixon）和玛丽莎·鲍特鲁西（Marisa Bortolussi）开始严格地区分以下二者：一方面是所谓的文本中的客观特征，另一方面是这些特征对读者的主观影响[②]。正如我们在对后现代叙事学和叙事伦理的讨论中所看到的那样，大多数后经典方法拒绝"文本是客观的，读者是主观的"这一传统的、二元的观点。所谓的客观的特征同样是由读者建构的。文本与读者之间的联系及差异之确切点，或许不是任何直接方式所能确定的——这在上述对其他后经典方法的探讨中已经十分清晰。对这些途径而言，客观与主观之间的严格区分当然不是解决问题的办法。 163

框架理论

框架理论（frame theory）已经被证明是对文学理论有用的一种认知方法。这种方法从马文·明斯基（Marvin Minsky）等很多人的人工智能研究发展而来[③]。它假定，当面对一种新情景时，人们从记忆中

---

① 格里格认为，这种阅读是乘叙事文本之双翼，将读者带到另一个世界的旅途。等读者回来之后，他们或多或少都已发生改变。参见理查德·格里格《体验叙事世界》。维克多·内尔把阅读视为一种游戏，它如此彻底地同化读者，以至于读者会经历"认知改变"(cognitive changes)。见维克多·内尔，《迷失在一本书中：以阅读为乐的心理学》（纽黑文：耶鲁大学出版社，1998），第8页。

② "这一分析中的关键步骤是将文本特征与文本效果区分开……我们用文本特征指代文本中任何可被客观识别的事物……相反，用文本效果指代读者脑海中的事件。"[皮特·狄克逊和玛丽莎·鲍特鲁西，《心理叙事科学导论》，收入《关于叙事视角的新视角》，威利·范·皮尔、西摩·查特曼编（奥尔巴尼：纽约州立大学出版社，2001），277页。]

③ 尤其可参见马文·明斯基，《知识呈现之框架》，收入《框架概念与文本理解》，迪特尔·麦兹因编（纽约：德·古意特，1979），1-25页。

选择一种结构，来帮助人们处理这一新情景。对明斯基而言，这一框架由节点（node）与联系（relation）的网络组成，可以被非常容易地应用到新情景中。这一理论在应用中也允许一定的灵活性：一方面，网络由对这一情景完全有效的再现构成；另一方面，网络也包含大量有待用只对当前的情景有效的特定细节填补的缝隙（slots），因此增强了那一情景的框架相关性。这些细节可以通过具体方式制造出来以适合新情景。在国外，当一个人看到路边的标志时，标志的位置、形状、大小和制造材料将立即让人领悟到此系交通标志。对于这一标志的确切含义，其上的图标和文字将与具体环境一般重要。

框架与不可靠叙述者

曼弗雷德·雅恩（Manfred Jahn）将框架定义为“在阅读叙述文本（a narrative）的过程中，所选择、使用（有时是摒弃）的认知模式”①。无论是雅恩还是安斯加·纽宁②，都将框架理论应用到了叙事学中。正如我们在对结构主义者的叙述之特征的探讨中提到的一样，纽宁认为不可靠叙述者经常是这样一种读者的心理反映（psychological projection）：他/她以弄清叙述者言语中的模糊与矛盾为目标。然而，这没有抓住不可靠叙述者这一概念的全部含义。有必要预见读者反应的完整范围。在任何情况下，文本特征（feature）都不足以对叙述者的可信度提出质疑。人们总是不得不调查导向对叙述者说谎或道德不可靠之观察的框架。

传统上，叙事学保留“说谎”这一术语，是因为缺失了叙述者言语与出现在文本另一处的情景这两者之间的沟通。如果读者将这一情景视为真实的并加以接受，那么这种言语就是不可靠的。乍看之下，这是一种互主体性地（intersubjectively）奏效的方法，能够对真实（truth）与虚假（falsity）进行区分，但即便是这样的方法也必须将文

① 曼弗雷德·雅恩，《框架、偏好和第三人称叙事之阅读：迈向认知叙事学》，载《今日诗学》第18卷，第4期（1997）：441-468页。

② 纽宁，《“但是为什么你说我疯了？”》。

化的与认识论的细微差别考虑在内。那么可以用不同的方式进行阐释的善意的谎言及表达方式又如何？有关道德不稳定性的判断，隐含着一种至少在我们的社会中难以定义的一般规范。对叙述者不可靠性的每一种阐释，都要与读者使用的特定规范相联系。 164

克劳尔与不可靠叙述者

我们之前提到过，格利特·克劳尔故事中的第一人称叙述者，并非不偏不倚地再现了他得到地图前的时间段。因为地图对他产生了影响，所以他歪曲了那一阶段。他因地图而获得一种解放，所以他不再能够用任何客观的方式重现被解放之前的时间。换言之，《地图》中的第一人称叙述者在谈论自己的年少时期时，不完全是可靠的。虽然他没有说谎，但是他选择的材料让读者产生了一个有偏见的印象。在建构那一印象时，读者也在其中发挥了作用。在意识形态上，读者可能将第一段阐释为对由基督教的世界观主导的不自由的世界之描绘。由于星期天是上帝的日子，因此人们要休息。这使许多与消费相关的欲望受挫，这就很好地说明了基督教意识形态对社会的控制。如果不在遮挡起来的商店窗户与基督教道德准则之间建立联系，那么对整个第一段就不太可能在思想意识上进行解读。结果，这一段就将不再像是由叙述者成长造成的一种歪曲，这种成长可以被描述为对初始意识形态的疏离，甚至是拒斥。或许，这些描述实际上过于强烈，在任何情况下，它们都仅仅在某些读者使用的意识形态认知框架中才讲得通。

框架与第三人称叙述者

曼弗雷德·雅恩使用框架理论分析第三人称叙述情境。他遵循米克·巴尔的做法[①]，将叙事文本简化成一个公式："X告诉R，Y看到Z做了某事。"根据雅恩的观点，这一公式是对读者用来处理第三人称叙事文本之模式的最完整描述。它有三种典型模式，即所谓的默认模式。第一种模式是包括完整公式的文本。第二种模式是缺少内部聚焦

① 米克·巴尔，《叙事嵌入札记》，载《今日诗学》第2卷，第2期（1981）：41-59页。

者的文本①，这些文本的对应公式是“X 告诉 R，Z 做的事情”。第三种模式是拥有几乎不可见的叙述者的文本：“（X 告诉 R）Y 看到 Z 做了某事。”每一种模式都带来自己的期望。一个没有参与故事的可见的叙述者，被认为是无所不在的、全知的、可靠的。从内部聚焦者的角
165 度来看，我们期待一个特别主观的对事件的呈现，使其看上去仿佛产生于聚焦者的内心。

我们曾指出框架这一概念足够灵活，可以使默认模式适应不能立即符合典型期望的文本。在阅读过程中，被选择的框架得到了进一步发展，并且在需要填补的细节层面得以改善②。只有文本完全与某人的基本期望相抵触——例如，第一人称叙述者扰乱了第三人称模型——最初的框架才会被丢弃。对新框架的选择不仅取决于其提供的解决阅读问题的方法，而且取决于到目前为止，它能在多大程度上更好地解读被阅读的文本。

然而，雅恩认为一些叙事学术语和概念，如果要尽可能有效地处理叙事文本，就需要再灵活一点。像“屋子很黑”这样的句子，可能会导致著名的框架——“描写”的应用，西摩·查特曼将“描写”描述为中断叙事时间，以使叙述者呈现环境的叙述模式③。但是，这一框架对于这个句子而言过于狭隘，因为它也可能是内部聚焦者观察的结果。在这种情况下，时间根本就没有中断——人物的观察隐含了一定的持续性。

框架与自由间接言语

根据雅恩的观点，另一个需更加灵活的概念是自由间接言语

① 雅恩使用了斯坦泽尔的反应者（reflactor）概念，但是他的论调却允许我们将其与内部聚焦者等同起来。

② 关于该过程的讨论，雅恩始于孟纳赫姆·佩里的《文学动力学：文本顺序是如何产生意义的》一文，载于《今日诗学》第 1 卷，第 1－2 期（1979）：35－64 页、311－361 页，以及上文提及的斯滕伯格作品《小说中的展现模式与时间顺序》。

③ 见西摩·查特曼《术语评论》中关于描写的章节，22－27 页。查特曼在第 30 页中探讨了“屋子很黑”这句话。【中译本参见：西摩·查特曼，《术语评论：小说与电影的叙事修辞学》，徐强译，北京：中国人民大学出版社，2016：37 页。——译者注】

(free indirect speech)。他提出的自由间接言语之框架版本，强调的是这种呈现形式出现的语境。被视为自由间接言语（框架 1）的句子可能是人物观察（框架 2）的一部分，而框架 1 和框架 2 都可能融入叙述者对人物思想的引用，或融入由叙述者提供的对这些思想的概括。《包法利夫人》中的一个例子是："她有没有跳出的一日？其实，生活快乐的妇女，她哪一个比不上！"[1] 框架 1 由"她有没有跳出的一日？"构成；框架 2 是爱玛·包法利的观察（她问自己这个问题），而叙述者引用了她的思想。在第二句话中（"生活快乐的妇女……"），很有可能是叙述者在概括爱玛·包法利的思想。

为了使句子能被视为自由间接言语，雅恩通过列举三个特征，提出了一种总体描写方法。首先，能够被理解：为自由间接言语的句子，是非从属结构（non-subordinated construction）的：它不是由 that 引 166
导的从句，而是一个独立的主句。其次，时态和人称符合当前的叙事情景。"他明天能见到她吗？"（Would he see her tomorrow?）这一句子，是"他想：'我明天能见到她吗？'"（He wondered, "Will I see her tomorrow?"）的自由间接言语版本，在前一句中，第一人称转变成了第三人称，将来时变成了虚拟语气。最后，这句话能呈现出人物的思考、言说和写作过程。由于这一总体描写，自由间接言语（第三人称、过去时）的文学标准模式失去了在叙事学中的焦点地位。然而，雅恩没有像弗卢德尼克一样深入，后者如我们在前文提及的那样，认为对自由间接言语应该以典型化（typification）的形式加以研究[2]。

框架、自由间接言语与穆瑟斯

《翼马》是拥有一个隐匿的、不可见的叙述者的第三人称叙事，这使读者的任务变得有点困难。马术学校本身没有成为描写的主体，马术教练和女骑手的外貌也没有成为描写的主体，只有女骑手的牛仔裤

① 福楼拜，《包法利夫人》，52 页。【中译本参见：居斯塔夫·福楼拜，《包法利夫人》，李健吾译，北京：人民文学出版社，1979：58 页。——译者注】

② 弗卢德尼克，《语言的虚构与虚构的语言》，72 页及之后。

被提及。这一少量的信息使读者的基本期待受挫。然而，我们可以假定，故事是由传统的叙述者讲述的，这也就意味着《翼马》是第一种公式的例子，这样它就符合框架的最完整公式："X 告诉 R，Y 看到 Z 做了某事。"一旦这一公式被接受，叙述者的不可见性和简约性（parsimony）就可以被视为他与人物保持距离的标志。不可见的叙述者，以最间接的方式呈现了马术教练与女骑手之间的对话。他避免使用简单的对话，或许是为了使整个事件增加反讽的意味。这一反讽可能使女骑手的观点带有一种可怜的言外之意，而马裤这一不值一提的主题进一步强化了这种言外之意。

此外，该文本中的间接呈现允许言语与思想混合，这尤其降低了马术教练的权威性。虽然马术教练是否真正说出了特定的想法，这一点不总是十分清晰，但是这些喋喋不休的观点的不断积聚，展现出叙述者能在多大程度上对角色有所掌控甚至进行侮辱。如雅恩提出的一样，对自由间接言语的灵活的、语境性的理解更加重视这一呈现模式的功能，而不是它的语法属性。它澄清了自由间接言语的使用，展现了它是怎样与故事的含义及权威的中心主题相联系的。

167 自由间接言语不仅产生了对马术教练的超然的描绘，而且在故事的第一部分中，相当反讽地将女骑手呈现了出来，尤其是当她的行为被视为青少年的奇想时。然而，在最后一段中，自由间接言语导致的是同情而非反讽。叙述者为了支持人物而隐退了，这就使得使用第三人称框架有点困难。女骑手最终的见解被赞赏带有积极的思想（"只要你能起飞"），在这一积极思想中，叙述者与女骑手似乎达成了共识。

在这种解读中，读者遇到了故事中两个版本的自由间接言语：反讽的版本和同情的版本。没有必要舍弃一个，赞成另一个。距离和同情的特定序列，很好地将女骑手与马术教练之间关系的发展联系在一起：首先，她完全不同意他的观点，但随后这一点发生了变化。因为自由间接言语是跟随女骑手发展的，所以叙述者——他负责选择言语——可以说对女骑手更加同情，尽管他在第一部分中与女骑手相对疏离。他反讽式地对待马术教练，这可能暗示了他与女骑手都对马术教练持消极态度。

脚本

戴维·赫尔曼在美国旗舰刊物《美国现代语言学协会会刊》（PMLA）上，发表了自己认知叙事学方面的重要成果，这强调了该种方法当前的声望[①]。赫尔曼想要知道如何定义一个叙事文本。他使用的**脚本**这一术语，如**框架**一样，源自人工智能。脚本是对一系列事件之特定序列的期待[②]。无论是在框架中还是在脚本中，读者都根据自己的记忆，用之前获得的结构解释阅读经验。不过，与属于静态结构的框架相反，脚本强调的是发展。这使其更适合作为解释叙事文本的理论工具，因为叙事文本总是动态的。

脚本与故事

根据戴维·赫尔曼的总体假设，一个故事更像是一次打招呼或拌嘴，是现存知识与新数据相融合的方式。它只有在我们真正掌握了此处所说的现存知识后才会起效。什么知识才会使读者将一个文本视为叙事文本？赫尔曼从结构主义的建议出发，该建议认为最小故事是一个时间和因果的事件序列。他还宣称很多文本特征有助于将文本接受为故事，例如一个可识别的语境中新信息之指示和一个行动结构的建议。然而，只有当读者看到文本与现存脚本之间的关联之迹象时，文 168
本才能真正成为故事。“玛丽被邀请去杰克的宴会。她想知道他是不是想要个风筝”[③]，这个句子很容易被视为故事或故事的一部分，因为我们都知道生日宴会是如何组织和准备的。在此例中，准备至关重要。

---

① 戴维·赫尔曼，《脚本、序列、故事：后经典叙事学的构成要素》，载《美国现代语言学会会报》第112卷（1997）：1046-1059页。

② 对于这一定义，赫尔曼袭用了丹尼斯·梅卡达尔，《人工智能辞典》（纽约：范·诺斯特兰公司，1990）。

③ 赫尔曼，《脚本、序列、故事》，1051页。

脚本的激活

虽然特定句子序列看似限制了被激活脚本之数量及类型，但是很难从句子本身的特征推断出这种限制的确切性质。在另一种语境中，对其他读者而言，这些关于宴会的句子可能是这样一个故事的一部分：这是一位同事的退休宴会，他用风筝来研究天气。虽然这样的一种语境可以依据文本想象出来，但是永远不能穷尽所有可能的脚本。一个句子序列比另一个序列更能组成一个故事，这样说的确似乎可行。因此，赫尔曼将文本的叙事性定义为这个文本激活脚本，并促使读者将这个文本看作故事的程度[①]。根据赫尔曼的观点，被激活的知识越复杂和全面，激活程度就越高。文本激活的脚本越多，这些脚本就越完整，文本就能越快地被视作故事。

赫尔曼将脚本激活与文学史假说联系在了一起。他认为叙事创新经常隐含着对旧脚本的明确拒绝，这迫使读者在解读具有看似熟悉的主题的文本时，使用另一种世界的知识。虽然主题是熟悉的，但是通常用来解读该主题的脚本似乎不再起效。在《堂·吉诃德》的开端，塞万提斯（Cervantes）因为赫尔曼所描述的“基于对人类潜能和限制之认识的脚本”[②]，而使读者放弃了其有关探索之发展的理想化知识。

脚本与文类

在赫尔曼看来，关于读者激活的历时研究，要与对不同文类处理同一时间段中的脚本的多种方法的共时分析联系起来。他提供了 20 世纪 20 年代到 30 年代间的三个例子：儿童文学、自传和实验小说。同样是在那个时期，儿童文学想激活像满足之延迟（postponement of
169 satisfaction）这样的道德高尚的脚本。当然，这假设了能识别该类脚本的目标受众。在这一语境中，激活隐含着巩固现存脚本，抑或通过结合年轻读者已经熟悉的脚本来制作更大的行动结构。

---

① 又可参见普林斯《叙事学词典》，尤其可参见雷切尔·吉奥拉和叶沙亚胡·申，《叙事性程度与语义弱化策略》，载《诗学》第 22 卷（1994）：447－458 页。

② 赫尔曼，《脚本、序列、故事》，1054 页。

爱尔兰民族主义者茅德·冈（Maud Gonne）自传中的一段，显示出了这一文类对读者的要求更高，尤其是当脚本涉及身份认同与自我时。冈激活但也破坏了这样一种脚本——在这种脚本中，英雄主义与男性气概有关。这迫使读者修改自己对于女性发展的先入为主的观点。赫尔曼在狄朱纳·巴恩斯（Djuna Barnes）的实验小说《夜林》（*Nightwood*）中撷取了自己最后一个例子。她使用各种各样的激活脚本来面对读者，并将行动结构简化为一些动作，使得应用熟悉的行动序列变得非常困难。这就迫使读者——甚至比在冈的情况下更强烈地——称自己的脚本有问题并做出调整。

对于自己的例子所属文类间的差异，赫尔曼避免进行夸张的陈述，这样做十分公正。长篇小说不需要比自传要求更高，对于其说教任务而言，儿童文学的作者可能不那么严肃。然而，对于叙事文本在文类体系中的位置问题，这一共时的方法提供了更多认识。共时与历时的结合使后经典叙事学对文学史做出了贡献。

脚本与穆瑟斯

穆瑟斯和克劳尔激活了哪些脚本？他们又是如何使用的呢？《翼马》迅速激发了我们对于对话的期待。对话可以向多个方向发展，但是在《翼马》中，可能性受下面这一现实的限制：其中一个参与者似乎拥有权力。我们都曾听显要的、独裁的人物说过话，所以我们很熟悉这种对话。我们对于其结局的知识将在很大程度上依靠我们自己的经验——那些因强权人物而遭受苦难的人可能会发现他们难以想象一个好结果——在我们看来，脚本理论使我们得以利用这些经验。这可能意味着，因为个人预测，文本的一些重要方面被忽视了。然而，许多叙事散文拥有与这种预测相反（至少部分地相反）的激活能力。《翼马》也是这样。女骑手的第一句话就已经表明她将做出反抗，所以我们需要快速将这一因素与我们的期待整合在 170
一起。权威人物与自信的年轻人之间的对话会如何发展？虽然看上去拥有权力的人不可能简单地退让，但是他很有可能会求助于他人，而不是言语工具。年轻人可能在片刻之后就会让步，但是她的反抗也可能会持续，尤其是当权威人物的恼怒展现出来，以及年轻人注意到尽管她居于次位，但她已经取得了某些成果的时候。

《翼马》的第一部分很大程度上符合权威人物与年轻人之间的争辩之传统发展。文本的前几句话需要这样一个脚本。虽然马术教练慢慢失去了耐心，但是他最终将自己的沮丧发泄到马的身上而不是女骑手身上："这些马像乌龟一样来回转着圈。是时候拿出鞭子了。"相反，女骑手喜欢反抗马术教练，并坚持自己的立场。关于脚本理论，有趣的一点是，在第二部分，文本没有过多注意争辩之脚本。为了理解女骑手最终的见解，读者可以求助于关于青春期行为的脚本，这一行为更有优越感。或许马术教练最终说服了女骑手，或许她的反抗仅仅是由于这样一种观点：这是一个人在年轻时的反应方式。又或者她最终的领悟表明，与其像一个典型的青少年那样大喊大叫，还不如根本不反抗。这些解读很明显依靠读者对青少年或青春期的认识。

脚本中的争论部分由对话激活，和解部分由故事结尾激活。当然，文本的形式方面也影响被激活脚本之应用。多重聚焦和隐匿的叙述者使得第二部分中的"终于"一词难以理解："她终于明白了。"如果说"终于"表达了叙述者的评价，那么后面的部分就似乎是在分享一种鄙视，这是关于任性的青少年行为之优越感脚本的一部分。如果这个词必须被指派到女骑手身上，那么就触发了一个稍微让人放松的暗示，即她乐意理解马裤的用处，但她就是没有被说服。

脚本与克劳尔

《地图》的第一段描写了道克沃德村帕尔曼夫妇的书店。空间描写可能会触发一种期待：事件将会在这一环境中发生。在克劳尔的故事中，书店作为基督教规训效果的例子，可以被用作大量不同脚本的起点：或许主角将尝试偷走店里的书；或许受自己与书籍的联系之激发，帕尔曼夫妇将会经历一次冒险；或许书的世界将会解放夫妻俩的想象，这可能会导致他们与所处环境之间的碰撞；在“他很和善，她穿着一条裤子”这句话的基础上，读者还可能猜测书店是两性间战斗的现场。 171

人们可以想象得到这么多的脚本，这一事实表明文本有高度的叙事性。这些脚本的各个方面可以与第二段所激发的脚本结合起来。在第二段的开头，第一人称叙述者介绍了自己，并强调了商店窗户被遮挡之重要性。他在本不该看到地图的时候看到了它，这就赋予了该对象特殊的价值。第一人称叙述者与由窗帘象征的意识形态之间会不会有对抗？地图会指引他走出由基督教禁令主导的社区吗？然而，由这些脚本暗示的冒险仅限于去地图上已标出，而主人公未曾游览过的地方旅行。自由不会像期待中到来得那么快，因为“经验的我”在整个地图时期里不断地出现。叙述的结尾巩固了这一限制，因为第一人称叙述者告诉我们地图已经变得多余了，因此他没有保存它。解放之脚本由包括在星期天被遮挡的窗户在内的事物激发出来，现在它与地图一起消失不见了。对这一脚本的破坏引导读者沿着不算太冒险的脚本重新解读第一人称叙述者的整个发展。这一令人失望的发展也似乎是一个成长过程中所固有的脚本：这个孩子珍惜梦想，并且想象着那些实际上仅能部分实现的梦想。克劳尔对第一人称叙述者的选择，加强了读者对男孩的身份认同，这进一步挫败了读者的期待。这一幻灭会导致这样一种认识：对过去的重构被相对化和失望歪曲了。

弗卢德尼克的建构主义

像曼弗雷德·雅恩和安斯加·纽宁一样，莫妮卡·弗卢德尼克将自己的研究置于建构主义理论的语境中，这是认知范式中非常明确的例子。建构主义者称交流不能仅仅被呈现为信息在发送者与接收者之

172 间传递，主张接收者在自己的认知领域中自主地生产信息。[①] 对弗卢德尼克提出的“自然”叙事学来说[②]，这意味着她的理论没有太多地涉及文本或文本的技巧方面，而涉及这些文本被解读时使用的框架和脚本。

自然叙事

弗卢德尼克从所谓的自然叙事（natural narratives），也就是在交际中自然而然出现的叙事开始。她观察到，这些叙事使我们以一种方式来建构我们的经验，这一方式与我们在故事之外建构我们的“正常”（normal）经验的方式一致。在此，“经验”必须在最宽泛的可能意义上解释，它表示发生在人类身上的一切事情。处理自然叙事中的这一经验，像处理生活本身中的经验一样，是受原则掌控的，这些原则也是我们在解读书面文本乃至文学文本时所应用的原则。这涉及认知性的组织原则，诸如动作、观察、对交际框架的预测、对解释的探索等。[③]

叙事性 & 经验主义

考虑到上述种种观察，弗卢德尼克为“叙事性”（narrativity）这一核心的叙事学概念构想出了一个初始定义。根据她的观点，当文本隐含经验性时，即当文本激发出读者认识到的或假定读者认为自己认识到的，能够使读者与故事联系起来的“真实”经验时，读者就会将

---

① 参见安斯加·纽宁，《信息传输还是信息建构？建构主义交流模式的基础和后果》(Informationsubertragung oder Informationskonstruktion? Grundzuge und Konsequenzen eines konstruktivistischen Modells von Kommunikation)，载《人类控制论》（*Humankybernetik*）第 30 卷，第 4 期（1989）：127－140 页。系统理论学家尼可拉斯·卢曼也受到了为建构主义范式之基础做出贡献的科学家们的启发，例如塔尔考特·帕森斯和海恩兹·梵·福斯特。可参见尼可拉斯·卢曼，《社会体系》，约翰·贝德纳兹与德克·贝克尔英译（斯坦福：斯坦福大学出版社，1995）。

② 莫妮卡·弗卢德尼克，《迈向“自然”叙事学》（伦敦：劳特利奇公司，1996）。

③ 弗卢德尼克认为她的理论部分地与保罗·利科的理论相似。尤其可参见后者的《时间与叙事》第 1－2 卷，凯思林·麦克劳林和戴维·佩劳尔英译（芝加哥：芝加哥大学出版社，1984－1985）；《时间与叙事》第 3 卷，凯思林·麦克劳林和戴维·佩劳尔英译（芝加哥：芝加哥大学出版社，1988）。

文本视为一个故事。弗卢德尼克认为，文本不必有一个情节才算作叙事。只要在任何文本层面上遇到具有一定经验的人类代理人就足够了。这样一个代理人会表现出情感上的投入，并评价其经历，这将推动读者将文本阐释为叙事。当然，叙事性也可以来自对连续动作的经验性再现，但仅仅有对具体意识的人格化再现就足够了。

叙事化

弗卢德尼克用叙事化（narrativization）这一术语指代将文本与自然叙事以及随之产生的经验性和叙事性联系在一起，从而将文本“归化”（naturalizes）为叙事的阅读策略[①]。当读者面对乍一看似乎不可理解的文本时，由于自己掌握自然叙事的知识，因此会经常求助于自己所熟悉的叙事概念。根据弗卢德尼克的观点，由于这些叙事使用的认知性组织原则与我们在日常现实经验中使用的相同，因此“现实主义”成为她“叙事化”定义中的一个核心概念。不同于多数传统的 *173*
“文学现实主义”定义，它不涉及文本的模仿特征。它指的是读者在建构现实以及文本阐释过程中所使用的自然框架。时序、因果和结局是这一框架中众所周知的三个方面。根据弗卢德尼克的观点，读者在应用类似空间和时间等现实参量时，方式十分灵活，也会允许这些参量处理文本中的实验性扭曲，至少在这些“非自然”方面与他们的自然框架相联系时。如果实验性文本篡改了人物的观念，那么读者可能仍会利用心理上受到干扰的人的存在，来将此文本与自己的自然经验联系起来。然而，叙事化有时会失败，例如，当文本不再包含语法正确的句子，看似没有主题，或当句子对读者而言难以讲得通，连续的几个句子提出了读者无法回答的问题时。

建构主义的故事/叙事/叙述观

这一建构主义模型使弗卢德尼克得以证明，传统上对“故事”与

---

① 弗卢德尼克对此机制的讨论受到了乔纳森·卡勒《结构主义诗学》中关于“归化”（naturalization）的章节（131－160页）的启发。卡勒的术语为弗卢德尼克标题中的“自然”（natural）之含义增加了另一个维度。

“叙事加叙述”做出的区分，绝不像多数叙事学家认为的那样绝对。这一区分很大程度上基于现实主义的“叙述”概念，其规定了事件要先于其呈现。然而，要将时间与其呈现所经由之方式分离开是极其困难的。弗卢德尼克不再通过将叙事文本与事实序列相联系的方式来定义叙事文本。她不需要寻找“真实故事”或呈现中的偏见。通过此种方式，她把 20 世纪很多其中几乎没有什么事情发生的文本之反常性纳入了研究视野。并且，它们只有对墨守“故事”这一标准的经典叙事学家来说，才是反常的。

当然，作为文本阅读过程中的现实参量之一，故事的概念化仍然十分有用。当叙述者描述一件过去的事件时，读者会“自然地”倾向于将他的报告当作连续事件之再现来阅读。然而这仅仅证明了经典叙事学理论是基于现实主义框架的。因此，他们基于拟人论与心理分析的概念来解释文本似乎是不可避免的。这种见解不一定会破坏理论，但它确实激发了对结构主义概念的反思，即使是在处理完全允许现实
174 主义投射的非常简单的文本时也是如此。根据弗卢德尼克的观点，拟人论自身不是问题，因为它构成了叙事文本处理之本质。

弗卢德尼克的范围

弗卢德尼克与穆瑟斯

弗卢德尼克的理论十分笼统、宽泛。她的“经验性”概念涵盖了诸如脚本和框架等概念。即使是意识形态，以及戴维·赫尔曼提出的读者引入其阐释并作为语境的“可能世界”概念，也可以归入该题之下。但是这一笼统性并不排除具体的阐释。在《翼马》中，没什么事情发生，但是由于其指向人类经验这一定位，读者将不可避免地将其阐释为一个故事。两个人物对谈话的主题感觉强烈，叙述者通过使用自由间接言语努力使这一参与戏剧化。虽然叙述者自己仍处于背景之中，但是正如我们在前文所说的那样，他也不是中立的。他操纵人物的思想和言语之呈现，这可能会引导读者对两个人物形象产生消极的或积极的观点。

即使思想与言语能够以某种完善的方式被融合起来，读者在阐释这一文本时也几乎不会遇到问题。读者能识别出一场对话，并将其与日常的、自然的对话联系在一起。如果不混用自由间接言语，现实主义参量之应用可能会更加简单，但是对话的环境就会相当迅速地清晰起来。一个马术教练和一个女骑手正在骑术学校里交谈。在第一部分的结尾处有一个小的时间间隔，女骑手在骑马时有了一个顿悟。考虑到女骑手早前的顽固抵抗，这种洞察或许有些出人意料，但是作为故事的积极的、明晰的结局，它完全符合具有现实倾向的读者之期待。在现实主义框架中，一个或多个人物经历了一番演变，在故事结尾处得以圆满。

弗卢德尼克与克劳尔

初看之下，相较于《翼马》，《地图》似乎更能激发现实框架。克劳尔的叙述者在回顾中清晰地讲述了自己的故事，地图的重要性使清楚区分“真正的”（authentic）现实与其绘图式的呈现成为可能。随着他慢慢变老，叙述者对地图的感情慢慢减弱，但这却没有阻止他对这一客体进行单独叙述。这种矛盾对使用现实主义参量的读者而言可能会是一个障碍。叙述者是在声称他不再将地图视为重要之物，还是在暗示地图对他产生了永久的影响？当前与过去之间是否存在明显区分？“真正的”现实是否与地图的现实一样都是虚假的？鉴于叙述者讲述的 175
整个故事都与这张地图有关，这张地图是否真的无关紧要？既然《地图》没有完全符合普通读者的期待，那么相对于《翼马》，这个故事似乎更能引起反现实主义的阅读。然而，在两种情况下，文本都有一个相对的出人意料的结局，这种结局可能会导致各种各样的附加问题，例如叙述者的态度。

在回答这些问题时，读者无疑将被吸引到游戏中。答案将会受到以下方面的影响：读者的意识形态，他对于可能性与现实性的观点，他的框架和脚本，他对于自然叙事的知识。后经典叙事学具有以下优点：它将所有这些不可避免性整合进一种理论，而由于其结构主义遗产，在过去很长一段时间里，该理论试图忽视这些问题。这并不意味着经典叙事学受到排挤，相反，它通过晚近的方法获得资质、得到加强。我们对于《翼马》和《地图》的后经典解读也同样证明了这一点：它们表现出了潜在的阐释，并且这些阐释依赖读者和语境。或许，叙事学所建基于其上的确定性比结构主义所希望的要少，但是这或许就
176 是叙事理论具有如此巨大的潜能之原因。

附录 A

翼　马

夏洛特·穆瑟斯

如果她能记得当骑马时，你最好穿一条真正的马裤——胯部宽松的马裤，马术教练将会十分高兴。

她问教练，既然一条简单的紧身直筒牛仔裤也能穿着骑马，那么为什么还要选择穿胯部宽松的马裤？宽松的部分到底有什么用处呢？

马术教练回答说，穿着它，你能捕捉到一股不同寻常的风。

它能使你骑得更快吗？

不，不会的——实际上，真正的花式骑马，正如现实生活一样，与竞速没有丝毫关系，最重要的是感觉。那些从未亲身体验过这种神圣的感受的小女孩，最好不要夸夸其谈。不妨找几本有关骑士的书来读读。学习马术，却不了解它的背景知识，这就有点儿说不过去了。没有一家俱乐部是专门教业余选手学习马术背景知识的。

那些穿着松松垮垮的马裤的女人，她们能捕捉到那股不同寻常的风吗？

现在马术教练已经不想再做任何解释了。有时，你的耐心就是被这样消磨殆尽的。而且，这种质问糟蹋了这节课。在这一点上，其他几位女士看得尤其清楚。这些马像乌龟一样来回转着圈。是时候拿出鞭子了。

当“旋转木马”在圆形场地上全速转同来时，她听到了马裤的沙沙之声盖过了鞭子的抽打声。现在，她终于明白了：马裤是马的双翼，马又将双翼赋予了你。这是一种想法，还是正是那种感觉？随便怎样吧。只要你能起飞。

附录 B

地　图

格利特·克劳尔

每个星期天，基督教商店总是把窗帘放下来。商店的窗户被窗帘遮挡着，窗帘的材质大多是淡棕色的纸张。放下窗帘是为了避免人们在星期天受到诱惑，好让他们等到星期一再来购物。例如，在小布劳沃街（Brouwerstreet）和艾宾格街（Ebbingestreet）的交界处有一家名叫帕尔曼（Paalman）的书店。书店的面积与一间起居室的大小不相上下。店里有一个柜台，帕尔曼先生和帕尔曼太太（“他很和善，她穿着一条裤子”）在柜台的后面打理着，他们像经营一家杂货店一样经营着这家书店。这家书店在圣诞节前夕尤为繁忙。每个人都排队等着，等到终于轮到自己时，向店主说出自己的要求，大多会说“我要一本轻小说，送给十七岁的姑娘”或者“我要一本历史小说，最好有插图”。然后，帕尔曼先生就会去书架上、书堆里翻找这样的书。找到之后，他会翻到小说扉页，拿给顾客看。顾客戴上眼镜，看一下书名、作者以及出版社，然后摘下眼镜，像是同意餐厅推荐的红酒一样，赞许地点点头。

这家书店也会在星期天放下窗帘，将自己与外界分隔开。但在其中的某一个星期天，在去往儿童教堂的路上，因为窗帘没有完全将窗户遮严（窗帘夹在了什么地方，仅留出两英寸的缝隙），透过这不该留出的两英寸的缝隙，我恰巧看到了一份折起来的旅游地图或者骑行地图。地图的一边微微翘起，可能是由于那个星期天光线不错，我看到了它。这时，我弯腰看向它，它的精细程度令我十分意外，尤其是当我看到道克沃德（Dorkwerd）的名字时，惊讶之情更是溢于言表。我对这个村庄十分熟悉，可是我还从没有在地图上见过它的名字！地图的最右边是格罗宁根市的北部地区，在地图上是用红色标记的。上面标示着高地、一小段火车轨道、新运河和河边的自行车道。所有事物都如此清晰，如此临近，而又都经地图放大了。我从没见过这样的地图，连最微小的细节都能标示出来。

星期一下午，我来到书店，指了指地图。可是我带的钱不够，只能等到星期六再来买。

那个星期六下午一点半，我把那份地图买回了家，将它展开放在桌子上。

“竟然连石料加工厂也在上面！”我不禁喊出声来，十分感动。

满桌子全是**新鲜事**。那个下午的晚些时候，我坐在火炉前的地板上，膝盖上放着地图。最让我激动的是这一想法：**行遍各地**是有意义的。我也期望我能够身体力行，走遍全球。无处不在……

这种感觉没有消失，反而愈加强烈。我画了一张空白的荷兰地图，在上面标出我骑行过的道路，以及还未骑行过的，这就是我曾到过的地方。因为我骑车经过了这些路，所以我才能画得出来。有一些路（越来越多的路）我骑行过两次，甚至更多次。但是这都不算什么。曾经路过便会永远铭记于心，这是我的地图告诉我的。

我不得不认识到，当我有时坐火车去某个地方游玩一番时，既不算是自己独立出游，也不能直接置身于各条道路上，于是我便无法记录这些旅途。当我认识到这一点时，我行遍各地的梦想就渐渐消歇了。虽然城市周边的地区都被标在了地图上，但是因为我已经走遍了这些路，所以从此之后再也没有可以往上添加的道路了。或许会有这么一天，我将把地图从墙上取下来。到那时，地图就失去了意义，我也不再有保存它的必要了。

参考文献

Aarseth，Espen J. *Cybertext*：*Perspectives on Ergodic Literature*. Baltimore：Johns Hopkins University Press，1997.

爱斯潘·J. 阿尔萨斯，《赛博文本：遍历文学之透视》，巴尔的摩：约翰·霍普金斯大学出版社，1997。

Adorno，Theodor W. "Notes on Kafka." In *Prisms*. Translated by Samuel and Shierry Weber. Cambridge：MIT Press，1981.

特奥多·W. 阿多诺，《关于卡夫卡的笔记》，收入《棱镜》，塞缪尔和舍瑞·韦伯英译，剑桥：麻省理工学院出版社，1981。

Bakhtin，M. M. "Discourse in the Novel." In *The Dialogic Imagination*：*Four Essays*. Edited by Michael Holquist. Translated by Caryl Emerson and Michael Holquist，259－422. Austin：University of Texas Press，1981.

M. M. 巴赫金，《长篇小说的时间形式与时空体形式》，收入《对话的想象：四篇论文》，迈克尔·霍奎斯特选编，凯瑞尔·爱默生和迈克尔·霍奎斯特英译，奥斯汀：得克萨斯大学出版社，1981。

——. "Forms of Time and of the Chronotope in the Novel." In *The Dialogic Imagination*：*Four Essays*. Edited by Michael Holquist. Translated by Caryl Emerson and Michael Holquist Austin，84-258. Austin：University of Texas

Press, 1981.

——《长篇小说中的话语》，收入《对话的想象：四篇论文》，迈克尔·霍奎斯特编，凯瑞尔·爱默生和迈克尔·霍奎斯特英译，奥斯汀：得克萨斯大学出版社，1981。

——. *Problems of Dostoyevsky's Poetics*. Edited and translated by Caryl Emerson. Minneapolis: University of Minnesota Press, 1984.

——《陀思妥耶夫斯基诗学问题》，卡里尔·爱默生编译，明尼阿波利斯：明尼苏达大学出版社，1984。

（中译本《陀思妥耶夫斯基诗学问题》，白春仁等译，北京：生活·读书·新知三联书店，1988）

Bal, Mieke. *Femmes imaginaires: L'ancien testament au risque d'une narratologie critique*. Paris: Nizet, 1986.

米克·巴尔，《女人的想象力：叙事学批评风险下的〈旧约〉》，巴黎：尼泽，1986。

——. *Lethal Love: Feminist Literary Readings of Biblical Love Stories*. Bloomington: Indiana University Press, 1987.

——《致命的爱：圣经爱情故事的女性主义文学解读》，布鲁明顿：印第安纳大学出版社，1987。

——. *Narratology: Introduction to the Theory of Narrative*. 2nd ed. Translated by Christine Van Boheemen. Toronto: University of Toronto Press, 1997.

——《叙事学：叙事理论导论》第二版，多伦多：多伦多大学出版社，1997。

（中译本《叙事学：叙事理论导论》，北京：中国社会科学出版社，2003）

——. "Notes on Narrative Embedding." *Poetics Today* 2, no. 2 (1981): 41-59.

——《叙事嵌入札记》，载《今日诗学》第2卷，第2期（1981）：41-59页。

——. *De theorie van vertellen en verhalen: Inleiding in de narratologie*. Muiderberg: Coutinho, 1990.

——《叙事学：叙事理论导论》第二版，默伊德贝赫：科蒂纽公司，1990。

Banfield, Ann. *Unspeakable Sentences: Narration and Representation in the Language of Fiction*. Boston: Routledge and Kegan Paul, 1982.

安·班菲尔德，《不可言说的句子：小说语言中的叙述与呈现》，波士顿：劳特利奇和基根·保罗公司，1982。

Barthes，Roland. “Introduction to the Structural Analysis of Narratives.” In *Image-Music-Text*. Edited by Stephen Heath，79－124. Glasgow：Fontana/Collins，1977.

罗兰·巴特，《叙事作品结构分析导论》，收入《影像·音乐·文本》，史蒂芬·希斯编，格拉斯哥：丰塔纳/柯林斯公司，1977。

（中译本收入张寅德主编《叙述学研究》，北京：中国社会科学出版社，1989）

——. *S/Z：An Essay*. Translated by Richard Miller. New York：Hill and Wang，1974.

——《S/Z》，理查德·米勒英译，纽约：希尔和王公司，1974。

（中译本《S/Z》，屠友祥译，上海：上海三联书店，2000）

Baudrillard，Jean. *The Consumer Society：Myths and Structures*. Thousand Oaks CA：Sage Publications，1998.

让·布迪厄，《消费者社会：神话和结构》，加利福尼亚州千橡市：塞奇公司，1998。

Bertens，Hans. *The Idea of the Postmodern：A History*. London：Routledge，1995.

汉斯·博滕斯，《后现代主义观念史》，伦敦：劳特利奇公司，1995。

Beurskens，Huub. *Suikerpruimen gevolgd door Het lam*. Amsterdam：Meulenhoff，1997.

赫伯·博伊尔斯肯斯，《糖豆》，阿姆斯特丹：磨坊堡，1997。

Bhabha，Homi K.，ed. *Nation and Narration*. London：Routledge，1989.

霍米·巴巴编，《民族国家与叙事》，伦敦：劳特利奇公司，1989。

Bloom，Harold. *A Map of Misreading*. New York：Oxford University Press，1975.

哈罗德·布鲁姆，《误读之地图》，纽约：牛津大学出版社，1975。

Bonaparte，Marie. *The Life and Works of Edgar Allan Poe：A Psychoanalytic Interpretation*. Translated by John Rodker. London：Imago，1949.

玛丽·博纳帕特，《埃德加·爱伦·坡的生平与作品：精神分析的阐释》，约翰·罗德克英译，伦敦：伊马戈公司，1949。

Boon，Louis Paul. *Chapel Road*. Translated by Adrienne Dixon. New York：Hippocrene Books，1972.

路易-保罗·博恩，《教堂路》，艾德丽安·迪克森英译，纽约：希波克里尼图书公司，1972。

——. *Minuet*. Translated by Adrienne Dixon. New York：Persea Books，1979.

——《小步舞》，艾德丽安·迪克森英译，纽约：佩尔西图书，1979。

Booth，Wayne C. *The Company We Keep*. Berkeley：California University Press，1988.

韦恩·布斯，《我们所交的朋友：小说的伦理》，伯克利：加利福尼亚大学出版社，1998。

——. *The Rhetoric of Fiction*. Chicago：University of Chicago Press，1961.

——《小说修辞学》，芝加哥：芝加哥大学出版社，1961。

（中译本《小说修辞学》，华明、胡苏晓、周宪译，北京：北京大学出版社，1987）

Bourdieu，Pierre. *Distinction：A Social Critique of the Judgment of Taste*. Translated by Richard Nice. London：Routledge，1984.

皮埃尔·布迪厄，《区别：品味判断的社会批判》，理查德·奈斯译，伦敦：劳特利奇公司，1984。

——. *The Rules of Art：Genesis and Structure of the Literary Field*. Translated by Susan Emanuel. Stanford：Stanford University Press，1995.

——《艺术的法则：文学场的生成和结构》，苏珊·伊曼纽尔英译，斯坦福：斯坦福大学出版社，1995。

（中译本《艺术的法则：文学场的生成和结构》，刘晖译，北京：中央编译出版社，2001）

Bower，Gordon H.，and Daniel G. Morrow. "Mental Models in Narrative Comprehension." *Science* 247（1990）：44－48.

戈登·霍华德·鲍尔和丹尼尔·G. 莫罗，《叙事理解中的精神模型》，载《科学》第247卷（1990）：44－48页。

Braidotti，Rosi. *Nomadic Subjects：Embodiment and Sexual Difference in Contemporary Feminist Theory*. New York：Columbia University Press，1994.

罗西·布拉伊多蒂，《漂泊的主体：当今女性主义理论中的化身与性别差异》，纽约：哥伦比亚大学出版社，1994。

Brakman，Willem. *Ansichten uit Amerika*. Amsterdam：Querido，1981.

威廉·布莱克曼，《来自美国的明信片》，阿姆斯特丹：探求出版社，1981。

——. *De sloop der dingen*. Amsterdam: Querido, 2000.

——《拆迁》，阿姆斯特丹：探求出版社，2000。

——. *Een weekend in Oostende*. Amsterdam: Querido, 1982.

——《奥斯坦德的周末》，阿姆斯特丹：探求出版社，1982。

Bremond, Claude. "The Logic of Narrative Possibilities." *New Literary History* 11, no. 3 (1980): 387 - 411.

克洛德·布雷蒙，《叙事可能性的逻辑》，载《新文学史》第 11 卷，第 3 期（1980）：387 - 411 页。

——. *Logique du récit*. Paris: Seuil, 1973.

——《叙事的逻辑》，巴黎：瑟伊出版社，1973。

Brewer, Mária Minich. "A Loosening of Tongues: From Narrative Economy to Women Writing." *Modern Language Notes* 99, no. 5 (1984): 1141 - 61.

玛利亚·米尼克·布鲁尔，《解绑舌头：从叙事经济到女性写作》，载《现代语言札记》第 99 卷，第 5 期（1984）：1141 - 1161 页。

Brooks, Peter. *Reading for the Plot: Design and Intention in Narrative*. Cambridge: Harvard University Press, 1984.

彼得·布鲁克斯，《为情节而阅读：叙事的设计和意图》，牛津：牛津大学出版社，1984。

——. *Psychoanalysis and Storytelling*. Oxford: Blackwell, 1994.

——《精神分析和故事讲述》，牛津：布莱克威尔，1994。

Brouwers, Jeroen. *Sunken Red*. Translated by Adrienne Dixon. London: Peter Owen, 1990.

杰若恩·布鲁威尔斯，《沉没的红》，艾德丽安·迪克逊译，伦敦：皮特·欧文公司，1990。

Buchholz, Sabine, Manfred Jahn, and Ansgar Nünning, eds. *Literaturwissenschaftliche Theorien, Modelle und Methoden: Eine Einführung*. Trier: Wissenschaftlicher Verlag, 1998.

布赫霍尔茨、萨宾、曼弗雷德·贾恩、安斯加·纽宁编，《文学理论、模式与方法导论》，特里尔：科学公司，1988。

Chambers, Ross. *Story and Situation: Narrative Seduction and the Power of Fiction*. Minneapolis: University of Minnesota Press, 1984.

罗斯·钱伯斯，《故事与情境：叙事诱惑与虚构的力量》，明尼阿波利斯：明尼苏达大学出版社，1984。

Chatman，Seymour. *Coming to Terms*：*The Rhetoric of Narrative in Fiction and Film*. Ithaca NY：Cornell University Press，1990.

西摩·查特曼，《术语评论：小说与电影的叙事修辞学》，纽约，伊萨卡：康奈尔大学出版社，1990。

（中译本《术语评论：小说与电影的叙事修辞学》，徐强译，北京：中国人民大学出版社，2016）

——. *Story and Discourse*. Narrative Structure in Fiction and Film. Ithaca AY：Cornell University Press，1978.

——《故事与话语：小说与电影的叙事结构》，纽约，伊萨卡：康奈尔大学出版社，1978。

（中译本《故事与话语》，徐强译，北京：中国人民大学出版社，2013）

Cixous，Hélène. "The Laugh of the Medusa." Translated by Keith Cohen and Paula Cohen. *Signs* 1，no. 4（1976）：875 - 93.

埃莲娜·西克苏，《美杜莎的笑声》，基斯·科恩和宝拉·科恩英译，载《符号》第1卷，第4期（1976）：875 - 893页。

Claus，Hugo. *De Geruchten*. Amsterdam：Bezige Bij，1996.

雨果·克劳斯，《流言》，阿姆斯特丹：忙碌的蜜蜂公司，1996。

Cohan，Steven，and Linda Shires. *Telling Stories*：*A Theoretical Analysis of Narrative Fiction*. London：Routledge，1988.

史蒂文·科恩和琳达·施利，《讲故事：对叙事虚构的理论分析》，伦敦：劳特利奇公司，1988。

Cohn，Dorrit. "The Encirclement of Narrative：On Franz Stanzel's Theorie des Erzählens." *Poetics Today* 2，no. 2（1981）：157 - 82.

多利特·科恩，《叙事圆环：论弗兰兹·斯坦泽尔的叙事理论》，载《今日诗学》第2卷，第2期（1981）：157 - 182页。

——. *Transparent Minds*：*Narrative Modes for Presenting Consciousness in Fiction*. Princeton：Princeton University Press，1978.

——《透明的思想：小说中呈现意识之叙事模式》，普林斯顿：普林斯顿大学出版社，1978。

Cohn，Dorrit，and Gérard Genette. "A Narratological Exchange." In *Neverending*

Stories. Toward a Critical Narratology. Edited by Ann Fehn, Ingeborg Hoesterey and Maria Tatar, 258 - 66. Princeton: Princeton University Press, 1992.

多利特·科恩和热拉尔·热奈特，《关于叙事学的通信》，收入《无休止的故事：走向一种批判性叙事学》，安·费恩等编，普林斯顿：普林斯顿大学出版社，1992：258 - 266 页。

Cordesse, Gérard. "Narration et focalisation." *Poétique* 76 (1988): 487 - 98.

热拉尔·考迪斯，《叙述与聚焦》，载《诗学》第 76 卷（1988）：487 - 498 页。

Culler, Jonathan. "Problems in the Theory of Fiction." *Diacritics* 14, no. 1 (1984): 2 - 11.

乔纳森·卡勒，《虚构理论中的问题》，载《变调》第 14 卷，第 1 期（1984）：2 - 11 页。

——. Structuralist Poetics: *Structuralism, Linguistics and the Study of Literature*. London: Routledge, 1975.

——《结构主义诗学：结构主义、语言学与文学研究》，纽约，伊萨卡：康奈尔大学出版社，1975，20 - 24 页。

（中译本《结构主义诗学》，盛宁译，北京：中国社会科学出版社，1991）

Currie, Mark. *Postmodern Narrative Theory*. London: Macmillan, 1998.

马克·柯里，《后现代叙事理论》，伦敦：麦克米兰公司，1998。

（中译本《后现代叙事理论》，宁一中译，北京：北京大学出版社，2003）

Dällenbach, Lucien. *The Mirror in the Text*. Translated by Jeremy Whiteley with Emma Hughes. Cambridge: Polity Press, 1989.

卢西安·达林巴赫，《文本中的映照》，杰里米·怀特利和艾玛·休斯英译，剑桥：政治出版社，1989。

Davis, Robert Con, ed. *Lacan and Narration: The Psychoanalytic Difference in Narrative Theory*. Baltimore: Johns Hopkins University Press, 1983.

罗伯特·戴维斯编，《拉康与叙事：叙事理论中的心理分析差异》，巴尔的摩：约翰·霍普金斯大学出版社，1983。

de Lauretis, Teresa. *Alice Doesn't: Feminism, Semiotics, Cinema*. London: Macmillan, 1984.

特莱莎·德·劳雷蒂斯，《艾丽丝不会：女性主义、符号学、电影》，伦敦：麦克米兰公司，1984。

——, ed. *Feminist Studies/Critical Studies*. London: Macmillan, 1986.

——编，《女性主义研究/批评研究》，伦敦：麦克米兰公司，1986。

——. *The Practice of Love: Lesbian Sexuality and Perverse Desire*. Bloomington: Indiana University Press, 1994.

——《爱的实践：女同性恋者的性征与任性的欲望》，布鲁明顿：印第安纳大学出版社，1994。

Deleuze, Gilles, and Félix Guattari. *Anti-Oedipus: Capitalism and Schizophrenia*. Translated by Robert Hurley, Mark Seem, and Helen R. Lane. Minneapolis: University of Minnesota Press, 1983.

吉勒斯·德勒兹和费利克斯·加塔利，《反俄狄浦斯：资本主义和精神分裂症》，罗伯特·赫尔利、马克·西姆和海伦·R. 莱恩英译，明尼阿波利斯：明尼苏达大学出版社，1983。

——. "Introduction: Rhizome." In *A Thousand Plateaus: Capitalism and Schizophrenia*. Translated by Brian Massumi, 3 - 25. Minneapolis: University of Minnesota Press, 1987.

——《导论：根茎》，收入《千高原》，布赖恩·马苏米英译，明尼阿波利斯：明尼苏达大学出版社，1987

de Man, Paul. *Allegories of Reading: Figural Language in Rousseau, Nietzsche, Rilke, and Proust*. New Haven: Yale University Press, 1979.

保罗·德·曼，《阅读的寓言：罗素、尼采、里尔克和普鲁斯特的人物语言》，纽黑文：耶鲁大学出版社，1979。

（中译本《阅读的寓言》，沈勇译，天津：天津人民出版社，2008）

——. *Blindness and Insight: Essays in the Rhetoric of Contemporary Criticism*. London: Methuen, 1971.

——《盲点与洞见：当代修辞学批评论文集》，伦敦：梅休因公司，1971。

Derrida, Jacques. "Differance." In *Margins of Philosophy*. Translated by Alan Bass, 1 - 28. Chicago: University of Chicago Press, 1982.

雅克·德里达，《延异》，收入《哲学的边缘》，艾伦·巴斯译，芝加哥：芝加哥大学出版社，1982。

——. *Speech and Phenomena and Other Essays on Husserl's Theory of Signs*. Translated by David B. Allison. Evanston: Northwestern University Press, 1973.

——《声音与现象，及其他有关胡塞尔符号理论的论文》，大卫·B. 阿利森英译，埃文斯顿 IL：西北大学出版社，1973。

——. "White Mythology." *New Literary History* 6 (1974): 527 - 64.

——《白色神话》，载《新文学史》第 6 卷 (1974)：527 - 564 页。

Dickens, Charles. *Great Expectations*. Harmondsworth: Penguin, 1965.

查尔斯·狄更斯，《远大前程》，哈蒙兹沃思：企鹅图书有限公司，1965。（中译本《远大前程》，主万和叶尊译，北京：人民文学出版社，2004）

Dixon, Peter, and Marisa Bortolussi. "Prolegomena for a Science of Psychonarratology." In *New Perspectives on Narrative Perspective*. Edited by Willie van Peer and Seymour Chatman, 275 - 87. Albany: State University of New York Press, 2001.

皮特·狄克逊和玛丽莎·鲍特鲁西，《心理叙事科学导论》，收入《关于叙事视角的新视角》，威利·范·皮尔和西摩·查特曼编，奥尔巴尼：纽约州立大学出版社，2001：275 - 287 页。

Doležel, Lubomir. "Extensional and Intensional Narrative Worlds." *Poetics*, 8 (1979): 193 - 212.

卢伯米尔·多勒泽尔，《外延与内涵的叙事世界》，载《诗学》第 8 卷 (1979)：193 - 212 页。

——. *Heterocosmica: Fiction and Possible Worlds*. Baltimore: Johns Hopkins University Press, 1998.

——《异宇宙：虚构作品与可能世界》，巴尔的摩：约翰·霍普金斯大学出版社，1998。

——. "Narrative Modalities." *Journal of Literary Semantics* 5, no. 1 (1976): 5 - 15.

——《叙事模式》，载《文学符号学学刊》第 5 卷，第 1 期 (1976)：5 - 15 页。

Ducrot, Oswald, and others. *Qu'est-ce que le structuralisme*? Paris: Seuil, 1968.

奥斯瓦尔德·杜克罗等，《什么是结构主义?》，巴黎：瑟伊出版社，1968。

Eco, Umberto. "Narrative Structure in Fleming." In *The Poetics of Murder. Detective Fiction and Literary Theory*. Edited by Glenn Most and William W. Stowe, 93 - 117. San Diego: Harcourt Brace Jovanich, 1983.

翁贝尔托·埃科，《弗莱明的叙事结构》，收入《谋杀的诗学：侦探小说和文学理论》，格伦·莫斯特和威廉·W. 斯托选编，圣地亚哥：哈考特、布雷斯和乔万诺维奇公司，1983：93－117页。

——. *The Role of the Reader: Explorations in the Semiotics of Texts*. Bloomington: Indiana University Press, 1979.

——《读者的角色：文本符号学探索》，布鲁明顿：印第安纳大学出版社，1979。

Edmiston, William F. "Focalization and the First-Person Narrator: A Revision of the Theory." *Poetics Today* 10, no.4 (1989): 729－44.

威廉·埃德米斯顿，《聚焦与第一人称叙述者：理论修订》，载《今日诗学》第10卷，第4期（1989）：729－744页。

——. *Hindsight and Insight: Focalization in Four Eighteenth-Century French Novels*. University Park: Pennsylvania State University Press, 1991.

——《后见与洞见：四部十八世纪法语小说中的聚焦》，大学园：宾夕法尼亚州立大学出版社，1991。

Faulkner, William. *As I Lay Dying*. Harmondsworth: Penguin, 1965.

威廉·福克纳，《我弥留之际》，哈蒙兹沃思：企鹅图书有限公司，1965。

（中译本《我弥留之际》，李文俊译，上海：上海译文出版社，2004）

——. "A Rose for Emily." In *Selected Short Stories of William Faulkner*, 49－61. New York: Modern Library, 1961.

——《献给艾米丽的一朵玫瑰花》，收入《福克纳短篇小说选》，纽约：现代图书出版社，1961：49－61页。

（中译本《献给爱米丽的一朵玫瑰花》，李文俊译，收入《福克纳短篇小说集》，南京：译林出版社，2001）

Ferron, Louis. *De keisnijder van Fichtenwald*. Amsterdam: Bezige Bij, 1976.

路易·费伦，《费奇腾沃德石匠》，阿姆斯特丹：忙碌的蜜蜂公司，1976。

——. *De Walsenkoning: Een duik in het autobiografische diepe*. Amsterdam: Bezige Bij, 1993.

——《圆舞曲之王：深潜自传》，阿姆斯特丹：忙碌的蜜蜂公司，1993。

Flaubert, Gustave. *Madame Bovary*. Translated by Geoffrey Wall. Harmondsworth: Penguin, 1992.

居斯塔夫·福楼拜,《包法利夫人》,杰弗里·沃尔英译,哈蒙兹沃思:企鹅图书有限公司,1992。

(中译本《包法利夫人》,李健吾译,北京:人民文学出版社,1979;张道真译,北京:人民文学出版社,1998。)

Fleming, Ian. "From a View to a Kill." In *For Your Eyes Only*, 7–37. London: Hodder and Stoughton, 1989.

伊安·弗莱明,《雷霆杀机》,伦敦:霍德和斯托顿公司,1989。

Fludernik, Monika. "Fiction vs. Non-Fiction: Narratological Differentiations." In *Erzählen und Erzähltheorie im 20. Jahrhundert: Festschrift für Wilhelm Füger*. Edited by Jörg Helbig, 85–103. Heidelberg: Carl Winter Universitätsverlag, 2001.

莫妮卡·弗卢德尼克,《虚构对非虚构:叙事学的差异》,收入《20世纪的叙事与叙事学:威廉·菲格尔纪念文集》,豪尔赫·黑尔比希编,海德堡:卡尔·温特大学,2001:85–103页。

——. *The Fictions of Language and the Languages of Fiction: The Linguistic Representation of Speech and Consciousness*. London: Routledge, 1993.

——《语言的虚构与虚构的语言:言语及意识的语言呈现》,伦敦:劳特利奇公司,1993。

——. *Towards a "Natural" Narratology*. London: Routledge. 1996.

——《迈向"自然"叙事学》,伦敦:劳特利奇公司,1996。

Forster, E. M. *Aspects of the Novel*. Harmondsworth: Penguin, 1990.

爱·摩·福斯特,《小说面面观》,哈蒙兹沃思:企鹅图书有限公司,1990。

(中译本《小说面面观》,方土人译,收入《小说美学经典三种》,上海:上海文艺出版社,1990)

Francese, Joseph. *Narrating Postmodern Time and Space*. Albany: State University of New York Press, 1997.

约瑟夫·弗兰切塞,《叙述的后现代时间与空间》,奥尔巴尼:纽约州立大学出版社,1997年。

Friedman, Norman. *Form and Meaning in Fiction*. Athens: University of Georgia Press, 1975.

诺曼·弗里德曼,《小说中的形式和意义》,雅典:乔治亚大学出版社,1975。

——. "Point of View in Fiction: The Development of a Critical Concept."

PMLA 70 (1955): 1160－84.

——《小说中的视点：一个关键概念的发展》，载 *PMLA* 第 70 卷，第 5 期 (1955)：1160－1184 页。

(参见《关于小说的视点》，林钧译，载《语文导报》1098 年第 7、10、11 期)

Frye, Northrop. *The Great Code: The Bible and Literature*. London: Ark, 1981.

诺思洛普·弗莱，《伟大的密码：〈圣经〉与文学》，伦敦：方舟，1981。

Genette, Gérard. "Discours du récit: Essai de méthode." In *Figures III*, 65－282. Paris: Seuil, 1972.

热拉尔·热奈特，《叙事话语》，收入《辞格三》，巴黎：瑟伊出版社，1972。

——. *Fiction and Diction*. Translated by C. Porter. Ithaca NY: Cornell University Press, 1993.

——《虚构与行文》，C. 波特英译，纽约，伊萨卡：康奈尔大学出版社，1993。

(中译本《虚构与行文》，史忠义译，收入《热奈特论文集》，天津：百花文艺出版社，2001)

——. *Narrative Discourse*. Translated by Jane E. Lewin. Ithaca: Cornell University Press, 1980.

——《叙事话语》，简·E. 莱文英译，纽约，伊萨卡：康奈尔大学出版社，1980。

——. *Narrative Discourse Revisited*. Translated by Jane E. Lewin. Ithaca: Cornell University Press, 1988.

——《新叙事话语》，简·E. 莱文英译，纽约，伊萨卡：康奈尔大学出版社，1988。

(中译本《叙事话语 新叙事话语》，王文融译，北京：中国社会科学出版社，1990)

——. *Palimpsests: Literature in the Second Degree*. Translated by Channa Newman and Claude Doubinsky. Lincoln: University of Nebraska Press, 1998.

——《覆写本：第二度中的文学》，查纳·纽曼和克劳德·道宾斯基英译，林肯：内布拉斯加大学出版社，1998。

Gerrig, Richard. *Experiencing Narrative Worlds: On the Psychological Activities of Reading*. New Haven: Yale University Press, 1993.

理查德·格里格，《体验叙事世界：论阅读的心理活动》，纽黑文：耶鲁大学出版社，1993。

Gibson，Andrew. *Towards a Postmodern Theory of Narrative*. Edinburgh：Edinburgh University Press，1996.

安德鲁·吉布森，《走向一种后现代叙事理论》，爱丁堡：爱丁堡大学出版社，1996。

Gibson，Walker. “Authors，Speakers，Readers，and Mock Readers.” *College English* 11 (1950)：265 - 69.

沃克·吉布森，《作者、说话者、读者和假想读者》，载《大学英语》第 11 卷 (1950)，265 - 269 页。

Gilbert，Sandra M.，and Susan Gubar，*The Madwoman in the Attic*：*The Woman Writer and the Nineteenth-Century Literary Imagination*. New Haven：Yale University Press，1979.

桑德拉·吉尔伯特和苏珊·古芭，《阁楼上的疯女人：女性作家与 19 世纪文学想象》，纽黑文：耶鲁大学出版社，1979。

——. *No Man's Land*：*The War of the Words*. New Haven：Yale University Press，1988.

——《没有男人之地：语词之战》，纽黑文：耶鲁大学出版社，1988

——. *No Man's Land*：*The Place of the Woman Writer in the Twentieth Century*：*Sexchanges*. New Haven：Yale University Press，1991.

——《没有男人之地：二十世纪女作家的地位：性别变迁》，纽黑文：耶鲁大学出版社，1991。

——. *No Man's Land*：*The Place of the Woman Writer in the Twentieth Century*：*Letters from the Front*. New Haven：Yale University Press，1994.

——《没有男人之地：二十世纪女作家的地位：前线来信》，纽黑文：耶鲁大学出版社，1994。

Giora，Rachel，and Yeshayahu Shen. “Degrees of Narrativity and Strategies of Semantic Reduction.” *Poetics* 22 (1994)：447 - 58.

雷切尔·吉奥拉和叶沙亚胡·申，《叙事性程度与语义弱化策略》，载《诗学》第 22 卷 (1994)：447 - 458 页。

Girard，René. *Deceit*，*Desire*，*and the Novel*：*Self and Other in Literary Structure*. Translated by Yvonne Freccero. Baltimore：Johns Hopkins University Press，1965.

勒内·基拉尔，《欺骗、欲望与小说：文学结构中的自我和他人》，伊·冯·弗莱切罗英译，巴尔的摩：约翰霍普金斯大学出版社，1965。

——. *The Scapegoat*. Translated by Yvonne Freccero. London：Athlone Press，1986.

——《替罪羊》，伊·冯·弗莱切罗英译，伦敦：阿斯隆公司，1986。

——. *Things Hidden Since the Foundation of the World*. Translated by Stephen Bann and Michael Metteer. Stanford：Stanford University Press，1987.

——《创世以来隐秘之事》，斯蒂芬·巴恩和迈克尔·迈梯尔英译，斯坦福：斯坦福大学出版社，1987。

Greimas，A. J. *On Meaning*：*Selected Writings in Semiotic Theory*. Translated by Paul J. Perron and Frank H. Collins. Minneapolis：University of Minnesota Press，1987.

A. J. 格雷马斯，《论意义：符号理论文选》，保罗·J. 佩龙和弗兰克·H. 柯林斯英译，明尼阿波利斯：明尼苏达大学出版社，1987。

（中译本《论意义 符号学论文集》，吴泓缈和冯学俊译，天津：百花文艺出版社，2011）

——. *Structural Semantics*：*An Attempt at Method*. Translated by D. McDowell，R. Schlefier，and A. Velie. Lincoln：University of Nebraska Press，1983.

——《结构语义学：方法研究》，D. 麦克道尔、R. 施勒费尔和 A. 威列英译，伦敦：内布拉斯加大学出版社，1983。

（中译本《结构语义学：方法研究》，吴泓缈译，北京：生活·读书·新知三联书店，1999）

Hamon，Philippe. "Pour un statut sémiologique du personage." *Littérature* 6 (1972)：86 - 100. Revised version in Roland Barthes，and others，Poétique du récit，115 - 180. Paris：Seuil，1977.

菲利普·哈蒙，《人物的符号学地位》，载《文学》第 6 卷（1972）：86 - 100，后收入《叙述的诗学》，罗兰巴特等编，巴黎：瑟伊出版社，1977。

——. *Texte et idéologie*：*Valeurs*，*hiérarchies et évaluations dans l'œuvre littéraire*. Paris：PUF，1984.

菲利普·哈蒙，《文本与意识形态：文学作品中的价值观、等级及评估》，巴黎：法国大学出版社，1984。

Harvey，David. *The Condition of Postmodernity*：*An Enquiry into the Origins of Cultural Change*. Oxford：Blackwell，1989.

戴维·哈维，《后现代状况：对文化变革起源的探索》，牛津：布莱克威尔公司，1989。

Hawkes，David. *Ideology*. London：Routledge，1996.

大卫·霍克斯，《意识形态》，伦敦：劳特利奇公司，1996。

Heise，Ursula K. Chronoschisms：*Time，Narrative，and Postmodernism*. Cambridge：Cambridge University Press，1997.

厄休拉·K. 海泽，《时序分裂：时间、叙事和后现代主义》，剑桥：剑桥大学出版社，1997。

Herman，David. "Hypothetical Focalization." *Narrative* 2，no. 3（1994）：230 - 53.

戴维·赫尔曼，《假定聚焦》，载《叙事》第 2 卷，第 3 期（1994）：230 - 253 页。

——，ed. *Narratologies：New Perspectives on Narrative Analysis*. Columbus：Ohio State University Press，1999.

——主编，《新叙事学：叙事分析的新视角》，哥伦布：俄亥俄州立大学出版社，1999。

（中译本《新叙事学》，马海良译，北京：北京大学出版社，2002）

——. "Scripts，Sequences，and Stories：Elements of a Postclassical Narratology." *PMLA* 112（1997）：1046 - 59.

——《脚本、序列、故事：后经典叙事学的构成要素》，载《美国现代语言学会会报》第 112 卷（1997）：1046 - 1059 页。

Herman，Luc. *Concepts of Realism*. Columbia：Camden House，1996.

吕克·赫尔曼，《现实主义诸概念》，哥伦比亚：Camden House，1996。

Ibsch，Elrud. "The Cognitive Turn in Narratology." *Poetics Today* 11，no. 2（1990）：411 - 18.

爱尔如德·伊布思，《叙事学的认知转向》，载《今日诗学》第 11 卷，第 2 期（1990）：411 - 418 页。

IJlander，Gijs. *Een fabelachtig uitzicht*. Utrecht：Veen，1990.

吉杰斯·伊杰兰德，《美妙之景》，乌得勒支：维恩公司，1990。

Ingarden，Roman. *The Literary Work of Art*. Translated by George G. Grabowicz. Evanston：Northwestern University Press，1973.

罗曼·英加登，《文学艺术作品》，乔治·G. 格拉博维奇英译，埃文斯顿：西北大学出版社，1973。

（中译本《对文学的艺术作品的认识》，陈燕谷译，中国文联出版公司，1988）

Irigaray，Luce. *This Sex Which Is Not One*. Translated by Catherine Porter with Carolyn Burke. Ithaca NY：Cornell University Press，1985.

卢斯·伊利格瑞，《此性非一》，凯瑟琳·波特和卡罗林·伯克英译，纽约，伊萨卡：康奈尔大学出版社，1985）。

Iser，Wolfgang. *The Act of Reading*：*A Theory of Aesthetic Response*. Translated by W. Iser. Baltimore：Johns Hopkins University Press，1978.

沃尔夫冈·伊瑟尔，《阅读行为：审美反应理论》，W. 伊瑟尔英译，巴尔的摩：约翰·霍普金斯大学出版社，1978。

（中译本《阅读行为》，金惠敏等译，长沙：湖南文艺出版社，1991）

——. *The Implied Reader*：*Patterns of Communication in Prose Fiction from Bunyan to Beckett*. Translated by W. Iser. Baltimore：Johns Hopkins University Press，1974.

——《隐含作者：从班扬到贝克特散文虚构中的交流模式》，巴尔的摩：约翰·霍普金斯大学出版社，1974。

Jahn，Manfred. "Frames，Preferences，and the Reading of Third-Person Narratives：Towards a Cognitive Narratology." *Poetics Today* 18，no. 4（1997）：441 - 68.

曼弗雷德·雅恩，《框架、偏好和第三人称叙事之阅读：迈向认知叙事学》，载《今日诗学》第 18 卷，第 4 期（1997）：441 - 468 页。

——. "Windows of Focalization：Deconstructing and Reconstructing a Narratological Concept." *Style* 30，no. 2（1996）：241 - 67.

——《聚焦之窗：解构与重构叙事学概念》，载《文体》第 30 卷，第 2 期（1996）：241 - 267 页。

Jakobson，Roman. "Two Aspects of Language and Two Types of Aphasic Disturbances." In Roman Jakobson and Morris Halle，*Fundamentals of Language*，67 - 96. The Hague：Mouton，1971.

罗曼·雅各布森，《语言的两个方面与失语症的两种类型》，收入《语言基础》，罗曼·雅各布森和莫里斯·哈勒编，海牙：莫顿公司，1971。

James，Henry. *Theory of Fiction*. Edited by James E. Miller Jr. Lincoln：University of Nebraska Press，1972.

亨利·詹姆斯，《小说的艺术》，收入《小说理论：亨利·詹姆斯》，詹姆斯·米勒编，林肯：内布拉斯加大学出版社，1972。

（中译本《小说的艺术》，收入《小说的艺术：亨利·詹姆斯文论选》，朱雯等译，上海：上海译文出版社，2001）

Jameson，Fredric. *Postmodernism，or，The Cultural Logic of Late Capitalism*. Durham NC：Duke University Press，1991.

弗雷德里克·詹姆逊，《后现代主义或晚期资本主义的文化逻辑》，达勒姆：杜克大学出版社，1991。

Jauss，Hans Robert. *Toward an Aesthetic of Reception*. Translated by Timothy Bahti. Minneapolis：University of Minnesota Press，1982.

汉斯·罗伯特·姚斯，《走向接受美学》，提摩西·巴赫提英译，明尼阿波利斯：明尼苏达大学出版社，1982。

Jongstra，Atte. *Groente*. Amsterdam：Contact，1991.

亚特·琼斯特拉，《蔬菜》，阿姆斯特丹：接触公司，1993。

——. *Het huis M. Memoires van een spreker*. Amsterdam：Contact，1993.

——《M 公寓 演说家回忆录》，阿姆斯特丹：接触公司，1993。

Jouve，Vincent. *Poétique des valeurs*. Paris：PUF，2001.

文森特·儒弗，《价值观诗学》，巴黎：法国大学出版社，2001。

Joyce，James. *Ulysses*. Edited by Hans Walter Gabler. New York：Vintage Books，1986.

詹姆斯·乔伊斯，《尤利西斯》，汉斯·沃尔特·加布勒校订，纽约：经典图书，1986。

（中译本《尤利西斯》，萧乾和文杰若译，南京：译林出版社，2008）

Juhl，P. D. *Interpretation：An Essay in the Philosophy of Literary Criticism*. Princeton：Princeton University Press，1980.

P. D. 居尔，《阐释：论文学批评的哲学》，普林斯顿：普林斯顿大学出版社，1980。

Kafka，Franz. “Up in the Gallery.” In *The Complete Stories*. Edited by Nahum N. Glatzer. Translated by Willa and Edwin Muir，401 - 2. New York：Shocken Books，1946.

弗兰兹·卡夫卡，《马戏场顶层楼座》，收入《小说全集》，纳哈姆·N. 格茨编辑，维拉和艾德文·缪尔英译，纽约：邵肯公司，1946。

Korthals Altes，Liesbeth. *Le salut par la fiction? Sens，valeurs et narrativité dans "Le Roi des Aulnes" de Michel Tournier*. Amsterdam：Rodopi，1992.

利斯贝特·科塔尔斯·阿尔泰斯，《以小说救赎？米歇尔·图尼尔的〈奥涅斯之王〉的感性、价值和叙事》，阿姆斯特丹：罗德比，1992。

——. "Le tournant éthique dans la théorie littéraire：impasse ou ouverture." *Etudes littéraires* 31，no. 3（1999）：39-56.

——《文学理论的伦理转折：僵局或开放》，载《文学研究》第 31 卷，第 3 期（1999）：39-56 页。

Krol，Gerrit. *De oudste jongen*. Amsterdam：Querido. 1998.

格利特·克劳尔，《长子》，阿姆斯特丹：探求出版社，1998。

Labov，William，and Joshua Waletzky. "Narrative Analysis：Oral Versions of Personal Experience." In *Essays on the Verbal and the Visual Arts*. Edited by June Helm，354-96. Seattle：University of Washington Press，1967.

威廉·拉波夫和乔舒亚·瓦莱茨基，《叙事分析：个人体验的口头版本》，收入《文字与视觉论文集》，朱恩·赫尔姆编，西雅图：华盛顿大学出版社，1967：354-396 页。

Lacan，Jacques. "The Insistence of the Letter in the Unconscious." In *Modern Criticism and Theory*. Edited by David Lodge. Translated by Jan Miel，79-106. London：Longman，1988.

雅克·拉康，《无意识中信之坚持》，收入《现代批评与理论》，戴维·洛奇编，简·米尔英译，伦敦：朗文公司，1988：79-106 页。

Lämmert，Eberhardt. *Bauformen des Erzählens*. Stuttgart：Metzler，1970.

埃伯哈德·拉默特，《故事的形式》，斯图加特：梅茨勒公司，1970。

Landa，José Angel García，and Susana Onega，eds. *Narratology：An Introduction*. London and New York：Longman，1996.

何塞·安格尔·加西亚·兰达和苏珊娜·奥涅加，《叙事学导论》，伦敦：朗文公司，1996。

Landow，George. *Hypertext：The Convergence of Contemporary Critical Theory and Technology*. Baltimore：Johns Hopkins University Press，1992.

乔治·兰道，《超文本：当代批评理论和技术的汇流》，巴尔的摩：约翰·霍普金斯大学出版社，1992。

Lanier，Jaron，and Frank Biocca. “An Insider's View of the Future of Virtual Reality.” *Journal of Communications* 42，no. 4（1992）：150－72.

杰伦·拉尼尔和弗兰克·比奥卡，《一个行内人对虚拟现实的未来的看法》，载《交流》第 42 卷，第 4 期（1992）：150－172 页。

Lanser，Susan Sniader. *Fictions of Authority：Women Writers and Narrative Voice*. Ithaca NY：Cornell University Press，1992.

苏珊·斯尼亚德·兰瑟，《虚构的权威：女性作家与叙事声音》，纽约，伊萨卡：康奈尔大学出版社，1992。

——. *The Narrative Act：Point of View in Prose Fiction*. Princeton：Princeton University Press，1981.

——《叙事行为：散文体虚构之视角》，普林斯顿：普林斯顿大学出版社，1981。

——. “Sexing Narratology：Toward a Gendered Poetics of Narrative Voice.” In *Grenzüberschreitungen：Narratologie im Kontext/Transcending Boundaries：Narratology in Context*. Edited by Walter Grünzweig and Andreas Solbach，167－83. Tübingen：Gunter Narr，1999.

——《性别化叙事学：走向一种叙述声音的性别诗学》，收入《超越界限：语境中的叙事学》，沃尔特·格伦茨威格和安德烈亚斯·索尔巴赫编，图宾根：君特·纳尔，1999：167－183 页。

——. “Sexing the Narrative：Propriety，Desire，and the Engendering of Narratology.” *Narrative* 3（1995）：85－94.

——《性别化叙事：属性、欲望与性别叙事学》，载《叙事》第 3 卷（1995）：85－94 页。

——. “Toward a Feminist Narratology.” *Style* 20，no. 3（1986）：341－63.

——《走向女性主义叙事学》，载《文体》第 20 卷，第 3 期（1986）：341－363 页。

Leitch，Vincent B. *Deconstructive Criticism：An Advanced Introduction*. London：Hutchinson，1983.

文森特·B. 利奇，《解构主义批评：进阶引论》，伦敦：哈钦森公司，1983。

Lejeune，Philippe. *Le pacte autobiographique*. Paris：Seuil，1975.

菲利普·勒热纳，《自传契约》，巴黎：瑟伊出版社，1975。

（中译本《自传契约》，杨国政译，北京：北京大学出版社，2013。

Lintvelt, Jaap. *Essai de typologie narrative: Le "point de vue."* Paris: José Corti, 1981.

贾普·林特维尔特，《叙事类型论："视角"》，巴黎：何塞·科尔蒂公司，1981。

Lowry, Malcolm. *Under the Volcano*. London: Picador, 1967.

马尔科姆·洛瑞，《火山下》，伦敦：骑马斗牛士公司。

Lubbock, Percy. *The Craft of Fiction*. London: Jonathan Cape, 1968.

珀西·卢伯克，《小说技巧》，伦敦：乔纳森海角公司，1968。

（中译本《小说技巧》，方土人译，收入《小说美学经典三种》，上海：上海文艺出版社，1990）

Luhmann, Niklas. *Social Systems*. Translated by John Bednarz with Dirk Baecker. Stanford: Stanford University Press, 1995.

尼可拉斯·卢曼，《社会体系》，约翰·贝德纳兹和德克·贝克尔英译，斯坦福：斯坦福大学出版社，1995。

Lyotard, Jean-Francois. *The Postmodern Condition: A Report on Knowledge*. Translated by Geoff Bennington and Brian Massumi. Minneapolis: University of Minnesota Press, 1984.

让-弗朗西斯·利奥塔德，《后现代状态：关于知识的报告》，格奥夫·本宁顿和布瑞恩·马苏米英译，明尼阿波利斯：明尼苏达大学出版社，1984。

（中译本《后现代状态》，车槿山译，生活·读书·新知三联书店，1997）

Mann, Thomas. *Der Tod in Venedig*. In *Gesammelte Werke* Vol. VIII. Frankfurt am Main: S. Fischer Verlag, 1960, 444-525.

托马斯·曼，《死于威尼斯》，收入《作品集》第8卷，美茵河畔法兰克福：S. 费舍尔·韦拉格，1960：493-494页。

（中译本《死于威尼斯》，钱鸿嘉译，上海：上海译文出版社，2010）

Margolin, Uri. "Structuralist Approaches to Character in Narrative: The State of the Art." *Semiotica* 75, nos. 1-2 (1989): 1-24.

尤里·马尔格林，《走近叙事中的人物之结构主义途径：艺术的现状》，载《符号学》第1期、第2期（1989）：1-24页。

Martin, Mary Patricia, and James Phelan. "The Lessons of 'Weymouth': Homodiegesis，Unreliability，Ethics and The Remains of the Day.” In *Narratologies*：*New Perspectives on Narrative Analysis*. Edited by David Herman，88－109. Columbus：Ohio State University Press，1999.

玛丽·帕特里西娅·马丁和詹姆斯·费伦，《“韦茅斯”的教训：同故事、不可靠性，伦理与〈长日留痕〉》，收入《新叙事学》，戴维·赫尔曼主编，哥伦布：俄亥俄州立大学出版社，1999：88－109页。

Martin，Wallace. *Recent Theories of Narrative*. Ithaca NY：Cornell University Press，1986.

华莱士·马丁，《当代叙事学》，纽约，伊萨卡：康奈尔大学出版社，1986。

（中译本《当代叙事学》，伍晓明译，北京：北京大学出版社，1990）

McHale，Brian. “Free Indirect Discourse：A Survey of Recent Accounts.” *PTL*：*A Journal for Descriptive Poetics and Theory of Literature* 3（1978）：249－87.

布莱恩·麦克黑尔，《自由间接话语：晚近意识之考察》，载《*PTL*：描写诗学与文学理论学刊》第3卷（1978）：249－287页。

Mercadal，Dennis. *A Dictionary of Artificial Intelligence*. New York：Van Nostrand，1990.

丹尼斯·梅卡达尔，《人工智能辞典》，纽约：范·诺斯特兰公司，1990。

Mezei，Kathy，ed. *Ambiguous Discourse*：*Feminist Narratology and British Women Writers*. Chapel Hill：University of North Carolina Press，1996.

凯西·梅泽伊编，《模糊的话语：女性主义叙事学与英国女作家》，查珀尔希尔：北卡莱罗纳州大学出版社，1996。

Miller，J. Hillis. *The Ethics of Reading*：*Kant*，*de Man*，*Eliot*，*Trollope*，*James*，*and Benjamin*. New York：Columbia University Press，1987.

J. 希利斯·米勒，《阅读的伦理：康德、德·曼、艾略特、特罗洛普、詹姆斯和本雅明》，纽约：哥伦比亚大学出版社，1987。

——. *Fiction and Repetition*：*Seven English Novels*. Oxford：Basil Blackwell，1982.

——《虚构与重复：七部英语长篇小说》，牛津：巴兹尔·布莱克韦尔，1982。

Miller，Nancy K. “Changing the Subject：Authorship，Writing，and the Reader.” In *Feminist Studies/Critical Studies*. Edited by Teresa de Lauretis，102－20. London：Macmillan，1986.

南希・K. 米勒，《改变主体：作者身份、写作和读者》，收入《女性主义研究/批评研究》，德・劳雷蒂斯编，伦敦：麦克米兰公司，1986：102－120 页。

——. *The Heroine's Text*：*Readings in the French and English Novel* 1722－1782. New York：Columbia University Press，1980.

——《女主人公的文本：英法小说解读》，纽约：哥伦比亚大学出版社，1980：1722－1782 页。

——. *Subject to Change*：*Reading Feminist Writing*. New York：Columbia University Press，1988.

——《顺从改变：解读女性主义写作》，纽约：哥伦比亚大学出版社，1998。

Minsky，Marvin. "A Framework for Representing Knowledge." In *Frame Conceptions and Text Understanding*. Edited by Dieter Menzing，1－25. New York：De Gruyter，1979.

马文・明斯基，《知识呈现之框架》，收入《框架概念与文本理解》，迪特尔・麦兹因编，纽约：德・古意特，1979。

Modleski，Tania. "Feminism and the Power of Interpretation：Some Critical Readings." In *Feminist Studies/Critical Studies*. Edited by Teresa de Lauretis，121－38. London：Macmillan，1986.

塔妮亚・莫德尔斯基，《女性主义与阐释的力量：批判性解读》，收入《女性主义研究/批评研究》，德・劳雷蒂斯编，伦敦：麦克米兰公司，1986：121－138 页。

Moraru，Christian. *Rewriting*：*Postmodern Narrative and Cultural Critique in the Age of Cloning*. Albany：State University of New York Press，2001.

克里斯蒂安・莫拉鲁，《重写：克隆时代的后现代主义叙事与文化批评》，奥尔巴尼：纽约州立大学出版社，2001。

Mulisch，Harry. *Voer voor psychologen*：*Zelfportret*. Amsterdam：Bezige Bij，1961.

哈里・穆里施，《心理学家的素材 自画像》，阿姆斯特丹：忙碌的蜜蜂公司，1961。

Müller，Günther. "Erzählzeit und erzählte Zeit." In *Festschrift Paul Kluckhohn und Hermann Schneider*，195－212. Tübingen：J. C. B. Mohr，1948.

冈特・穆勒，《叙事时间和故事时间》，收入《保罗・克鲁霍恩与赫尔曼・施耐德纪念文集》，图宾根：J. C. B. 莫尔公司，1948：195－212 页。

——. *Morphologische Poetik*：*Gesammelte Aufsätze*. Tübingen：Max Niemeyer，1974.

——《形态诗学文集》，图宾根：麦克斯尼麦耶公司，1974。

Multatuli. *Max Havelaar, or the Coffee Auctions of the Dutch Trading Company*. Translated by Roy Edwards. London：Penguin Books，1987.

穆尔塔图里，《马格斯·哈弗拉尔，或荷兰贸易公司的咖啡拍卖》，罗依·爱德华兹英译，伦敦：企鹅图书，1987。

Murray，Janet. *Hamlet on the Holodeck：The Future of Narrative in Cyberspace*. New York：The Free Press，1997.

珍妮特·穆雷，《全息平台上的哈姆雷特：网络空间中的叙事之将来》，纽约：自由公司，1997。

Mutsaers，Charlotte. *Paardejam*. Amsterdam：Meulenhoff，1996.

夏洛特·穆瑟斯，《马背》，阿姆斯特丹：磨坊堡，1996。

——. *Zeepijn*. Amsterdam：Meulenhoff，1999.

——《海之痛》，阿姆斯特丹：磨坊堡，1999。

Nash，Christopher，ed. *Narrative in Culture：The Uses of Storytelling in the Sciences，Philosophy and Literature*. London：Routledge，1990.

克里斯托弗·纳什，《文化叙事：科学、哲学和文学中的故事讲述者的运用》，伦敦：劳特利奇公司，1990。

Nell，Victor. *Lost in a Book：The Psychology of Reading for Pleasure*. New Haven：Yale University Press，1998.

维克多·内尔，《迷失在一本书中：以阅读为乐的心理学》，纽黑文：耶鲁大学出版社，1998。

Newton，Adam Zachary. *Narrative Ethics*. Cambridge：Harvard University Press，1995.

亚当·扎卡里·纽顿，《叙事伦理》，剑桥：哈佛大学出版社，1995。

Nünning，Ansgar. "'But why will you say that I am mad?' On the Theory，History，and Signals of Unreliable Narration in British Fiction." *Arbeiten aus Anglistik und Amerikanistik* 22，no. 1 (1997)：83 - 105.

安斯加·纽宁，《"但是为什么你说我疯了？"：论英国虚构作品中不可靠叙述的理论、历史和信号》，载《英美研究论集》第 22 卷，第 8 期（1997）：83 - 105 页。

——. "Informationsübertragung oder Informationskonstruktion? Grundzüge und Konsequenzen eines konstruktivistischen Modells von Kommunikation." *Humankybernetik* 30, no. 4 (1989): 127 - 40.

安斯加·纽宁,《信息传输还是信息建构?建构主义交流模式的基础和后果》,载《人类控制论》第 30 卷,第 4 期 (1989):127 - 140 页。

——. "Renaissance eines anthropomorphisierten Passepartouts oder Nachruf auf ein literaturkritisches Phantom? Überlegungen und Alternativen zum Konzept des 'implied author.'" *Deutsche Vierteljahrsschrift für Literaturwissenschaft und Geistesgeschichte* 67, no. 1 (1993): 1 - 25.

——《文学批判幻影的人格化通路,或讣告之复兴?"隐含作者"概念的转移与替代》,载《德国文学与人类史季刊》第 67 卷,第 1 期 (1993):1 - 25 页。

——. "Unreliable, Compared to What? Towards a Cognitive Theory of Unreliable Narration: Prolegomena and Hypotheses." In *Grenzüberschreitungen: Narratologie im Kontext/Transcending Boundaries: Narratology in Context*. Edited by Walter Grünzweig and Andreas Solbach, 53 - 73. Tübingen: Gunter Narr Verlag, 1999.

——《不可靠,与什么对比?走向不可靠叙述的认知理论:绪论与假说》,收入《跨越边界:语境中的叙事学》,沃尔特·格伦茨威格与安德烈亚斯·索尔巴赫编,图宾根:甘特·纳尔公司,1999:53 - 73 页。

Ohmann, Richard. "Speech Acts and the Definition of Literature." *Philosophy and Rhetoric* 4 (1971): 1 - 19.

理查德·加里,《言语行为与文学的定义》,载《哲学与修辞》第 4 卷 (1971):1 - 19 页。

O'Neill, Patrick. *Fictions of Discourse: Reading Narrative Theory*. Toronto: University of Toronto Press, 1994.

帕特里克·奥尼尔,《话语的虚构:叙事理论解读》,多伦多:多伦多大学出版社,1994。

Page, Ruth E. "Feminist Narratology? Literary and Linguistic Perspectives on Gender and Narrativity." *Language and Literature* 12, no. 1 (2003): 43 - 56.

露丝·E. 佩奇,《女性主义叙事学?性别与叙事性的文学及语言学透视》,载《语言与文学》第 12 卷,第 1 期 (2003):43 - 56 页。

Pascal, Roy. *The Dual Voice: Free Indirect Speech and its Functioning in the Nineteenth Century European Novel*. Manchester: Manchester University Press, 1977.

罗伊·帕斯卡，《双音：自由间接言语及其在十九世纪欧洲小说中的功能》，曼彻斯特：曼彻斯特大学出版社，1977。

Pavel，Thomas. *Fictional Worlds*. Cambridge：Harvard University Press，1986.

托马斯·帕维尔，《虚构的世界》，剑桥：哈佛大学出版社，1986。

Perry，Menakhem. "Literary Dynamics：How the Order of a Text Creates Its Meanings." *Poetics Today* 1，nos. 1－2（1979）：35－64，311－61.

孟纳赫姆·佩里，《文学动力学：文本顺序是如何产生意义的》，载《今日诗学》第1卷，第1－2期（1979）：35－64页、311－361页。

Petrey，Sandy. *Speech Acts and Literary Theory*. New York：Routledge，1990.

桑迪·皮特里，《言语行为与文学理论》，纽约：劳特利奇公司，1990：4－21页。

Phelan，James. *Narrative as Rhetoric*：*Technique*，*Audiences*，*Ethics*，*Ideology*. Columbus：Ohio State University，1996.

詹姆斯·费伦，《作为修辞的叙事：技巧、读者、伦理、意识形态》，哥伦布：俄亥俄州立大学出版社，1996。

（中译本《作为修辞的叙事》，陈永国译，北京：北京大学出版社，2002）

——. "Narrative Discourse，Literary Character，and Ideology." In *Reading Narrative*：*Form*，*Ethics*，*Ideology*. Edited by James Phelan，132－46. Columbus：Ohio State University Press，1989.

——《叙事话语、文学人物与意识形态》，收入《解读叙事：形式、伦理、意识形态》，詹姆斯·费伦编，哥伦布：俄亥俄州立大学出版社，1989：132－146页。

——. *Reading People*，*Reading Plots*：*Character*，*Progression*，*and the Interpretation of Narrative*. Chicago：University of Chicago Press，1989.

——《解读人、解读情节：性格、进程与叙事阐释》，芝加哥：芝加哥大学出版社，1989。

Poe，Edgar Allan. *The Complete Works of Edgar Allan Poe*. Volume II：Tales-Volume I. Edited by James Harrison. New York：AMS Press，1965.

埃德加·爱伦·坡，《埃德加·爱伦·坡全集》第Ⅱ卷：故事集Ⅰ，詹姆斯·哈里森主编，纽约：AMS公司，1965。

——. *Poetry and Tales*. New York：Literary Classics of the United States（Library of America），1984.

——《诗歌与故事》，帕蒂克·R. 奎恩校订，纽约：美国经典文学出版社（美国文库），1984。

——. *Selected Tales*. Edited by Julian Symons. Oxford and New York：Oxford University Press，1982.

——《小说选》，朱利安·西蒙斯编，牛津和纽约：牛津大学出版社，1982。

Pratt，Mary Louise. *Toward a Speech-Act Theory of Literary Discourse*. Bloomington：Indiana University Press，1977.

玛丽-路易斯·普拉特，《文学话语的言语行为理论》，布鲁明顿：印第安纳大学出版社，1977。

Prince，Gerald. *A Dictionary of Narratology*. Lincoln：University of Nebraska Press，1987.

杰拉德·普林斯，《叙事学词典》，林肯：内布拉斯加大学出版社，1987。

（中译本《叙述学辞典》，乔国强和李孝弟译，上海：上海译文出版社，2011）

——. "Introduction à l'étude du narrataire." *Poétique* 14（1973）：178－96.

——《受述者研究导论》，载《诗学》第14卷（1973）：178－196页。

——. *Narratology. The Form and Functioning of Narrative*. The Hague：Mouton，1982.

——《叙事学：叙事的形式与功能》，海牙：莫顿公司，1982。

（中译本《叙事学：叙事的形式与功能》，徐强译，北京：中国人民大学出版社，2013）

——. "Notes towards a Categorization of Fictional Narratees." *Genre* 4（1971）：100－105.

——《虚构受述者分类问题述评》，载《文类》第4卷（1971）：100－105。

（中译本《"叙述接受者"概述》，袁宪军译，载《外国文学报道》1987年第1期）

——. "On Readers and Listeners in Narrative." *Neophilologus* 55（1971）：117－22.

——《论叙事中的读者和听众》，载《新人文》第55卷（1971）：117－122页。

Propp，Vladimir. *Morphology of the Folktale*. 2nd ed. Translated by Laurence Scott. Revised by Louis A. Wagner. Austin：University of Texas Press，1968.

弗拉基米尔·普罗普，《民间故事形态学》第二版，劳伦斯·斯科特英译，路易斯·A. 瓦格纳编，奥斯汀：得克萨斯大学出版社，1968。

Proust，Marcel. *Remembrance of Things Past*：*Swann's Way*. Translated by Scott Moncrieff. New York：Knopf，1982.

马塞尔·普鲁斯特，《追忆似水年华：在斯万家那边》，斯科特·蒙克利夫英译，纽约：诺夫公司，1982。

（中译本《追忆似水年华》，周克希译，南京：译林出版社，2008）

Punday，Daniel. *Narrative after Deconstruction*. Albany：State University of New York Press，2003.

丹尼尔·潘代，《解构主义之后的叙事》，奥尔巴尼：纽约州立大学出版社，2003。

Pynchon，Thomas. *Gravity's Rainbow*. London：Picador，1975.

托马斯·品钦，《万有引力之虹》，伦敦：皮卡多公司，1975.

（中译本《万有引力之虹》，张文宇和黄向荣译，南京：译林出版社，2009）

Rabinowitz，Peter. *Before Reading*：*Narrative Conventions and the Politics of Interpretation*. Columbus：Ohio State University Press，1987.

彼得·拉比诺维茨，《解读之前：叙事惯例和阐释的政治》，哥伦比亚：俄亥俄州立大学出版社，1987。

Reve，Gerard. *Nader tot u*. Amsterdam：Veen，1993.

杰拉德·里夫，《靠近你》，阿姆斯特丹，费恩公司，1993。

——. Het Boek Van Violet En Dood. Amsterdam：Veen，1996.

——《紫罗兰与死亡之书》，阿姆斯特丹：费恩公司，1996。

——. *Het hijgend hert*. Amsterdam：Veen，1998.

——《喘息的鹿》，阿姆斯特丹：费恩公司，1998，32 页。

Ricoeur，Paul. *Time and Narrative*. Vol. 1. Translated by Kathleen McLaughlin and David Pellauer. Chicago：University of Chicago Press，1984.

保罗·利科，《时间与叙事》第 1 卷，凯思林·麦克劳林和戴维·佩劳尔英译，芝加哥：芝加哥大学出版社，1984。

——. *Time and Narrative*. Vol. 2. Translated by Kathleen McLaughlin and David Pellauer. Chicago：University of Chicago Press，1985.

——《时间与叙事》第 2 卷，凯思林·麦克劳林和戴维·佩劳尔英译，芝加哥：芝加哥大学出版社，1985。

（中译本《虚构叙事中时间的塑形：时间与叙事（第 2 卷）》，王文融译，北京：生活·读书·新知三联书店，2003）

——. *Time and Narrative*. Vol. 3. Translated by Kathleen Blamey and David Pellauer. Chicago：University of Chicago Press，1988.

——《时间与叙事》第 3 卷，凯思林·麦克劳林和戴维·佩劳尔英译，芝加哥：芝加哥大学出版社，1988。

Rimmon-Kenan，Shlomith. *Narrative Fiction*：*Contemporary Poetics*. London and New York：Routledge，1983.（Second edition：2002）.

施洛密斯·里蒙-凯南，《叙事虚构作品：当代诗学》，伦敦和纽约：劳特利奇公司，1983，17 页。

Robinson，Sally. *Engendering the Subject*：*Gender and Self-Representation in Contemporary Women's Fiction*. Albany：State University of New York Press，1991.

萨利·罗宾逊，《使主体性别化：当代女性小说中的性别与自我表征》，奥尔巴尼：纽约州立大学出版社，1991。

Roemer，Michael. *Telling Stories*：*Postmodernism and the Invalidation of Traditional Narrative*. Boston：Rowman and Littlefield，1995.

迈克尔·罗默，《讲故事：后现代主义与传统叙事学之失效》，波士顿：罗曼与利特尔菲尔德公司，1995。

Ronen，Ruth. *Possible Worlds in Literary Theory*. Cambridge：Cambridge University Press，1994.

露丝·罗南，《文学理论中的可能世界》，剑桥：哈佛大学出版社，1994。

Rushdie，Salman. *Haroun and the Sea of Stories*. London：Granta Books，1990.

萨尔曼·拉什迪，《哈龙与故事海》，伦敦：格兰塔公司，1990：21 页。

Ryan，Marie-Laure. "Cyberage Narratology：Computers，Metaphor，and Narrative." In *Narratologies*：*New Perspectives on Narrative Analysis*. Edited by David Herman，113 – 41. Columbus：Ohio State University Press，1999.

玛丽-劳尔·瑞安，《赛博时代的叙事学：计算机、隐喻和叙事》，收入《新叙事学》，戴维·赫尔曼编，哥伦布：俄亥俄州立大学，1999：113 – 141 页。

——. "Cyberspace，Virtuality，and the Text." In *Cyberspace Textuality*：*Computer Technology and Literary Theory*. Edited by Marie-Laure Ryan，78 – 107. Bloomington：Indiana University Press，1999.

——《网络空间、虚拟和文本》，收入《网络空间文本性：电脑技术和文学理论》，玛丽-劳尔·瑞安编，布鲁明顿：印第安纳大学出版社，1999：78－107 页。

——. *Narrative as Virtual Reality*：*Immersion and Interactivity in Literature and Electronic Media*. Baltimore：Johns Hopkins University Press，2001.

——《作为虚拟现实的叙事：文学与电子媒介中的沉浸与互动》，巴尔的摩：约翰霍普金斯大学出版社，2001。

——. *Possible Worlds*，*Artificial Intelligence*，*and Narrative Theory*. Bloomington：Indiana University Press，1992.

——《可能世界、人工智能与叙事理论》，布鲁明顿：印第安纳大学出版社，1994。

Schweickart，Patrocinio P. "Reading Ourselves：Toward a Feminist Theory of Reading." In *Speaking of Gender*. Edited by Elaine Showalter，17－44. New York：Routledge，1989.

帕特罗奇尼奥·P. 施韦卡特，《解读我们自己：走向女性主义的阅读理论》，收入《性别言说》，伊莱恩·肖瓦尔特编，纽约：劳特利奇公司，1989：17－44 页。

Searle，John. *Speech Acts*：*An Essay in the Philosophy of Language*. Cambridge：Cambridge University Press，1969.

约翰·赛尔，《言语行为：论语言哲学》，剑桥：哈佛大学出版社，1969：72－96 页。

Soja，Edward. *Postmodern Geographies*：*The Reassertion of Space in Critical Social Theory*. London：Verso，1989.

爱德华·索加，《后现代地理学：重申批判性社会理论中的空间》，伦敦：维索公司，1989。

Smart，Barry. *Postmodernity*. London：Routledge，1993.

巴利·斯马特，《后现代性》，伦敦：劳特利奇，1993。

Stanzel，Franz K. "A Low-Structuralist at Bay? Further Thoughts on a Theory of Narrative." *Poetics Today* 11，no. 4（1990）：805－16.

弗兰兹·K. 斯坦泽尔，《突出结构上的低结构主义者：关于一种叙事理论的深入思考》，载《今日诗学》第 11 卷，第 4 期（1990）：805－816 页。

——. *Narrative Situations in the Novel*："*Tom Jones*，""*Moby-Dick*，""*The Ambassadors*，""*Ulysses*." Translated by J. Pusack. Bloomington：Indiana University Press，1971.

——《长篇小说中的叙事情境：〈汤姆·琼斯〉、〈白鲸〉、〈使节〉、〈尤利西斯〉》，布鲁明顿：印第安纳大学出版社，1971。

——. *A Theory of Narrative*. Translated by Charlotte Goedsche. Cambridge: Cambridge University Press，1984.

——《叙事理论》，夏洛特·戈德谢英译，剑桥：剑桥大学出版社，1984。

Sternberg，Meir. *Expositional Modes and Temporal Ordering in Fiction*. Baltimore: Johns Hopkins University Press，1978.

梅尔·斯滕伯格，《小说中的展现模式与时间顺序》，巴尔的摩：约翰·霍普金斯大学出版社，1978。

——. "Point of View and the Indirections of Direct Speech." *Language and Style* 15，no. 2 (1982): 67 - 117.

——《视点与直接言语中之间接性》，载《语言与文体》第 15 卷，第 2 期(1982)：67 - 117 页，68 页。

Todorov，Tzvetan. *Grammaire du Décaméron*. The Hague: Mouton，1969.

兹维坦·托多洛夫，《〈十日谈〉的语法》，海牙：莫顿公司，1969。

Tomashevsky，Boris. "Thematics." In *Russian Formalist Criticism: Four Essays*. Edited by Lee T. Lemon and Marion J. Reis，61 - 95. Lincoln: University of Nebraska Press，1965.

鲍里斯·托马舍夫斯基，《主题》，收入《俄国形式主义批评：四篇论文》，李·T. 莱蒙和马里恩·J. 里斯选编，林肯：内布拉斯加大学出版社，1965，61 - 95 页。

(中译本《主题》，蔡鸿滨译，收入《恶俗形式主义文论选》，托多罗夫编，蔡鸿滨译，北京：中国社会科学出版社，1989)

Turgenev，Ivan. "Asya." In *First Love and Other Stories*. Translated by Richard Freeborn，100 - 143. Oxford: Oxford Paperbacks，1999.

伊万·屠格涅夫，《阿霞》，收入《初恋和其他故事》，理查德·弗里伯恩英译，牛津：牛津平装书公司，1999。

Uspensky，Boris. *A Poetics of Composition: The Structure of the Artistic Text and Typology of a Compositional Form*. Translated by Susan Wittig and Valentina Zavarin. Berkeley: University of California Press，1973.

鲍里斯·乌斯宾斯基，《结构诗学：艺术文本之结构与分解形式之类型学》，苏珊·威蒂格和瓦伦蒂娜·扎瓦林英译，伯克利：加利福尼亚大学出版社，1973。

Van Boheemen-Saaf, Chr. "Deconstructivisme." In *Vormen van literatuurwetenschap. Moderne richtingen en hun mogelijkheden voor tekstinterpretatie*. Edited by R. T. Segers, 229 – 47. Groningen: Wolters-Noordhoff, 1985.

克里斯特尔 ·范·伯海门-沙夫，《解构主义》，收入《文学的形式：现代方向及其文本解释之可能》，塞格斯主编，格罗宁根：沃特斯-诺德霍夫公司，1985。

van der Heijden, A. F. Th. *Asbestemming. Een requiem*. Amsterdam: Querido, 1994.

A. F. Th. 范·德·海登，《灰烬 安魂曲》，阿姆斯特丹：探求出版社，1994。

van der Voort, Cok. "De analyse van verhalend proza." In *Literatuur en context. Een inleiding in de literatuurwetenschap*. Edited by Peter Zeeman, 24 – 58. Nijmegen: Sun, 1991.

考克·范·德·沃特，《叙事散文分析》，收入《文学与语境：文学导论》，彼得·泽曼主编，奈梅亨：太阳公司，1991。

Vitoux, Pierre. "Le jeu de la focalisation." *Poétique* 51 (1982): 359 – 68.

皮埃尔·维杜，《聚焦的手法》，载《诗学》第 51 卷（1982）：359 – 368 页。

Vonnegut, Kurt. *Slaughterhouse-Five*. London: Jonathan Cape, 1970.

库尔特·冯内古特，《第五屠宰场》，伦敦：乔纳森海角公司，1970。

Warhol, Robyn R. *Gendered Interventions: Narrative Discourse in the Victorian Novel*. New Brunswick: Rutgers University Press, 1989.

罗宾·沃霍尔：《性别介入：维多利亚时期长篇小说中的叙事话语》，新布伦瑞克：罗格斯大学出版社，1989。

——. "Guilty Cravings: What Feminist Narratology Can Do for Cultural Studies." In *Narratologies: New Perspectives on Narrative Analysis*. Edited by David Herman, 341 – 55. Columbus: Ohio State University Press, 1999.

——《歉疚的追求：女性主义叙事学对文化研究的贡献》，收入《新叙事学》，赫尔曼主编，哥伦布：俄亥俄州立大学出版社，1999：341 – 355 页。

White, Hayden. *Metahistory: The Historical Imagination in Nineteenth-Century Europe*. Baltimore: Johns Hopkins University Press, 1973.

海登·怀特，《元史学：19 世纪欧洲历史的想象》，巴尔的摩：约翰·霍普金斯大学出版社，1973。

索　引

译后记

比利时鲁汶大学两位叙事学家吕克·赫尔曼、巴特·维瓦克合著的《叙事分析手册》一书，原著为荷兰文，于2001年出版。它由两位作者亲自译为英文，收入由著名叙事学家、美国叙事学协会前主席戴维·赫尔曼主编的“叙事学前沿丛书”(2005年由内布拉斯加大学出版社出版)中。本书为西方叙事学界所称道，若干书评均给予其较高评价。

本书用导言加3章、15个分目、更多子目的框架结构，简明而全面地盘点了叙事学发展史上的3个主要阶段——结构主义之前、结构主义、后经典叙事学时期的主要理论模式和概念范畴。其最大的特色在于批评的示范性。全书围绕两篇当代荷兰作家的短篇叙事作品——穆瑟斯的《翼马》与克劳尔的《地图》(见附录)，在每一子目理论述评结束后，对作品逐一展开具体而有针对性的解剖，很好地体现和示范了叙事理论的实践价值。

正是在这一点上，本书代表了当前诸多叙事理论书籍中少见的一个品类，这一品类也恰恰是中国学者，尤其是初学叙事学的大学生及研究生所迫切需要的。因此笔者在繁忙教学研究之余，主导陆续译出全书。

本书先以分工合作方式译出初稿：笔者负责导言、参考文献及索引，以利于全书术语统一；在笔者指导下，徐月译出第一、二章，作为附录的两篇叙事作品及全书注释的初稿；笔者又指导王妙迪、徐月合作译出第三章初稿。初稿于2017年5月完成，置之箧中忽忽近两年。2019 年 3 月以来，笔者以半年之业余时间逐句校订全稿，解决疑难，增加数十条译者注，到暑期乃得主体定稿。10 月选题经出版社讨论通过，又集中一段时间通校、打磨，书稿方成目前的样子。

在本书翻译过程中，笔者得到很多朋友的帮助，谨列名如下，并深致谢意：

荷兰格罗宁根大学利斯贝特·科塔尔斯·阿尔泰斯教授，华东师范大学吴君如教授，北京大学李洋教授，上海交通大学尚必武教授，长沙理工大学易彬教授，云南大学舒凌鸿教授，沈阳师范大学党伟博士，东北师范大学金万锋教授。

在与中国人民大学出版社的数度合作中，与人文分社的负责人及多位编辑结下了良好关系。早在几年前本书选题计划提出时，就得到刘静老师的支持。交稿之际，岳娜老师接手策划工作，她在审稿过程中提出的宝贵建议，促进了本书质量的提升。对于他们两位的辛勤劳作，以及多年来人文分社对笔者的勠力支持，致以诚挚的谢意！

在本书即将出版之际，笔者与两位作者取得了联系。他们特意为中文版撰写了简单而热情的前言。

在校阅清样的过程中，2020 年度教育部哲学社会科学研究后期资助项目公布，本书中译本侥幸获立。谨向推荐申报的专家——傅修延教授、尚必武教授致以诚挚谢意。

当前，叙事学在中国正成为显学，文学、史学、艺术学、传播学、心理学、人类学、社会学乃至医学、法学等学科都广泛运用其成果，可以说理论需求旺盛。希望本书所在的“当代世界学术名著”系列，能够为中国叙事学以及相关学科的发展做出些微贡献。

不足之处，敬请读者批评指正。

徐　强

2020 年 5 月 27 日

长春六弦斋

图书在版编目（CIP）数据

叙事分析手册/（比）吕克·赫尔曼（Luc Herman），（比）巴特·维瓦克（Bart Vervaeck）著；徐强等译. -- 北京：中国人民大学出版社，2020.7
（当代世界学术名著）
书名原文：Handbook of Narrative Analysis
ISBN 978-7-300-28166-7

Ⅰ.①叙…　Ⅱ.①吕…②巴…③徐…　Ⅲ.①叙述学-手册　Ⅳ.①I045-62

中国版本图书馆 CIP 数据核字（2020）第 092591 号

当代世界学术名著
叙事分析手册
[比] 吕克·赫尔曼　巴特·维瓦克　著
徐　强　主译
徐　月　王妙迪　参译
Xushi Fenxi Shouce

出版发行	中国人民大学出版社		
社　　址	北京中关村大街 31 号	**邮政编码**	100080
电　　话	010－62511242（总编室）		010－62511770（质管部）
	010－82501766（邮购部）		010－62514148（门市部）
	010－62515195（发行公司）		010－62515275（盗版举报）
网　　址	http://www.crup.com.cn		
经　　销	新华书店		
印　　刷	北京宏伟双华印刷有限公司		
规　　格	155 mm×235 mm　16 开本	**版　　次**	2020 年 7 月第 1 版
印　　张	18.25 插页 2	**印　　次**	2020 年 7 月第 1 次印刷
字　　数	246 000	**定　　价**	65.00 元